Das Buch

Der dreißigjährige Sascha ist wenig begeistert, als er nach einer Augen-OP kurzfristig sein Krankenzimmer mit einer schnarchenden Oma teilen muss: Frau Ella. Als die aber gegen ihren Willen operiert werden soll, bringt Sascha sie bei Nacht und Nebel in seine Wohnung. Saschas Freunde Klaus und Ute sind von dessen neuer Mitbewohnerin begeistert: Total schräg, so eine WG! Tatsächlich wird der lethargische Sascha die lebendige, aber einsame Frau Ella so schnell nicht wieder los. Die jungen Männer nehmen sich der alten Dame an, kleiden sie neu ein, führen sie zum Essen aus und machen Ausflüge in die Sommerfrische. Alles läuft bestens – bis Saschas Freundin Lina braungebrannt aus Spanien zurückkehrt. Plötzlich muss Sascha sich entscheiden: die alte Freundin oder die junge Geliebte? Herz oder Hormone? Klug und humorvoll erzählt *Frau Ella* von der wunderbaren Begegnung zweier Menschen, die unter normalen Umständen nie aufeinandergetroffen wären.

Der Autor

Florian Beckerhoff, geboren 1976 in Zürich, aufgewachsen in Bonn, lebt und schreibt in Berlin. Der promovierte Literaturwissenschaftler veröffentlichte bereits einige Sachbücher und literarische Anthologien. *Frau Ella* ist sein Romandebüt.

Von Florian Beckerhoff ist in unserem Hause bereits erschienen:

Das Landei

FLORIAN BECKERHOFF

Frau Ella

Roman

Ullstein

Besuchen Sie uns im Internet:
www.ullstein-taschenbuch.de

Ungekürzte Ausgabe im Ullstein Taschenbuch
1. Auflage November 2010
10. Auflage 2013
© Ullstein Buchverlage GmbH, Berlin 2009/List Verlag
Umschlaggestaltung: HildenDesign, München
(nach einer Vorlage von Zero Werbeagentur, München)
Umschlagillustration: Gerhard Glück
Satz: LVD GmbH
Gesetzt aus der Slimbach
Papier: Pamo Super von Arctic Paper Mochenwangen GmbH
Druck und Bindearbeiten: CPI books GmbH, Leck
Printed in Germany
ISBN 978-3-548-28276-3

»Der wahre Maßstab der Reife eines Menschen ist nicht, wie alt er ist, sondern wie er darauf reagiert, wenn er mitten in der Stadt in seinen Unterhosen aufwacht.«
Woody Allen

1

SIE WÄRE DIE LETZTEN PAAR Jahre ihres Lebens auch mit einem Auge zurechtgekommen. Wenn man sie gelassen hätte. Was brauchte sie in ihrem Alter noch zwei Augen? Mit fast neunzig Jahren. Da lag sie jetzt in diesem kargen Krankenhauszimmer und beobachtete, wie seit vielleicht einer halben Stunde Wasser aus dem Bad strömte, mittlerweile den ganzen grauen Boden des Raumes bedeckte und silbern zum Glänzen brachte. Noch stand das Wasser nicht höher als bis zur Sohle ihrer Schuhe unter der Garderobe. Die hatte sie vorhin nicht in den Schrank geräumt. Es war nur eine Frage der Zeit, bis auch das Leder nass würde, und dann wären die guten Schuhe dahin. Da hatte der Herr Doktor ihr was eingebrockt. Und sie hatte eingewilligt, in diese Klinik zu gehen. Wegen eines Auges! Sie musste etwas tun. Zumindest ihre Schuhe in Sicherheit bringen.

Ganze zwei Tage lag sie schon in diesem Zimmer. Freitagmittag war sie pünktlich in der Aufnahme erschienen, um sich das Auge machen zu lassen, dieses lästige eiternde Ding. Keine große Sache sei das, hatte der Herr Doktor gesagt. Ein kleiner Schnitt, ein Wochenende Ruhe, spätestens Dienstag wäre sie wieder zu Hause. Das müsse es ihr wert sein, um die Welt anschließend wieder mit beiden Augen in ihrer ganzen Schönheit sehen zu können. Dabei war sie vollkommen zufrieden gewesen mit der Welt, die sie sah, auch wenn das Auge immer wieder juckte. Wann, wenn nicht in ihrem Alter sollte der Körper anfangen, neue Wege zu gehen? Davon hatte der Herr Doktor nichts hören wollen. Hatte nur weiter auf sie eingeredet, dass es keine kleinen Krankheiten gebe, dass man immer eine Blutvergiftung riskiere. Daran, dass sie im Krankenhaus ertrinken könnte, hatte er wohl nicht gedacht.

Kerngesund lag sie jetzt hier am helllichten Tag im Bett, als hätte man sie vergessen. Bloß, dass die unfreundlichen Schwestern regelmäßig diese Mahlzeiten servierten, gegen die nicht nur ihr Gaumen, sondern auch ihr Darm rebellierte. Zum Glück war sie allein auf dem Zimmer. Wie Urlaub im Hotel sei so ein Klinikaufenthalt, hatte der Herr Doktor gesagt. Darauf konnte sie gut verzichten, auf Urlaub an sich und auf so einen erst recht. Die letzten vierzig Jahre war sie sehr gut ohne Urlaub ausgekommen. Und jetzt wurde auch noch ihr Zimmer überschwemmt. So konnte das nicht weitergehen. Ihre Hand zitterte. Sie wollte ja niemandem zur Last fallen, aber irgendetwas musste passieren. Sie drückte die Klingel. Hier konnte sie unmöglich bleiben.

2

ZURÜCK VON EINEM KLEINEN AUSFLUG in die Cafeteria des Krankenhauses, wollte er nicht glauben, dass das sein Zimmer war. Strahlend weiß stand da sein Bett, seine Bücher stapelten sich auf dem Nachttisch, seine Lederjacke hing an der Garderobe. Und da lag sie, auf dem Rücken, den Mund halb offen, und röchelte vor sich hin. Blässlich graues Haar zu Locken gedreht, ein zerfurchtes Gesicht, Falten, die in sämtliche Himmelsrichtungen liefen, ein schwabbeliges Doppelkinn, das rechte Auge unter einem schlaffen Lid, das linke unter einem Pflaster. Das letzte Mal, dass er näheren Kontakt zur Generation seiner Großeltern gehabt hatte, lag Jahre zurück, und er hatte nicht das Gefühl, etwas verpasst zu haben. Und jetzt diese schnarchende alte Schachtel in seinem Zimmer, die ihm das Leben zur Hölle machen würde. Daran bestand kein Zweifel.

Noch in der offenen Tür stehend, verfluchte er sein Fahrrad, seine Brille, den Alkohol, den unbeleuchteten Weg durch den Park und sich selbst. All diejenigen, die ihm das eingebrockt hatten. Der allererste halbwegs laue Abend des Jahres! Als er nach seinem Aufprall auf den Asphalt begriffen hatte, dass ein Bügel seiner Brille in einem seiner Augen steckte, war ihm sofort klar gewesen, dass der Start in den Sommer ganz und gar nicht seinen Erwartungen entsprechen würde. Schon beim Vorspiel war alles in die Hose gegangen. Sein verzweifeltes Stöhnen hatte weniger dem körperlichen Schmerz gegolten als der seelischen Belastung durch all die lästigen Dinge, die folgen würden. Das war noch keine Woche her.

Was hatte er hier verloren? Als könnte er sich selbst aus einem Alptraum befreien, ließ er die Tür knallend ins Schloss fallen. Er wachte genauso wenig aus seinem Alptraum auf wie seine neue Zimmergenossin aus ihrem lärmenden Mittagsschlaf. Auf dem Weg zu seinem Bett stieß er gegen einen der beiden Holzstühle, hustete laut, sah kurz in den Schrank, um dessen Tür gleich wieder zuzuschlagen. Unbeeindruckt schnarchte sie weiter vor sich hin. Etwas vorsichtiger schlich er an sie heran und sah ihr neugierig in den Mund. Hinter schmalen, blutleeren Lippen glänzten zwei Reihen weißer Zähne. Wenn die mal echt waren. Als er seine rechte Hand ausstreckte, um ihr die Nase zuzuhalten, änderte sich plötzlich der Rhythmus ihrer Schnarcherei. Er fühlte sich beobachtet und trat den Rückzug an. Wenn sie auch nachts so lärmen sollte, würde er weniger schüchtern sein und zugreifen. Dann schlurfte er die drei Schritte rüber zu seinem Bett, schlüpfte aus den Hausschuhen und ließ sich fallen, um mit dem Gedanken daran, dass er sich jetzt auch einen runterholen könnte, Trübsal zu blasen. Jeder Tag war wie ein Langstreckenflug, einmal um den Globus, in der Touristenklasse, mit schlechten Filmen, übergewichtigen, schwitzenden Sitznachbarn, warmen Getränken, Käsescheiben, die den Geschmack der sich an sie schmiegenden Wurst angenommen hatten. Ihm war schlecht, aber nicht schlecht genug, als dass er hätte kotzen können.

Wie war er nur in diese Scheiße geraten? Plötzlich war die ganze Energie weg, die er im Winter gesammelt hatte, um endlich loszulegen. Selbst der strahlend blaue Himmel draußen erinnerte ihn an sein Scheitern, daran, dass er hatte aufbrechen wollen und im Leben dieser oder einer anderen Stadt dieses oder jenes zu bewirken. Immer dieselben Gedanken, so originell wie ein schmerzender Pickel, der nicht so weit reifen wollte, dass er ihn hätte ausdrücken können. So wie sein Auge, das juckte, aber nicht weh tat, das verletzt, aber nicht zerstört war, das sich irgendwie im Vagen hielt und Zeit brauchte. Er müsse Geduld haben, sich möglichst viel Ruhe gönnen und abwarten, hatten sie ihm immer wieder gesagt, mit diesem wohlwollenden Blick. Er war verloren im Zwischenbereich.

Er tastete nach der Fernbedienung und suchte eine Tiersendung, als er zunächst ungläubig, dann beim zweiten Mal mit voller Gewissheit hörte, wie seine neue

Zimmernachbarin in der kurzen Pause zwischen einem Ein- und Ausatmen, mit einer Kraft, die er keiner Frau, und schon gar nicht einer dieses Alters, zugetraut hätte, furzte. Er drehte sich um und blickte in ein von faltiger Haut fast verdecktes, verschlafenes blaues Auge, das ihn musterte. Eine Oase in trockener Steppe. Ein glänzendes Wasserloch. Wie verdorrte Sträucher krümmten sich einige Haare auf ihrem Kinn. Eine fremde Welt.

»Da bin ich doch tatsächlich mitten am Tag eingeschlafen«, sagte sie verträumt und lächelte. »Freitag. Ella Freitag.«

»Sascha«, stammelte er. »Sascha Hanke.«

»Aha«, sagte sie.

Unsicher, ob sie sich mit ihm unterhalten wollte und ob er sich darauf einlassen sollte, zögerte er, die Kopfhörer aufzusetzen, wusste aber auch nicht, was er noch sagen könnte.

»Und, waren Sie schon unterm Messer?«, fragte sie.

»Ja, vor Tagen.«

»Schlimm?«

»Nicht wirklich. Heilt aber irgendwie nicht.«

Sie beäugte ihn weiter, noch etwas verschlafen, aber anscheinend nicht unfreundlich.

»Entschuldigen Sie, wenn ich so unverschämt bin. Aber könnten Sie mir vielleicht meinen Morgenmantel aus dem Schrank reichen?«

Er brauchte einen Moment, um zu verstehen, dass sie ihn, kaum hatten sie die ersten Worte gewechselt, schon zum Diener degradierte. Sollte sie sich ihren Morgenmantel doch selber holen! Wortlos stand er auf und reichte ihr das Stück Stoff, das mit seinem verblassten Blumenmuster vor Jahrzehnten vielleicht einmal modern gewesen war, und legte sich wieder hin.

»Vielen Dank«, sagte sie. »Wissen Sie, Sie sind seit dem Tod meines Mannes der erste Mann, mit dem ich in einem Zimmer schlafe. Das ist immerhin schon zwanzig Jahre her. Da wird man wohl etwas schüchtern. Seltsam, so einen Morgenmantel am Nachmittag zu tragen. Wäre ich nur mal zu Hause geblieben.«

Wieder war ihm nicht gleich klar, was sie ihm sagen wollte. Die Jahre zwischen ihnen waren ein Gebirgszug zwischen zwei Völkern. Sie hatten sich zufällig auf der Passstraße getroffen, nicht feindselig, nur verständnislos. Sie würden sich grüßen, um anschließend wieder jeder seines Wegs zu ziehen. Erst als er sah, wie sie unter ihrer Decke in den Bademantel schlüpfte und dann, mit einem entschuldigenden Lächeln in seine Richtung, langsam aufstand und ins Badezimmer ging, verstand er.

»Keine Ursache«, murmelte er. »Ist doch ganz normal.«

Dann sah er einer verschwommenen Gruppe Nilpferde beim Baden in einem Schlammloch zu. Er brauchte dringend seine Ersatzbrille, dachte er, als die Alte zurückkam und sich vorsichtig, aber durchaus nicht unbeholfen wieder auf ihr Bett legte.

»Das war sehr freundlich von Ihnen,« sagte sie.

»Schon gut.«

»Bitte?«

»Was?«

»Entschuldigen Sie, gelegentlich höre ich ein wenig schlechter als früher. Was sagten Sie?«

»Schon gut«, sagte er lauter. »Sie würden das ja auch für mich tun, wenn, na ja, wenn ich eher der Ältere wäre.«

Sie kicherte wie ein Mädchen, hüstelte gleichzeitig wie eine Dame.

»Na, Sie haben ja lustige Ideen. Was spielen sie denn eigentlich da im Fernsehen?«

»Irgendein Tierfilm.«

»Aha. Interessiert Sie das beruflich?«

Er schwieg, betrachtete die Nilpferde aus der Unterwasserperspektive, wie sie tonnenschwerelos herumpaddelten. Das konnte so nicht weitergehen. So unbefriedigend es war, ohne Brille fernzusehen, er war nicht bereit, dieses Gespräch und ihre dauernden Ahas weiter zu ertragen. Er wollte ein anderes Zimmer. Was fiel denen überhaupt ein, ihm eine Frau, und noch dazu eine solche, zuzumuten? Er war Patient und nicht Sozialarbeiter. Er zahlte seine Krankenkassenbeiträge. Er wollte seine Ruhe. Er würde nicht antworten. Nie wieder.

Da wurde ihm plötzlich klar, dass das nicht die Stimme des Tierforschers war, die er jetzt hörte, sondern die seiner neuen Nachbarin.

»Ja, davon hat er immer geträumt, mit Tieren zu arbeiten, aber so eine Anstellung gibt man so schnell ja nicht auf, und dann war er plötzlich tot. Und ich hab ihm noch immer gesagt, Stanislaw, hab ich gesagt, wegen mir kannst du machen, was du willst. Heute wäre das ja etwas anderes. Das ist ja alles längst voll automatisifiziert.«

Er stöhnte.

»Ist Ihnen nicht gut? Schmerzt Ihr Auge sehr?«

»Alles in Ordnung.«

»Bitte?«

»Alles in Ordnung«, schrie er.

»Aha.«

Eine Herde Zebras trabte gemächlich an den Rand des Wasserlochs. Er schielte vorsichtig zu seiner Nachbarin hinüber, sah, dass sie wieder aufgestanden war und sich daranmachte, den Inhalt ihres Koffers in den Schrank zu räumen. Ein dunkelblauer Stoffkoffer mit gelblichen Streifen, als käme sie aus einer anderen Zeit. Vielleicht war es ja genau das. Er bemerkte zu spät, dass sie sich umwandte und ihn mit ihrem einen Auge dabei ertappte, wie er sie beobachtete. Sie musste seinen Blick gespürt haben, selbst diesen vorsichtig diskreten, einäugigen Augenwinkelblick.

»Ist Ihre Tiersendung schon aus?«, fragte sie.

Er schloss sein Auge, so schnell er konnte.

»Stanislaw hat auch immer gern ferngesehen, nicht tagsüber natürlich, aber abends, wenn er noch wach bleiben musste wegen der Schichten. Tagsüber, hat er immer gesagt, tagsüber ist draußen genug zu sehen. Ich habe mir auch hin und wieder ein Programm angesehen, abends die Spielfilme mit all den wunderschönen Frauen, denen so unglaubliche Dinge zustoßen, aber seit ein paar Jahren funktioniert der Kasten nicht mehr. Die vom Fernsehen haben da irgendeine neue Technik, die mein Gerät zerstört hat, aber ich muss ja nachts auch nicht aufbleiben.«

»Das ist jetzt digitalisiert«, sagte er, ohne nachzudenken.

»Bitte?«

»Digitales Fernsehen. Das ist ein neues Sendeformat. Sie brauchen dafür einen neuen Empfänger.«

Er machte sein Auge auf und sah, wie sie ihn skeptisch musterte.

»Sie meinen, mein Fernseher ist gar nicht kaputt?«

»Er ist zu alt. Er versteht die Signale nicht mehr.«

»Und diese Signale heißen digitalisifiziert?«

»Digitalisiert.«

»Und deswegen muss man dann den alten Fernseher wegwerfen?«

»Nicht ganz. Sie brauchen einen anderen Empfänger für die neuen Signale. Vorausgesetzt, Ihr Fernseher hat den richtigen Anschluss.«

»Aha. Das sind ja Dinge.«

Er hörte erleichtert, wie es an der Tür klopfte. Ohne eine Antwort abzuwarten, rauschte eine Schwester samt Rollstuhl ins Zimmer.

»Ist nur provisorisch wegen Wasserschaden«, nuschelte sie und widmete sich dann ganz seiner neuen Zimmergenossin, die sie zur Voruntersuchung abholte und hierzu mit geübtem Griff in den Rollstuhl beförderte. Die Alte lächelte in seine Richtung, amüsiert und zugleich überrascht.

»Wenn ich nicht wiederkomme, verständigen Sie die Polizei«, rief sie, schon unterwegs zur Tür. Von wegen, dachte er und musste trotzdem grinsen. Wenn man keinen Fernseher hatte, musste man vielleicht ein bisschen mehr reden, überlegte er. Aber warum ausgerechnet in seinem Zimmer?

»Hals- und Beinbruch«, murmelte er.

Die Tür war kaum zugefallen, da griff er sich unter dem ausgeleierten Gummizug seiner Trainingshose hindurch zwischen die Beine und seufzte erleichtert, während sich auf dem Bildschirm eines der Zebras etwas zu weit von seiner Herde entfernt hatte und demnächst in ernsthafte Schwierigkeiten geraten würde. Er kannte den Film, erinnerte sich jedoch nicht daran, ob die Gefahr vom Wasser oder vom Land her drohte. Krokodil oder Löwin? Vielleicht täuschte er sich aber, und das Zebra käme ganz munter davon. Ob ihn das beruflich interessiere? So eine Schreckschraube.

Seine Bettnachbarin hatte es tatsächlich noch geschafft, vor ihrem Abtransport Decke und Kissen glattzustreichen und ihren Koffer im Schrank unterzubringen. Ihre Schuhe standen gerade so nah aneinander unter der Garderobe, dass sie sich nicht berührten und auch mit der Spitze nicht an die Wand stießen. Darüber hing ihr Mantel, gerade wie ein Kamin. Plötzlich kamen ihm sein Bett und der grässlich gräuliche Turm auf Rollen, der als Nachttisch diente, unaufgeräumt vor, von seinem Schrank ganz zu schweigen. Das fehlte noch, dass irgendwelche Kindheitstraumata hochkamen, nur weil man ihm diese alte Spießerin ins Zimmer legte! So viel Mühe er sich auch gab, das Zebra zu fixieren und irgendwie zumindest eine Erektion zu bekommen, das Gefühl, dass sein Verhalten zu wünschen übrigließ, blieb.

Schließlich hieb er mit aller Kraft auf die unter ihm liegende Bettdecke ein und stand auf, um aufzuräumen. Als er sich nach seinen Hausschuhen bückte, die unter das Bett gerutscht waren, schoss ihm das Blut ins Auge, ein stechender Schmerz zuckte durch seinen Schädel. Es war überhaupt der erste richtige Schmerz seit seiner Operation. Fluchend griff er nach seinen Hausschuhen und schleuderte sie einen nach dem anderen gegen das Bett seiner Nachbarin, der Frau, die seiner über die letzten Tage mühsam gepflegten Krankenhaus-Zufriedenheit ein Ende bereitet hatte. Er stand ruckartig auf, ignorierte den Schmerz, zerwühlte ihr komplettes Bett, diesen sich strahlend weiß windenden Vorwurf, stürzte zur Garderobe, um ihre vorbildlich gepflegten alten Lederschuhe mit einem Tritt durchs Zimmer zu schießen, griff nach ihrem Mantel, um ihn irgendwie aus seiner aufdringlichen Geradlinigkeit zu bringen, wobei der plötzlich nachgab und er rückwärts gegen die Wand stolperte, sich den Hinterkopf stieß und zu Boden ging. Jetzt ließ sich der Schmerz nicht mehr ignorieren. Er zerfraß die Wut, an deren Stelle pure Verzweiflung blieb.

Derart geschlagen vor der Zimmertür sitzend, stellte er, kaum hatte der Schmerz etwas nachgelassen, fest, dass der Aufhänger des Mantels gerissen war. Das kleine, stumpf goldene Kettchen baumelte, nur noch an einem Ende befestigt, an der Innenseite des Kragens. Er hätte heulen können, doch so eine Voruntersuchung würde nicht ewig dauern. Das musste er irgendwie wieder hinkriegen, nur würde er hier auf Anhieb kaum Nadel und Faden auftreiben können. Stöhnend raffte er sich auf und hängte den Mantelkragen über den Haken. Nichts mehr hatte der von seiner ursprünglichen Geradlinigkeit. Ein unförmiges Stück Stoff, unterhalb des Kragens zeichnete sich der Knauf des Garderobenhakens ab wie eine krankhafte Beule, ein Geschwür. Natürlich harmonisierte das jetzt wesentlich besser mit seiner Lederjacke, aber darum ging es nicht mehr. Im Kleiderschrank fand er zwei unbehangene Kleiderbügel, denen er schnell seine Jacke und ihren Mantel überzog, um sie dann zurück in den Schrank zu hängen. Ein rotes A und ein blaues B markierten, welches Schrankfach hier wem gehörte. Wie im Kindergarten. Noch einmal musste er vor Schmerz stöhnend auf die Knie, um ihre Schuhe und seine Pantoffeln unter den Betten zusammenzuklauben und ordentlich hinzustellen. Schnell strich er noch Kopfkissen und Decke des Nachbarbetts glatt, brachte den Zahnputzbecher, der ungenutzt auf seinem Nachttisch stand, ins Badezimmer, schob seine Bücher so zusammen, dass sie bündig an der Nachttischkante anschlossen, und ließ sich endlich auf sein Bett fallen. Im Fernsehen spielten Löwenkinder mit den Resten des Zebras.

»Wegen dieses lächerlichen Auges unter die Erde, das kann ja wohl nicht wahr sein«, hörte er und versuchte, sich in einem Traum zurechtzufinden, der keinen Sinn ergab. Da stellte er fest, dass er wach war. An dem kleinen quadratischen Holztisch, der zu Füßen der beiden Betten an der Wand stand, saß eine alte Frau, in der er nach kurzem Stutzen seine provisorische Zimmergenossin erkannte. Sie las irgendeinen Zettel, sicher diese Verzichtserklärung, die auch er vor der Operation unterschrieben hatte.

»Sie hätten wirklich nicht aufräumen müssen, junger Mann«, sagte sie und lächelte ihn mit ihrem strahlend blauen Auge an. »Ich bin hier ja schließlich der Eindringling.«

Es war zu spät, um sich schlafend zu stellen. Sie hatte längst gemerkt, dass er wach war.

»War nur so 'ne Laune.«

»Fernsehen am helllichten Tag ist ja auch eine seltsame Sache, Wasser zum Brunnen tragen, hat mein Stanislaw das genannt. Entschuldigen Sie bitte, ich möchte Ihnen gar nicht zur Last fallen, aber haben Sie auch diesen Todesbrief unterschrieben?«

»Ist nur eine Formsache. Die müssen sich absichern.«

»Ja, aber wogegen denn, wenn nichts passieren kann?«, fragte sie und sah ihn verwundert an.

»Theoretisch kann etwas passieren, irgendwas, keine Ahnung.«

»Also doch.«

»Nein, nur theoretisch.«

»Und warum dann der Zettel, wenn nichts passiert?«, lachte sie, als machte sie sich über ihn lustig. »Gibt mir meine Nachbarin denn ihren Schlüssel, wenn sie weiß, dass sie ihren nie verlieren wird?«

Wo sie recht hatte, hatte sie recht, nur brachte diese Einstellung sie im Moment nicht wirklich weiter.

»Bei mir ist schließlich auch alles gutgegangen. Also im Prinzip zumindest, bis auf die Heilung. Außerdem kann Ihre Nachbarin nicht wissen, dass sie ihren Schlüssel nie verlieren wird. So eine Sicherheit gibt es gar nicht. Wie gesagt, das ist theoretisch, das klappt schon.«

»Ja, bei Ihnen vielleicht. Aber nur weil einer über Schranke und Gleise klettert und rüberkommt, muss man das ja nicht gleich nachmachen, oder?«

»Zeigen Sie mal her«, stöhnte er schließlich, raffte sich auf und setzte sich zu ihr an den Tisch.

Nach kurzem Zögern war er sich sicher, dass sie eine

ganz andere Erklärung unterschreiben sollte als er. Die meisten Punkte bezüglich möglicher Nebenwirkungen, Unfällen und höherer Gewalt waren die gleichen, aber warum wollte man ihr eine Vollnarkose verpassen, um an ihrem Auge herumzuschnippeln?

»Wollen Sie unbedingt eine Vollnarkose?«

»Ach was!«, rief sie und lachte aufgeregt. »Der Herr Doktor meint aber, dass das sein müsse. Aus medizinischen Gründen. Da sind schon ganz andere nicht wieder aufgewacht! Wegen diesem blöden Auge unter die Erde, das ist ja lächerlich! Das kann ich doch nicht unterschreiben.«

»Wollen Sie nicht Ihren Hausarzt anrufen oder irgendjemanden?«, fragte Sascha. Mit einem Mal wirkte sie fast verzweifelt.

»Der Herr Doktor ist ja gerade im Urlaub«, sagte sie leise, als suchte sie nach einer Lösung.

»Und Verwandte oder Freunde?«

»Ach, hören Sie doch auf. Ich komme sehr gut allein zurecht.«

»Nichts für ungut.«

Wenn sie keine Hilfe wollte, warum fragte sie ihn dann? Er stand auf, ging zurück zu seinem Bett, legte sich hin und tat, als würde er lesen. Eine alte Spießerin, die auch noch einen Knall hatte und einem blöd kam, wenn man helfen wollte. Großartig. Wofür genau wollte man ihn eigentlich bestrafen? Er sehnte sich danach, sein Zimmer wieder für sich zu haben.

Nach einer Weile schaffte er es trotz ihres unverständlichen Gemurmels, trotz ihrer ganzen aufdringlichen Anwesenheit, ein paar Seiten zu lesen. Kaum hatte er aber wieder in die Geschichte hineingefunden, klopfte es, und eine Schwester, klein, ziemlich dick und mit kurzen rotgefärbten Haaren, stürmte ins Zimmer, stellte die beiden Plastiktabletts mit dem Abendessen auf den Tisch und nahm den Zettel, den seine Zimmernachbarin die ganze letzte Stunde angestarrt haben musste.

»Sie haben ja noch gar nicht unterschrieben?«, rief die Schwester, als habe sich ihre vierjährige Tochter in die Hose gemacht. »Frau Freitag, hören Sie mich? Sie halten mich auf!«

»Wir haben beschlossen, dass eine Vollnarkose unnötig ist«, sagte die Alte.

»Na, die Entscheidung überlassen wir mal schön dem Herrn Doktor«, lachte die Schwester und zwinkerte ihm zu. »Wenn ich die Tabletts holen komme, haben Sie das schön unterschrieben, ja? Und jetzt einen Guten!«

Als die Schwester das Zimmer verlassen hatte, raffte er sich auf, setzte sich widerwillig auf den Stuhl, den er vorhin so fluchtartig verlassen hatte. Das blassblaue Tablett bot das gleiche Trauerspiel wie in den vergangenen Tagen. Sie behandelten einen nicht nur, als sei man minderwertig, sie fütterten einen auch dementsprechend. Kein Wunder, dass sein Auge so langsam heilte. Er blickte vorsichtig auf und sah, wie seine Nachbarin fein säuberlich Butter auf dem Graubrot verteilte, anschließend mit Messer und Gabel nach der schwitzenden Scheibe Käse griff und diese akkurat platzierte. Musste er sein Brot jetzt auch mit Messer und Gabel essen? Er starrte wieder auf sein Tablett und griff mit den Fingern nach dem wenigen, das er dort finden konnte. Während er vor sich hin kaute, spürte er, dass sie ihn anstarrte. Er sah auf. War das eine Träne, die sich von ihrem Auge einen Weg über die faltige Wange suchte? Sie schwieg. Er senkte seinen Blick wieder und griff nach einem der beiden altersschwachen Radieschen, das nicht einmal mehr zwischen seinen Zähnen knackte.

»Schweine sind das.«

»Entschuldigung?«

»Schweine, Dreckskerle, Quacksalber, Kurpfuscher! Seit einer Woche dieser Ekelfraß, als könnte ich nicht auch zu Hause auf dem Sofa liegen und mir eine Pizza bestellen!«

»Was soll ich denn tun?«, flüsterte sie verzweifelt.

»Unterschreiben und beten.«

»Meinen Sie wirklich?«

Was sollte er dazu sagen? Was ging es ihn an, was mit irgendeiner Halbtoten passierte? Er wollte hier einfach raus.

»Quatsch!«, sagte er.

»Aber was soll ich denn dann tun?«

Sie sahen sich gegenseitig ins Auge, sie verzweifelt, er langsam eher frustriert als wütend.

Er zögerte nur kurz, griff dann nach dem Zettel, legte

ihn in die Tischmitte, stieß seine Tasse um. Zum Glück war der Kakao nicht so wässrig, dass er überhaupt keine Spuren hinterließ.

»Das tut mir aber leid«, sagte er und fragte sich, was er da gerade getan hatte. »Ich werde zusehen, dass die Schwester Ihnen morgen früh einen neuen Zettel bringt.«

An der Bewegung ihrer Stirnfalten konnte er ablesen, dass sie beide Augenbrauen hob, auch wenn aufgrund des großen weißen Pflasters nur die eine zu sehen war.

»Vielleicht kommt uns ja heute Nacht eine Idee«, flüsterte sie fast, und er hatte das unangenehme Gefühl, dass er aus dieser Geschichte so leicht nicht wieder herauskommen würde.

Der Schwester war anzumerken, dass sie eine Verschwörung witterte, als er sich später für sein Missgeschick entschuldigte. Er gab sich jedoch alle Mühe, ihren Verdacht zu zerstreuen, forderte sogar, für die Nacht in ein Einzelzimmer verlegt zu werden. Er erinnerte sich noch gut genug an seinen nachmittäglichen Ärger, um die Rolle des erbosten Patienten glaubhaft spielen zu können. Am Ende war er so überzeugend, dass die Schwester sich noch einmal entschuldigte und nur ihm eine gute Nacht wünschte.

»Nehmen Sie auch ein Gläschen Klosterfrau?«, hörte er die Alte fragen, kaum dass die Tür ins Schloss gefallen war. Da saß sie und lächelte, während er sich erst einmal wieder zurechtfinden musste. Er hatte sich so in seinen Ärger hineingesteigert, dass er ganz vergessen hatte, dass sich die Situation ganz grundlegend verändert hatte. Er war einen Pakt eingegangen, und jetzt forderte man seinen Beitrag. Nur, was hatte er davon? Resigniert zuckte er mit den Schultern und nickte.

Sie ging ins Badezimmer, kehrte mit den beiden Zahnputzbechern zurück an den Tisch und schenkte ihnen zwei Fingerbreit Melissengeist ein, den sie aus ihrem Koffer geholt hatte.

»Prost, und vielen Dank für Ihre Hilfe«, sagte sie ernsthaft.

»Prost! Würde es Ihnen übrigens etwas ausmachen, mich zu duzen? Ich bin der Sascha.«

»Prost, Sascha.«

»Prost, Frau Ella«, sagte er, unfähig, sich an ihren Nachnamen zu erinnern.

»Frau Ella. So hat mich in den letzten siebenundachtzig Jahren noch niemand genannt.«

Vielleicht lag es an dem Melissengeist, vielleicht hatte er auch einfach nicht mehr die Kraft, sich über sein Schicksal zu ärgern, vielleicht war er auch bloß froh, seit einer Woche endlich wieder einen Abend in Gesellschaft zu verbringen. Jedenfalls merkte er plötzlich, dass er grinsen musste.

»Irgendwann ist immer das erste Mal«, sagte er, griff nach der Flasche und gönnte sich noch zwei Fingerbreit von der Klosterfrau, die viel besser schmeckte, als er zu hoffen gewagt hätte.

Der Klosterfrau war es wohl auch zu verdanken, dass er in der Nacht nichts gegen Frau Ellas Schnarchen unternehmen musste. Als Sascha langsam aufwachte und versuchte, sich in dieser Krankenhauswelt zurechtzufinden, an die er sich nicht gewöhnen konnte, musste er fast lachen über das, was wenige Meter neben ihm vor sich ging. Er war fasziniert, wie ein derart kleiner und magerer Körper solche Geräusche hervorbringen konnte. Wie ein Säugling, nur dass sie schlief, während sie lärmte. Seltsamerweise störte ihn das Schnarchen jetzt nicht mehr. Vielleicht ging es ihm wie jungen Eltern, wenn das Schreien des eigenen Kindes in den Ohren klingt wie sanfte Musik.

Er war verwirrt und glücklich. Selbst der Himmel über den noch dunklen Bäumen im Park des Krankenhauses strahlte sanft und friedlich in versöhnlichem Rosa. Was er empfand, war das Gegenteil von einem Kater, ein Klosterfrau-Kätzchen, das sanft um seine Schläfen strich. Seit einer Woche wachte er Morgen für Morgen in diesem Zimmer auf, aber erst heute empfand er eine Art Gleichmut gegenüber seinem Schicksal, wenn nicht gar ein bisschen Freude. War er vielleicht noch besoffen? Er wusste ja nicht, wie dieses Gebräu wirkte, welche geheimen Kräfte die heiligen Damen dem Trank einhauchten, wenn sie im Kellergewölbe ihres Klosters um einen großen Bottich tanzten, in dem die heiligen Kräuter vor sich hin köchelten. Jedenfalls ging es ihm gut. So gut wie seit langem nicht mehr. So gut, dass er sich nicht vorstellen konnte, diesen Tag ohne einen Kaffee zu beginnen. Vorsichtig, um Frau Ella nicht zu wecken, die den Raum unbeeindruckt weiter mit ihrer genauso eigenwilligen wie gleichmäßigen Musik beschallte, stand er auf. Dann schlüpfte er in seine Hausschuhe, die er schön parallel und mit der Spitze an der imaginären Verlängerung der Bettkante platziert hatte, nahm seine Sportjacke aus dem Schrank und machte sich auf in Richtung Tür, hinaus in den noch stillen Flur und in die Cafeteria.

Auch von seinem Tisch an der Fensterfront aus war der Blick auf den morgendlichen Himmel beeindruckend, auf eine sehr natürliche Art und Weise kitschig. Ein schmaler Streifen strahlend hellen Blaus schloss an die noch dunklen Kronen der Bäume an. Gleich darüber lagen, wie der Saum eines Prinzessinnenkleides, fein gemustert rosarote Wölkchen. Immer dunkler werdend, zog sich das zarte Kleidchen über den Himmel. Was für ein Anblick! In Gesellschaft eines Aluminiumkännchens Filterkaffee genoss er die Aussicht, spürte aber jetzt schon, wie ihn der Melissengeist langsam, aber sicher verließ. So langsam, dass er den Anblick des Himmels genoss und sich zugleich für seine Begeisterung schämte. Erst jetzt sah er auch die schwarzen Vögel auf der Scheibe, die ihm mit jedem Schluck Kaffee bedrohlicher erschienen. Er musste hier dringend raus. Er hielt den Himmel für ein Prinzessinnenkleid und fürchtete sich vor aufgeklebten Vögeln. Und das war bei weitem nicht das Schlimmste. Er war sich nicht einmal mehr zu schade dafür, mit einer Oma Klosterfrau zu saufen! Immerhin hatte er ihr nichts von sich erzählt, nicht angefangen, ihr sein Leid zu klagen, sich an ihrem welken Busen auszuheulen.

»Alles in Ordnung?«, fragte ihn nach einer Weile, in der er immer tiefer Trübsal blies, eine Angestellte, die seinen Kaffee abräumen wollte.

»Dann wäre ich wohl kaum hier.«

»Na, so schlimm wird's schon nicht sein, oder?«, fragte sie.

»Nur Augenkrebs«, sagte er und freute sich über ihr erschrocken dummes Gesicht.

»Entschuldigen Sie bitte. Das tut mir leid«, stammelte sie.

»Nichts für ungut. Ist gar nicht so schlimm mit einem Auge.«

Dann stand er auf und ging. Er fühlte sich schon wieder etwas besser.

Zurück vor seiner Zimmertür, freute Sascha sich zwar nicht direkt auf die Gesellschaft seiner Bettnachbarin, doch immerhin sah er dem Wiedersehen recht gelassen entgegen. Der Flur war vollkommen ruhig, das ganze Krankenhaus schien noch zu schlafen. Er lauschte, konnte ihr Schnarchen aber nicht hören. Vielleicht war sie ja schon wach. Vorsichtig drückte er die Klinke herunter und betrat das Zimmer.

»Guten Morgen«, säuselte sie wie blöde grinsend. Bei

ihr wirkte der Geist der Melisse anscheinend noch länger als bei ihm.

»Guten Morgen, Frau Ella«, sagte er, hängte seine Sportjacke in den Schrank, schlüpfte aus seinen Hausschuhen, die er diesmal so in Position brachte, dass er beim nächsten Aufstehen direkt in sie hineinschlüpfen könnte, und ließ sich auf sein Bett fallen.

»Schauen Sie ruhig Ihre Tiersendung. Mich stören Sie nicht.«

»Ich lese jetzt erst mal.«

»Ja, ja.«

Er versuchte, sich auf sein Buch zu konzentrieren, wunderte sich jedoch zu sehr über die seltsame Verwandlung seiner Bettnachbarin. Das konnte unmöglich an diesen paar Schlücken Alkohol liegen. Er beobachtete sie aus dem Augenwinkel. Dümmlich grinsend lag sie da auf dem Rücken und starrte die Decke an.

»Sagen Sie, Frau Ella«, setzte er schließlich an. »Und was haben Sie jetzt vor? Ich meine, wegen der Operation.«

»Danke der Nachfrage«, kicherte sie. »Aber das war wohl ein Missverständnis. Der Herr Doktor weiß schon, was richtig ist. Deswegen hat er ja studiert.«

»Wie bitte?«

»Da hätten Sie mich gestern nicht so verunsichern brauchen, junger Mann, auch wenn Sie das bestimmt gut gemeint haben. Aber schauen Sie ruhig Ihre Sendung, bitte.«

»Ich Sie verunsichert? Sind Sie noch ganz klar im Kopf? Sie wollen sich jetzt doch bei Vollnarkose operieren lassen? Trotz des Risikos?«

»Das ist nur ein theotaretisches Risiko.«

»Sagen Sie nicht, dass Sie diese Erklärung unterschrieben haben.«

Sie grinste weiter die Decke an. Normal war das nicht.

»Das heißt, die Schwester war schon da?«

»Und der Arzt. Der Chef persönlich!«

»Und Sie haben unterschrieben?«

»Aber natürlich! Warum denn nicht. Sonst hätte ich ja nicht herkommen brauchen, wenn ich mich nicht behandeln lassen will«, sagte sie amüsiert, als wäre er der Blöde. Sascha setzte sich auf, und ein weiterer Blick in ihr verschleiertes Auge reichte, um ihn davon zu überzeugen, dass er sich nicht täuschte.

»Die haben Ihnen doch was gegeben!«

Sie kicherte und kicherte. Er stand auf, stellte sich barfüßig ans Fußende ihres Bettes, die Hände auf der Eisenstange, und starrte sie ungläubig an.

»Frau Ella, was haben die Ihnen gegeben?«

»Einen kleinen Traubenzucker. Süß wie Rheinwein!«

»Und dann haben Sie unterschrieben?«

»Mit dem Arzt persönlich«, sagte sie zugleich stolz und amüsiert.

Das konnte doch nicht wahr sein, dass man eine wehrlose Alte hier einfach auf Drogen setzte, um dann ungestört an ihr herumzuschnippeln. Da konnte sie noch so dumm grinsen, das würde er nicht akzeptieren.

»Sie verlassen auf keinen Fall das Zimmer«, sagte er und stürmte auf den Flur, ohne an seine Hausschuhe zu denken.

In den wenigen Minuten seit seiner Rückkehr aus der Cafeteria war die Station zum Leben erwacht. Er sah die dicke rothaarige Schwester komplizenhaft in seine Richtung grinsen, doch ehe er sie ansprechen konnte, war sie an ihm vorbeigeeilt. Mit nur einem Auge und ohne seine Brille war es kaum möglich, Entfernungen richtig einzuschätzen. Der Raum verlor an Tiefe, war wirklich und unwirklich zugleich. Was war das nur für ein Morgen? Vor ihm versperrten plötzlich vier Putzmänner in hellblauen Kitteln den Flur.

»Ihr könnt jetzt nicht die Zimmer machen!«, hörte er eine kreischende Frauenstimme und erblickte hinter den Männern die Oberschwester.

Sascha drängte an den Männern vorbei.

»Entschuldigen Sie bitte. Können Sie mir sagen, wo ich den Oberarzt finde?«, fragte er außer Atem die Schwester.

»Jetzt aber mal langsam, junger Mann. Visite ist bei Ihnen gegen neun.«

»Bitte. Wo ist der Arzt?«

»Halt!«, rief die Schwester und packte einen der Putzmänner am Kittel. »Ihr könnt da wirklich nicht rein!«

»Verdammt, wo ist der Arzt?!«, schrie er.

»Mein Gott, irgendwo auf Visite«, stöhnte die Schwester und zeigte den Flur hinunter.

»Wir wollen doch nur unsere Arbeit machen«, hörte er einen der Männer sagen. Dann stürmte Sascha weiter, riss eine nach der anderen die Türen der Krankenzimmer auf, ohne auch nur einen einzigen Assistenzarzt zu entdecken. Zimmer für Zimmer blickten ihn Patienten aus ihren mehr oder weniger lädierten Augen an, Blicke ohne jede Hoffnung darauf, dass vielleicht doch alles gut würde, jemand käme, um sie wie einen Menschen zu behandeln. Meist aber lagen die Blicke hinter Mull und Pflaster verborgen, und er konnte sie nur erahnen. Es war so deprimierend, dass er immer langsamer wurde, seine Wut sich zusehends verflüchtigte. Das hier war kein Ort, an dem Menschen gesund wurden. Menschen, die zum Nichtstun verdammt waren, die nur noch warten konnten. Ein Wartezimmer, aus dem es keinen Ausweg gab. Und das war nur die Augenstation. Wie ging es wohl auf den anderen Stationen zu, da, wo Frau Ella landen würde, wenn er nicht den Arzt fand? Da, wo man die Alten lagerte und an jede zur Verfügung stehende Maschine anschloss, um möglichst viel in Rechnung stellen zu können. Sollten sie machen, was sie wollten, aber nicht mit Frau Ella, nicht mit einer Frau, die ihm einen Drink spendiert hatte. Mit neuer Energie stürmte er weiter.

Er war fast am Ende des Flurs angelangt, als ihm aus einem Zimmer ein Pfleger entgegentrat.

»Was ist denn mit Ihnen los, Herr Hanke?«

»Ich muss mit dem Oberarzt sprechen. Es geht um Frau Ella.«

»Jetzt setzen Sie sich erst einmal.«

Der Pfleger legte ihm die Hand auf den Rücken und führte ihn zu einem der braunen Plastikstühle.

»Kommen Sie, setzen Sie sich. Sie sind ja vollkommen außer sich.«

»Hören Sie«, setzte er an, »Frau Ella, die Dame auf meinem Zimmer, soll gegen ihren Willen unter Vollnarkose operiert werden. Das ist vollkommen absurd. Die wacht doch nie wieder auf! Sie kann doch nicht wegen eines Auges sterben! Man kann doch auch mit einem Auge leben! Das ist doch lächerlich!«

»Herr Hanke, hallo, beruhigen Sie sich. Niemand wird gegen seinen Willen operiert, ob mit oder ohne Vollnarkose. Außerdem können wir Ihre Nachbarin heute wieder auf ihr eigenes Zimmer verlegen. Der Schaden ist behoben.«

»Von wegen verlegen! Das hört man doch andauernd, dass alte Menschen erst im Krankenhaus wirklich krank werden und sterben, obwohl sie zu Hause noch jahrelang glücklich leben könnten. An denen verdienen Sie doch Ihr Geld!«

»Herr Hanke, bitte, auf dieser Station stirbt überhaupt niemand. Kommen Sie, ich bringe Sie auf Ihr Zimmer. Sie müssen sich beruhigen. Es gibt keinen Grund zur Sorge.«

Langsam, aber sicher ließ Sascha sich einlullen,

wollte glauben, dass wahr war, was wahr sein sollte. Er stand auf und ließ sich den Flur entlang zurück zu seinem Zimmer führen. Was blieb ihm auch anderes übrig? Was war überhaupt mit ihm los? Er verlor den Kontakt zur Wirklichkeit. Er musste hier dringend raus.

»Sehen Sie, jetzt haben Sie wieder Ihre Ruhe«, sagte der Pfleger, als sie das Zimmer betraten, und tatsächlich war da nur noch sein Bett. Frau Ella war verschwunden. Kein Mantel mehr im Schrank, keine Wäsche, kein kleiner blauer Koffer. Als wäre sie nie da gewesen. Er setzte sich.

»Wollen Sie etwas zur Beruhigung?«, fragte der Pfleger.

»Danke, es geht schon wieder«, sagte er und streckte sich auf seinem Bett aus. »Ich bin vollkommen ruhig.«

Der Pfleger ging. Endlich war er wieder alleine. Er versuchte zu verstehen, was mit ihm los war. Was interessierte er sich plötzlich für diese alte Trulla, die ihm sein Zimmer vollpupste und ihn daran hinderte, sich einen runterzuholen? Wie kam er dazu, sich als Robin Hood des Gesundheitswesens aufzuspielen? Als Rächer der Rentner? Als bräuchten die seine Hilfe in dieser Gesellschaft, die einzig darauf ausgerichtet war, es ihnen recht zu machen. Sie waren doch schuld daran, dass er nicht weiterkam, dass dieses ganze Land wie gelähmt dalag, dass nichts passierte, um auch den Jungen eine Zukunft zu bieten. Wie sollte man denn da Energie entwickeln, wenn man wusste, die wenigen Früchte, die man irgendwann ernten würde, landeten in der Marmelade der Alten? Ihm war ja ganz offenbar einfach langweilig, dass er plötzlich auf braver Enkel machte. Sollte sie doch einschlafen und nicht mehr aufwachen! Sollten diese Verbrecher sie an ihre scheißteuren Apparate anschließen! Sollten die ihre Drecksmedikamente an ihr ausprobieren! Sie hatte ihre acht Jahrzehnte gehabt, noch dazu mit ihrem Mann als Versorger. Mit ihrer Rente könnte er wahrscheinlich eine ganze Familie ernähren. Ein ganzes afrikanisches Dorf! Und kleine Jungs, die spielen wollten, stopfte man mit Psychopharmaka voll, damit sie nicht störten und die Pensionsfonds schön Rendite abwarfen. Und die Alten durften selbst ihr Zahngold mit unter die Erde nehmen! Verdammt, das war ein Krieg, und er schlug sich bei der ersten besten Gelegenheit auf die Seite des Feindes! Er war ja vollkommen bescheuert. Er musste hier endlich raus!

3

FRAU ELLA VERSUCHTE, sich zurechtzufinden. Mit nichts als ihrem Nachthemd bekleidet, saß sie auf einem speckig abgeriebenen Sofa. Sie wollte sich gar nicht erst vorstellen, was man in den Ritzen zwischen den glanzlosen Dielen alles finden würde. Entlang der Fußleisten tummelten sich ganze Herden von Staubschäfchen auf eingetrockneten Farbklecksen. Wie konnte ein Maler nur so wenig achtgeben? Wie konnte man einem Boden gegenüber so lieblos sein? Sie fröstelte, zögerte aber, sich die neben ihr liegende Strickdecke über die Schultern zu legen, aus Angst davor, einen ganzen Schwarm Motten auf sich zu ziehen. Sie ekelte sich nicht, nein, dazu hätte es mehr bedurft, doch sie hätte alles gerne etwas sauberer gehabt. So, wie sie es gewohnt war. Durch das Kastenfenster sah sie einen schattigen Hinterhof. Vereinzelt reflektierten die gegenüberliegenden Fenster Sonnenstrahlen. Es war also Tag. Sogar die Luft war voller Staub. Das war ihr noch nie passiert, dass sie nicht wusste, wo und in welcher Zeit sie war.

Die Stube, in der das Sofa stand, auf dem sie saß, stammte anscheinend aus der Zeit, da sie und Stanislaw sich zum ersten Mal richtig eingerichtet hatten. Mitte der Fünfziger war das gewesen, als er seine Stelle gefunden hatte und sie Wochenende für Wochenende im Möbelhaus verbracht und auch unter der Woche die Kataloge gewälzt hatten. Viel Geld hatten sie damals nicht gehabt, aber gerade deshalb musste man sich bei der Auswahl ja Zeit lassen. Sie kannte diese Stehlampe aus Messing mit den biegsamen Stangen, an deren Ende pastellfarben die Lampenschirme in Richtung Decke zeigten, den Nierentisch, dessen schwarz glänzende Platte mit ihrer goldenen Fassung lange nicht poliert worden war, die Kommode aus dunklem Holz, auf der ein verstaubtes Radio mit seinem grünen Auge stand. Das alles kannte sie. Sie kniff ihr Auge zusammen, um die Namen der Radiostationen zu lesen. Genau wie bei ihnen waren einige Sender mit Pflaster markiert, damit man nicht zu viel Zeit mit der Suche nach den Lieblingssendern verbringen musste. Das war nicht schön, aber praktisch. Beim Fernseher gab es das nicht mehr.

Frau Ella kannte die Gegenstände und wusste doch nicht, wohin sie gehörten. Ganz sicher war sie noch nie zuvor in dieser altmodischen Wohnung gewesen. Sie erinnerte sich nur daran, wegen ihres eiternden Auges ins Krankenhaus gegangen zu sein. War sie dort mit einem Schlag alt und verrückt geworden? Oder träumte sie? Sie schüttelte den Kopf und stand auf, um sich in dieser seltsamen Wohnung umzusehen. Die Tür an der dem Sofa gegenüberliegenden Wand führte in ein Schlafzimmer. Auf dem Boden lag eine Matratze, darauf ungeordnet fleckig weißes Bettzeug, das bis zu ihr hin so roch, als sei es seit Wochen nicht gelüftet und schon gar nicht gewechselt worden. In einem Regal lag Wäsche, durcheinander und offen für Staub und Motten. Auch hier diese Lieblosigkeit gegenüber der Wohnung, als lebte jemand nur auf der Durchreise, habe kein Interesse daran, es sich schön zu machen. Die andere Tür ging auf eine kleine dunkle Diele, die rechts in die Küche führte, die tatsächlich richtig schmutzig war. Ungläubig betrachtete sie die sich stapelnden Teller, da hörte sie hinter sich das Rauschen einer Toilettenspülung, und zwar nicht das fröhlich plätschernde Rauschen eines sich entleerenden Spülkastens, sondern das zischende Rauschen einer dieser Direktspülungen. Sie drehte sich um, sah im Halbdunkel der kurzen Diele, wie sich eine Tür öffnete und jemand aus dem Bad heraustrat. Und sie stand im Nachthemd in einer wildfremden Wohnung!

»Hallo Frau Ella«, hörte sie die Stimme eines Mannes sagen, eine ihr bekannte Stimme. An die erinnerte sie sich.

»Hallo junger Mann. Sagen Sie, wo bin ich denn hier gelandet? Das ist doch sicher nicht die Klinik.«

»Nein, nicht wirklich«, stammelte er und trat in die Küche. Auch dem Jungen war die Situation anscheinend nicht angenehm. Als hätte er etwas angestellt. »Das ist meine Wohnung. Sie sind in Sicherheit.«

»Aha. Hier müsste dringend mal wieder geputzt werden.«

»Ich bin bis heute auch ohne Ratschläge ganz gut über die Runden gekommen«, sagte er schroff.

»Ich auch«, sagte sie, überrascht von seiner Unfreundlichkeit. »Und deshalb wüsste ich nun gerne, was ich in dieser Wohnung verloren habe.«

Wieder druckste er herum, als hätte er etwas zu verbergen.

»Jetzt sagen Sie schon.«

»Na ja, erinnern Sie sich denn an gar nichts? An diesen Zettel zum Beispiel, den Sie unterschreiben sollten, im Krankenhaus, wegen der Vollnarkose?«

»Ja«, sagte sie und tastete nach dem Verband.

»Und auch daran, dass Sie am nächsten Morgen diese Tablette geschluckt und dann unterschrieben haben?«

»Die Tablette, ja, an die erinnere ich mich, die war gegen dieses Jucken am Auge.«

»Von wegen! Das haben die Ihnen erzählt. In Wirklichkeit war das irgendein Stoff, mit dem Sie gefügig gemacht werden sollten.«

»Ja und? War ich dann also gefügig?«

»Sie schon, aber mit mir hat keiner gerechnet. Ich habe sofort einen Pfleger alarmiert, der mir dann erst nicht glauben wollte.«

»Was sollte der Ihnen denn glauben?«

»Na, dass Sie gegen Ihren Willen operiert werden, also unter Vollnarkose.«

»Aha.«

»Genau. Ich hatte Sie schon fast aufgegeben, als er plötzlich in mein Zimmer kommt und sagt, dass ich recht hatte, dass da irgendwelche krummen Dinge liefen und dass er Sie in Sicherheit gebracht habe. Ich sollte meine Sachen packen und mitkommen. Na ja, und da hab ich eben meine Sachen gepackt und bin zusammen mit ihm runter und zum Hinterausgang, wo Sie in einem Taxi saßen. Vollkommen neben sich übrigens. Und da hat er mir dann gesagt, dass wir Sie so auf keinen Fall alleine lassen könnten, dass ich Sie also mit zu mir nach Hause nehmen müsse. Na ja, und deswegen sind Sie hier. Der Pfleger kommt später und bringt Ihre Sachen vorbei. Hoffentlich. Offiziell habe ich Sie jetzt wahrscheinlich entführt.«

Frau Ella sah ihn an und wusste, auch wenn sie sich nicht erinnern konnte, dass dieser junge Mann nicht log. Er tat ihr leid, so unbeholfen, wie er da vor ihr stand. Er wirkte noch hagerer als im Krankenhaus, trug jetzt unter seinen zotteligen blonden Haaren eine große Brille mit dickem schwarzem Rahmen, wie Stanislaw sie gehabt hatte.

»Unsinn«, sagte sie und spürte, wie ihr Herz schlug und ihr das Blut in die Wangen schoss. »Wenn Sie mir nichts vorflunkern, haben Sie mir das Leben gerettet! Und wer käme schon auf die Idee, eine Alte wie mich zu entführen?«

Er schaute überrascht, strich sich durchs Haar und wirkte noch immer unsicher.

»Na dann«, sagte er, und plötzlich strahlte Erleichterung aus seinem Auge. »Dann duzen Sie mich bitte auch wieder. Dann mach ich uns jetzt einen Kaffee, einen richtigen.«

»Danke, junger Mann«, sagte sie, die sich mit einem Mal überhaupt nicht mehr unwohl fühlte. »Danke, aber ich denke, es ist nur angemessen, wenn ich mich ein wenig im Haushalt nützlich mache. Auch wenn Sie bisher ohne mich zurechtgekommen sind.«

»Was soll's?«, lächelte er. »Kommen Sie, ich zeig Ihnen die Maschine.«

Die verdorrten Kräuter auf der Fensterbank erinnerten sie an ihre eigenen Pflanzen, die schon seit Freitag ganz ohne sie auskommen mussten. Auf dem Boden stapelten sich in einem alten Karton die Zeitungen eines ganzen Jahres, umzingelt von leeren Bier- und Weinflaschen, die teils umgekippt in eingetrockneten Pfützen lagen. Am schlimmsten aber waren die Teller, die sich in der Spüle türmten, überwuchert von den schimmelnden Resten lange zurückliegender Mahlzeiten, und auf denen sich ganze Schwärme von Fruchtfliegen niedergelassen hatten. Sie durfte nicht vergessen, dass der junge Mann sie gerettet hatte, dass sie sich zurückhalten musste mit ihrer Kritik, dass nicht für jeden ein Haushalt so leicht erledigt war wie für sie mit ihrer ganzen Erfahrung. Sie ließ ihren Blick weiterschweifen auf der Suche nach der Kaffeemaschine. Erfolglos.

»Hier, die Kaffeemaschine«, sagte er und reichte ihr eine kleine Aluminiumkanne mit schwarzem Plastikgriff, auf der ein kleiner Mann in schwarzem Anzug mit dem Finger nach oben zeigte.

»Nehmen Sie, ich suche noch das Pulver.«

Täuschte sie sich, oder versuchte er, sie auf den Arm zu nehmen?

»Was ist denn das?«

»Meine Kaffeemaschine«, sagte er grinsend.

»Aha.«

»Das ist eine italienische Kaffeemaschine, für Espresso. Kommen Sie, ich zeig Ihnen, wie die funktioniert.«

»Haben Sie denn keine normale Kaffeemaschine? Oder einen Filteraufsatz?«

»Ach, Filterkaffee, davon wird einem nur schlecht. Espresso ist viel gesünder. Und bitte, hören Sie auf, mich zu siezen.«

Sie zögerte. Seit mehr als siebzig Jahren trank sie Filterkaffee und hatte nie etwas daran auszusetzen gehabt. Sicher, nach dem Krieg war das Pulver nicht immer das beste gewesen, aber sie hatte sich immer über jede Tasse frisch aufgebrühten Bohnenkaffee gefreut.

»Das heißt, Sie trinken gar keinen Filterkaffee?«

»Nur, wenn es nicht anders geht, wie im Krankenhaus«, sagte er, während er die kleine Kanne, die offenbar aus zwei Teilen bestand, aufdrehte, Wasser in den unteren Teil und Kaffeepulver in ein zwischen den beiden Teilen eingeschlossenes Mittelstück füllte. Er lächelte ihr wohlwollend zu, als zeigte er einem Kind, wie man sich die Schuhe zubindet.

»Und Sie meinen, wir haben alle über Jahrzehnte hinweg den falschen Kaffee getrunken? Dann hätte uns ja ziemlich häufig schlecht werden müssen.«

»Das ist wegen der Gerbstoffe. Wenn Sie Filterkaffee kochen, spült das heiße Wasser viel mehr Stoffe aus dem Pulver, als wenn Sie nur heißen Dampf durchjagen. Noch besser sind natürlich die großen Maschinen in den Cafés, die so richtig Druck aufbauen können. Außerdem ist das Problem beim Filterkaffee, dass das Wasser ja nicht mehr richtig kocht, wenn es auf den Kaffee trifft. Na ja, und diese ganzen Zusatzstoffe, die dann aus dem Pulver rauskommen, erzeugen Reaktionen, die man so gar nicht haben will, zum Beispiel Niesen oder Magenschmerzen oder Schweißausbrüche.«

Also doch, er wollte sie auf den Arm nehmen. Sie musste besser darauf achten, wann er etwas ernst meinte und wann nicht. Sie hatte wohl einfach zu viel Zeit alleine verbracht.

»Ich mache Ihnen bald mal einen Filterkaffee, von dem Sie niesen!«, lachte sie. »Aber jetzt werde ich erst einmal abspülen. Man fühlt sich ja wie zu Besuch bei den Fruchtfliegen.«

Plötzlich schaute er wieder so ernst, als hätte sie ihn beleidigt.

»Es bleibt nun einmal viel liegen, wenn man ins Krankenhaus muss«, fügte sie schnell hinzu.

Sascha schraubte die beiden Teile zusammen, machte den Gasherd an und stellte die Kanne auf die Flamme.

Dann verließ er schweigend und ohne sie eines Blickes zu würdigen die Küche. So würden sie es zusammen aushalten. Endlich konnte sie in Ruhe für Ordnung sorgen.

Während sie Wasser in das große emaillierte Waschbecken laufen ließ und die Essensreste mit einer Gabel von den Tellern kratzte, versuchte sie, die Dinge um sie herum auch in ihrem Kopf zu ordnen. Den Gedanken daran, dass sie in ihrem Nachthemd in der Küche eines fremden jungen Mannes stand, verdrängte sie schnell, um sich dem viel größeren Rätsel zuzuwenden. Wo war sie hier wirklich gelandet? Alles um sie herum wirkte wie aus der Vergangenheit. Das letzte Mal, dass sie an einem emaillierten Waschbecken gestanden hatte, lag Jahrzehnte zurück. Und erst der Dielenboden in der Küche! Bislang hatte sie alles, was in ihrem Leben passiert war, irgendwie verstanden, alles hatte im Wesentlichen der gleichen Logik gehorcht, auch wenn nicht nur im Krieg Dinge geschehen waren, die schwer zu begreifen schienen. Jetzt aber begann der Boden zu wackeln, die alltäglichen Dinge, die aufeinandergefolgt waren, der Kohlenofen, der Gasherd, der Elektroherd. Sie fuhr mit den Händen in das heiße Wasser und genoss den Schauder, der ihr den Rücken hinunterlief. Nein, zu viel funktionierte noch so, wie sie es kannte. Es musste für all das eine Erklärung geben. Da begann die seltsame Kaffeekanne zu blubbern, und ein wirklich feiner Kaffeeduft erfüllte die Küche. Auf manche Dinge konnte man sich verlassen.

»Könnten Sie den Kaffee vom Herd nehmen?«, rief ihr Gastgeber aus dem Nebenzimmer.

»Schon geschehen«, log sie und griff schnell nach der Kanne. Sie musste nur noch über den Tisch wischen und irgendwo zwei Tassen finden. Die Teller konnte sie solange einweichen lassen. Im Einbauschränkchen unter der Fensterbank wurde sie, auf Kosten eines leichten Stechens im Kreuz, fündig, richtete sich vorsichtig wieder auf und stellte die ebenfalls nicht gerade modernen Tassen samt Untertassen auf den feucht glänzenden Küchentisch.

»Haben Sie auch so einen Hunger?«, fragte der junge Mann, der lächelnd in der Küchentür stand.

»Ach was. In meinem Alter braucht man nicht mehr viel.«

»Na kommen Sie«, grinste er, griff hinter sich und präsentierte Brötchen, Milch und eine kleine Packung Eier, und sie spürte mit einem Mal, wie groß ihr Hunger war. »Das haben wir uns verdient, und bitte bleiben Sie sitzen! Ich bin auch ohne Sie nicht verhungert.«

»Ganz wie Sie befehlen. Aber wo haben Sie das denn so schnell herbekommen?«

»Vom Asiaten unten.«

»Asiatische Brötchen?«, lachte sie, und er sah sie an, als habe er Mitleid mit ihr. Wirklich übelnehmen konnte sie ihm das nicht, sie, die im Nachthemd in dieser Küche saß und nicht begriff, wie ihr geschah. Aber konnte er denn nicht auch ein bisschen Rücksicht auf sie nehmen?

»Im Erdgeschoss ist ein vietnamesisches Geschäft, in dem es auch Brötchen gibt. Ganz normale deutsche Brötchen.«

»Aha. Ein Vietnamese also.«

Sie blieb sitzen und versuchte zu verstehen, was er jetzt schon wieder machte. Er legte zwei Eier in einen kleinen Topf, in den er anschließend heißes Wasser laufen ließ. Kein Eierstecher, keine Eieruhr, kein kochendes Wasser. Sie würde nichts sagen, wenn die Eier platzten. Schließlich war sie zu Gast. Einen zweiten Topf füllte er mit Milch, als wollte er Pudding machen oder Kakao.

»Ganz schön dreckig, die Teller. Gute Idee, die erst mal einzuweichen«, sagte er.

»Ach was«, sagte sie und wartete gespannt darauf, dass die Eier platzen und das Wasser durch das austretende Eiweiß aufschäumen und die Gasflamme löschen würde. Er verließ die Küche. Kurz darauf hörte sie Musik aus der Stube, und er stand wieder in der Küchentür.

»Sobald das Wasser kocht, noch genau ein Lied.«

»Aha«, sagte sie.

»Probleme gibt es nur, wenn gerade Werbung oder Nachrichten laufen, mit Musik klappt es aber immer. Das sind musikalische Eier.«

Jetzt griff er nach einem Schneebesen und fing an, die Milch aufzuschlagen. Sie hatte wirklich keine Lust auf Pudding. Gleich würden die Eier platzen.

»Ist Ihnen übrigens kalt? Wollen Sie eine Decke?«

»Besten Dank«, entfuhr es ihr, da sie sich an die mottenzerfressene Decke auf dem Sofa erinnerte. »Nein, es geht schon. Vielleicht nach dem Frühstück.«

»Der Pfleger bringt ja nachher Ihre Sachen. Vergessen Sie solange einfach, dass ich da bin.«

»Machen Sie sich keine Gedanken.«

Mittlerweile kochte das Wasser. Sie versuchte, an ihm vorbei zu gucken.

»Das Lied läuft schon zu lange«, sagte er. »Wir nehmen einfach noch den Anfang vom nächsten mit, bis zum ersten Refrain, das sollte reichen.«

Auch als er zur Seite trat, konnte sie von ihrem Stuhl aus nicht in den Topf blicken. Sie musste abwarten, bis das Wasser überschäumte. Noch war aber nichts zu sehen. Stattdessen kam er zum Tisch, nahm die Tassen mit zur Anrichte und füllte sie mit dem Kaffee aus der Kanne und der Puddingmilch. Er servierte ihr eine der beiden Tassen nach Manier eines regelrechten Kellners.

»So, hier ist Ihr Latte macchiato.«

»Wie bitte?«

»Ein Kaffee mit Milch, also eigentlich mit Milchauge oder so. Ein einäugiger Kaffee sozusagen. Das ist Italienisch.«

»Und der Kaffee?«

»Keine Ahnung. Wie gesagt, war nur ein Spaß. Das bestellt man so im Café. Ist so eine Mode.«

Das wurde ja immer besser, dachte sie.

»Verdammt, die Eier. Ist der erste Refrain schon vorbei?«, rief er plötzlich und stürzte zurück an den Herd, auf dem immer noch nichts übergekocht war. Der Dotter war bestimmt längst hart. So kochte man wirklich keine Eier!

Sie konnte es kaum glauben, als sie ihr Frühstücksei schließlich köpfte, und der Dotter genau die Schlieren auf dem Messer hinterließ, die er hinterlassen musste. Ein perfektes Ei, fast so, als hätte sie es gekocht. Dafür schmeckte der Kaffee, wie sie es erwartet hatte, nicht nach Kaffee, sondern nach Milch, aber sie versuchte, sich nichts anmerken zu lassen. Schließlich gab der Junge sich alle Mühe, lächelte immer wieder zu ihr herüber, und sie lächelte zurück, um ihm zu zeigen, dass es ihr bei ihm schmeckte. Sie sagte auch nichts, als er den Teig aus dem Brötchen zu kleinen Kügelchen formte und in sein Ei fallen ließ. Was hätte sie auch sagen sollen? Dass er bei Tisch nicht besonders gut erzogen war, hatte sie ja schon am Abend im Krankenhaus feststellen können. Seinen Kaffee schlürfte er jedenfalls, doch es gab Schlimmeres.

»Ist das auch so eine Mode mit den Kügelchen?«, hörte sie sich sagen.

»Was?«, fragte er.

»Diese Kügelchen, die Sie aus dem Teig machen und ins Ei werfen, ist das auch eine Mode, so wie dieser milchige Kaffee und die musikalischen Eier?«

»Schmeckt es Ihnen nicht?«, fragte er, und sie begriff

gar nicht so recht, was sie da schon wieder angestellt hatte.

»Doch, doch, entschuldigen Sie, so war das nicht gemeint. Ich versuche nur, mich zurechtzufinden. Die Eier sind exzellent. Exzellent!«, sagte sie schnell, und er lächelte wieder. So ein empfindlicher junger Mann!

»Da bin ich aber beruhigt. Schließlich sind Sie seit Monaten die erste Frau, die mal wieder bei mir frühstückt, auch wenn Sie noch nicht hier übernachtet haben.«

»Exzellent!«, sagte sie noch einmal. »Wie im Hotel.«

»Das war aber auch nötig nach diesem Morgen. Ich habe übrigens überlegt, dass Sie sich ja gleich in mein Bett legen könnten. Ich beziehe es Ihnen schnell frisch. Vielleicht wollen Sie ja noch ein bisschen schlafen.«

»Jetzt schlafen?«

»Na ja, nach dem Morgen und dieser Tablette. Die Wirkung hält bestimmt noch an. Heute Abend bringe ich Sie dann nach Hause, wenn Sie wieder ganz fit sind.«

»Aha. Nach Hause also.«

Sie versuchte, sich zu erinnern. Lag es wirklich an diesem Traubenzucker, dass sie sich so fremd fühlte, so wenig von dem verstand, was um sie herum geschah? Sie versuchte, sich zu erinnern, ob sie vorhin auf diesem Sofa wirklich aufgewacht war oder nicht doch nur kurz da gesessen hatte. Wie spät war es überhaupt? Sie fühlte sich verloren, sehnte sich weg von all diesen Dingen, die sie nicht verstand.

»Frau Ella?«, hörte sie ihn fragen und blickte auf. »Machen Sie sich keine Sorgen, wir kriegen das schon hin.«

»Ihr Wort in seinem Ohr«, versuchte sie in Richtung Decke zu lächeln und entdeckte die Spinnweben in den Ecken. Sie war wirklich müde, und sie musste aufs Klo, unsicher, wie das enden würde. Wie ihr Leben gehorchte auch ihr Darm seit Jahren, wenn nicht Jahrzehnten, einem strengen Rhythmus, ja, wenn sie es recht bedachte, bestimmte eigentlich er, was sie tun und lassen sollte, so wie es früher Stanislaw getan hatte. Wenn man sonst keine Verpflichtungen hatte, konnte das sehr angenehm sein. Schon gestern war der Rhythmus durcheinandergeraten. Ihr Darm hatte sich beschwert über den Ortswechsel, den Umzug ins Krankenhaus, obwohl sie alles getan hatte, um ihn zufriedenzustellen. Und dennoch drängte er sie.

»Wenn Sie ins Bad möchten, Sie wissen ja, wo es ist. Ich habe Ihnen ein Handtuch rausgelegt«, sagte er, der für einen jungen Mann ohne Manieren wirklich zuvorkommend war. Und sie sah nur die Spinnweben an der Decke und den Staub an der Fußleiste, achtete auch darauf, wie er sein Brötchen aß.

»Danke, sehr gerne«, sagte sie.

Sie hatte wieder auf dem Rücken geschlafen und fragte sich, noch nicht ganz wach, ob auch sie wie andere alte Menschen schnarchte, wenn sie auf dem Rücken lag?

Wo hatte sie diesen Artikel gelesen, in dem ein Arzt davor warnte, dass Schnarchen nicht nur der Partnerschaft, sondern auch dem eigenen Körper schadete? Man sollte sich Pflaster auf den Nasenrücken kleben. Wenn das nichts bewirkte, blieb nur die Möglichkeit, sich operieren zu lassen. Man musste sich wegen allem Möglichen operieren lassen, wenn man den Zeitschriften glaubte. Da sie sich immer gut und ausgeruht fühlte, wenn sie aufwachte, konnte das eigentlich nur heißen, dass sie nicht schnarchte. Sonst hätte sich der junge Mann im Krankenhaus sicherlich beschwert. Das war schon so lange her.

Zumindest ansatzweise erleichtert von ihrem Besuch im ebenfalls nicht ganz sauberen Badezimmer, war sie auf seinem nicht faltenfreien, doch immerhin frisch bezogenen Bett eingeschlafen. Sie hatte sich noch gefragt, was sie am Abend kochen würde. Ihr Gastgeber hätte mindestens einen Braten verdient, mit Kartoffeln und Rotkohl. Würde sie das schaffen? Noch war der Pfleger mit ihren Sachen nicht gekommen. Noch konnte sie es kaum glauben, dass sie in wenigen Stunden wieder zu Hause wäre. Sie sah Sascha schon an ihrem Küchentisch sitzen und hungrig zuschlagen und lächelte. Wie lange war das her, dass sie für jemanden gekocht hatte? Vielleicht könnte er die Einkäufe erledigen. Ein gutes Pfund Schwein müsste es schon sein, ein Netz Kartoffeln, den Kohl würde sie aus dem Glas nehmen. Aber selbst dann müsste der Braten ja noch in den Ofen, und er, der junge

Mann, hatte sicher keine Zeit zu warten. Vielleicht würde sie stattdessen Koteletts anbraten, oder sie könnte ihn für Sonntag einladen, dann hätte sie den ganzen Morgen Zeit. Wenn er überhaupt Lust dazu hatte.

Sie erinnerte sich an ihr krankes Auge und tastete nach dem Verband. Alles schien an seinem Platz, und plötzlich war sie unsicher, ob sie nicht einen großen Fehler gemacht hatte. Der Herr Doktor hatte sie so lange überreden müssen, bis sie eingewilligt hatte, und jetzt war sie aus dem Krankenhaus geflohen. Gerade weil sie so alt sei, hatte er zuletzt gesagt, müsse sie die letzten Jahre mit beiden Augen genießen. So viele Eindrücke wie möglich mitnehmen. Wohin mitnehmen, hätte sie gerne gefragt, stattdessen aber nachgegeben, um ihm einen Gefallen zu tun. Schließlich war er der Doktor.

Sie sah sich um, freute sich, dass sie wusste, wo sie war. Wahrscheinlich war sie einfach ein bisschen durcheinander gewesen. Durch die Gardinen schien die Sonne. Draußen sangen zwei Amseln. Sie blieb auf dem Rücken liegen und betrachtete die Decke, auf die auch hier Spinn- und Staubweben ein zartes Muster zeichneten. Vielleicht war es ja heute gar nicht mehr üblich zu putzen, immer darauf zu achten, dass alles sauber war. Oder aber das lag daran, dass hier offensichtlich keine Frau wohnte und der junge Mann einfach zu viel zu tun hatte, um sich auch um den Haushalt zu kümmern. Sie störte das jedenfalls nicht mehr. So alt war sie noch nicht, dass sie sich nicht hätte anpassen können.

Durch die angelehnte Zimmertür hörte sie Musik, nicht mehr diese moderne Musik, nach der er seine musikalischen Eier gekocht hatte, sondern ein eher südländischer Gesang zu Klavierbegleitung und Orchester. Tanzmusik. Ihre rechte Hand suchte und fand auf den Bettrahmen klopfend den Rhythmus. Ein Tango. Wieder aus einer vergangenen Zeit. Die Nachttischlampe erinnerte sie an die Möbel in der Stube und ihre Verwirrung vor wenigen Stunden, nur war sie jetzt sicher, in der Zeit zu sein, in der sie zu sein hatte, war nicht mehr verunsichert, sondern genoss die schmachtend vibrierende Stimme. Schließlich stand sie auf.

Vorsichtig spähte sie durch den Türspalt, sah den jungen Mann auf dem alten Sofa liegen und an die Decke starren. Er hatte die Arme vor der Brust verschränkt und wirkte wie ein bockiges Kind. Sie hatte gedacht, dass sie für diese trotzigen Reaktionen verantwortlich war, dass er da mit ihr in eine Situation geraten war, die ihm zu schaffen machte. Vielleicht war er aber auch ohne sie nicht glücklich. Es war nicht ganz leicht zu wissen, wie das heute aussah, wenn jemand glücklich war. Sicher fehlte ihm eine Frau, die für ihn sorgte. Das musste es sein. Ansonsten war er sehr höflich und freundlich. Meistens zumindest. Sie wusste nicht, warum, aber sie hatte nicht das Gefühl, dass er die Musik genoss, nur warum hörte er sie dann? Das war Musik, wie man sie in ihrer Jugend gehört hatte, ganz früher, ja, die Musik war noch älter als seine Möbel.

»Hallo Frau Ella«, sagte er plötzlich, ohne den Kopf zu bewegen. »Mögen Sie Gardel?«

Sie trat in die Stube und lächelte entschuldigend.

»Nicht, dass Sie denken, ich beobachte Sie. Ich dachte, Sie schlafen.«

»Kommen Sie. Setzen Sie sich doch.«

»Danke, wenn ich gelegen habe, stehe ich gerne ein wenig, um in Schwung zu kommen. Sehr schön, diese Musik. Wer, sagten Sie, singt da?«

»Gardel. Carlos Gardel, ein argentinischer Tango-Star von früher. Das war noch Musik.«

»Aber das war doch wohl vor Ihrer Zeit, oder?«

Jetzt guckte er wieder trotzig. Dann lächelte er schmal, nicht wirklich fröhlich.

»Tja, das war wohl vor meiner Zeit.«

Sie schwiegen. Sie versuchte zu verstehen, was er damit gemeint haben könnte. Beneidete er sie etwa um ihr Alter? Das war ja Unsinn. Auf seinem Schreibtisch entdeckte sie neben einer riesigen Schreibmaschine eine Uhr, ein goldenes Ziffernblatt in einem rechteckigen Kasten aus dunklem Holz, gerade groß genug, dass sie auch ohne ihre Brille erkennen konnte, wie spät es war.

»Sagen Sie, hat sich denn dieser Pfleger nicht gemeldet? Ich muss dann doch bald mal wieder nach Hause.«

»Ich frage mich auch, wo der bleibt. Seine Schicht müsste längst vorbei sein. Vielleicht hat er Ärger bekommen. Wissen Sie was?«, fragte er unvermittelt mit Schwung und stand plötzlich auf. »Wir könnten schauen, ob Ihnen nicht irgendwas von mir passt. Ich meine, nicht dass es mich stören würde, aber Sie können ja nicht den ganzen Tag im Nachthemd herumlaufen, oder?«

Das hatte sie ganz vergessen, dass sie hier nicht einfach auf ihre Sachen wartete, ohne ihre Papiere, ohne Schlüssel, ohne ihre Badesachen in einer fremden Wohnung stand, sondern dass sie nichts als ihr Nachthemd anhatte. Aber was würde er für Sachen haben, die ihr passten? Bevor sie etwas sagen konnte, war er im Schlafzimmer verschwunden. Sie lauschte dem nächsten Lied und genoss das Kribbeln in den Beinen, die langsam auch wieder richtig zum Leben erwachten. Vor, zurück, zur Seite, weiter. Sie versuchte, sich an die Schritte zu erinnern. Irgendetwas stimmte noch nicht. Vor, zurück, zur Seite, weiter. Ein Mann hätte sie mit sicherer Hand geführt.

»So«, hörte sie ihn hinter sich und beendete ihren kleinen Tanz. »Das ist zwar keine Ausgehgarderobe, aber es müsste Ihnen eigentlich passen.«

Sie drehte sich, leicht beschwingt, auf dem rechten Fußballen zu ihm um und sah eine Art Sportausrüstung in seinen Händen.

»Meine Joggingsachen für den Winter. Seit Jahren unbenutzt. Soll ich Ihnen helfen?«

»Ich bitte Sie«, entfuhr es ihr. »Ich werde mich ja wohl noch selbst umziehen können.«

Da sah er sie wieder so komisch an! Mit den seltsamen Kleidungsstücken, einer Hose und einem Pullover aus flauschigem Stoff, ging sie ins Schlafzimmer und schloss die Tür hinter sich. So eine Respektlosigkeit! Ihr beim Umziehen helfen! Es wurde Zeit, dass sie nach Hause kam. Durch die Tür hörte sie noch immer den Tango. Sie musste sich beruhigen. Sie durfte nicht so empfindlich sein. Gerade eben war alles noch in bester Ordnung gewesen. Er hatte ihr immerhin das Leben gerettet.

»Komm, Frau Ella«, sagte sie leise und freute sich über ihren komischen neuen Namen. »Auf geht's!«

4

DAS HÄTTE ER SICH EIGENTLICH denken können. Kein Lebenszeichen von diesem Pfleger. Stattdessen Frau Ella in seinen Joggingklamotten auf seinem Sofa. Eine großartige Flucht war das, die er da hingelegt hatte. Weg aus dem Krankenhaus und mit der Alten schnurstracks in seine Wohnung. Ihm gelang einfach alles. Das war ja nicht mehr ernst zu nehmen. Natürlich war Frau Ellas Situation um einiges unangenehmer, aber er tat immerhin sein Bestes, wohingegen sie allein mit ihrer Anwesenheit dafür sorgte, dass er sich schlecht fühlte.

Mittlerweile hörten sie die Caruso-Arien, die er sich vor Jahren aus der Stadtbücherei ausgeliehen und auf Kassette überspielt hatte. Aus der Stadtbücherei. Auf Kassette überspielt. Als wäre nicht das schon bescheuert genug. Und sie war wirklich die Krönung, wie sie unbeholfen dasaß in dem viel zu großen roten Kapuzenpullover und hoffte, dass der Pfleger sich endlich melden würde. Dieser Idiot hatte doch seine Adresse und seine Nummer, der wusste doch genau, was los war. Das konnte einfach nicht wahr sein, dass der irgendein Spiel mit ihm spielte. Während Frau Ella schlief, hatte Sascha im Krankenhaus angerufen, aber noch nicht einmal irgendjemanden auf der Station erreicht. Er konnte sie ja schlecht vom Krankenwagen abholen lassen oder einfach so in ein Taxi setzen, wenn sie überhaupt wusste, wo sie wohnte. Sie war ja hilflos wie ein Kind! Außerdem war das so ganz legal bestimmt nicht, eine wehrlose Frau auf Drogen mit nach Haus zu nehmen. Was für eine kranke Idee, sie einfach so aus dem Krankenhaus zu entführen, sich aufzuspielen wie ein Fluchthelfer des Grafen von Monte Christo! Er hatte es nicht besser verdient.

»Schön, dass man diese alten Sachen noch hört«, sagte sie.

»Ist doch egal, wie alt das ist. Mir gefällt es einfach.«

»Heute gibt es so etwas sicher nicht mehr, oder? Sie haben wirklich Geschmack.«

Eine Frau, die seinen Musikgeschmack teilte! Und was für eine. Mit dieser Laune würde der Abend kein gutes Ende finden, und da er keinen Melissengeist hatte, war es wohl an der Zeit, einen Wein aufzumachen. Alles Weitere musste sich ergeben.

Sascha wollte gerade aufstehen, als es an der Wohnungstür klingelte. Er fuhr zusammen. Konnte das sein, dass jetzt doch alles gut würde? Endlich kam der Pfleger. Er war wie gelähmt, so unerwartet kam die Erlösung.

»Ich glaube, es hat geklingelt«, sagte Frau Ella. »Wollen Sie nicht aufmachen?«

Eigentlich konnte er nicht sicher sein, dass da wirklich der Pfleger vor der Tür stand. Genauso gut konnte das ein Nachbar sein, oder irgendein Bekannter, dem er dann diese Oma auf seinem Sofa erklären durfte. Langsam drehte er den Lautstärkeregler zurück und gab ihr Zeichen, ruhig zu sein. Das hatte noch gefehlt! Es klopfte an die Wohnungstür.

»Sascha?«, hörte er von draußen und begann, innerlich zu weinen. Nicht auch noch Klaus. Mit seinem Getue von wegen wenigstens in die Füße kommen, wenn man schon Pantoffeln trägt, der Macher, der nur Ärger machte, die ewige Nervensäge, sein einziger Freund, wenn man so wollte. Warum, fragte er sich, warum hatte man solche Freunde? Wahrscheinlich weil man sich schon zu lange kannte, zu viel erlebt hatte, um den Kontakt einfach abzubrechen.

»Sascha, mach auf!«, hörte er Ute rufen.

Es ging immer noch ein bisschen schlimmer.

»Warum machen Sie denn nicht auf?«, flüsterte Frau Ella.

»Pscht!«, zischte er. Er wollte niemanden sehen. Nicht Klaus, nicht Ute, und auch diese Alte sollte einfach verschwinden.

»Alter, komm mal raus aus'm Tunnel!«, rief Klaus.

»Das können Sie doch nicht machen«, sagte Frau Ella und stand auf. »Das sind doch bestimmt Freunde von Ihnen. Das gehört sich doch nicht.«

Er wollte aufspringen und sie zurückreißen, sie daran hindern, vollends die Kontrolle seines Lebens zu übernehmen, so wie jede Frau, die er in seine Wohnung gelassen hatte, irgendwann das Ruder übernommen und ihn zum Matrosen degradiert hatte.

»Ach, Scheiße«, sagte er und sah sie in Richtung Diele davontapsen. Sie blickte sich noch einmal um, als hätte sie plötzlich Angst vor der eigenen Courage, als wäre auch sie nicht sicher, ob dieser Montag noch eine weitere Wendung brauchte.

»Machen Sie doch, was Sie wollen.«

Sie lächelte. Jetzt konnte sie ihm mit seiner Einwilligung das Messer in die Brust rammen.

Er hörte, wie der Riegel zur Seite geschoben wurde, erkannte das Quietschen der Türklinke, das Knarren der Tür. Dann war Stille, und er musste grinsen beim Gedanken an den Anblick, der sich den beiden Eindringlingen bot.

»Äh«, hörte er Klaus stammeln.

»Mhm, wohnt hier denn der Sascha nicht mehr? Sascha Hanke. Steht auch noch an der Klingel«, sagte Ute.

»Aber natürlich«, sagte Frau Ella. »Ich bin hier nur zu Besuch, im Notquartier, auf der Flucht sozusagen, wenn Sie verstehen. Deswegen auch meine etwas seltsame Garderobe. Kommen Sie, Herr Hanke erwartet Sie im Salon.«

Frau Ella war wirklich unglaublich. So hatte sie mit ihm noch nicht geredet. Sie überraschte ihn. Die ungebetenen Gäste kamen ins Wohnzimmer, vorneweg

Klaus, noch schwitzend und außer Atem vom Treppensteigen, vom Klopfen und vom Rufen.

»Captain Ahab! Was hast du denn da für'n weißen Wal geschossen? Was ist denn mit dir passiert?«, brüllte er, schon wieder ganz der Alte.

»Das war das Bein.«

»Was? Dein Bein ist auch am Arsch?«

»Nein, Kapitän Ahab, der hatte nur ein Bein.«

»Dann eben Long John Silver oder Captain Hook, irgend so'n Pirato wird ja wohl mal mono geglotzt haben, wenn ich nicht komplett hirnverfettet bin. Ist das hier so 'ne Art Klub der Einäugigen, oder was? Was haben die denn überhaupt mit dir angestellt? Alter, einfach so abzutauchen, kaum geht der Sommer los, was is'n das für 'ne Nummer?«

»Nehmen Sie doch Platz«, sagte Frau Ella.

»Mensch Sascha, was ist denn mit deinem Auge?«, fragte Ute.

»Alles in Ordnung«, sagte er. »Wie wär's mit einem Schluck Wein zur Begrüßung?«

»Alter, gerne auch zwei auf den Schreck«, brüllte Klaus. »Kleiner Umtrunk unter Freischärlern. Verdammt, ihr braucht unbedingt schwarze Augenklappen.«

Sascha ließ die drei alleine im Wohnzimmer, um sich in der Küche auf die Suche nach einem Wein zu machen. Das war ihm sein Schicksal schuldig, auch wenn er sich da nicht ganz sicher war. Er fand eine Literflasche Liebfrauenmilch, einen Lambrusco und einen Weißwein, warm und trocken wie eine Wüste. Im Eisfach lag noch eine dieser Eiswürfeltüten von seiner letzten Party, als Ute ins Waschbecken gekotzt hatte. In der Küche, weil Lina ihm auf dem Klo einen geblasen hatte. Das war so lange her, dass alles andere außer Eiswürfeln längs verdorben wäre. So wie seine Erinnerungen an diese Party und überhaupt an die ganze Zeit mit Lina. Es war kaum zu fassen, dachte er. Da wollte er mal so richtig loslegen und all das hinter sich lassen, was ihn in seiner Mittelmäßigkeit von Tag zu Tag stärker genervt hatte, und jetzt saß er mit einer Oma und Klaus und Ute in seinem Wohnzimmer und würde gleich mit dieser fuseligen Weißweinplörre anstoßen. Glamour war definitiv etwas anderes. Fehlte nur, dass Lina plötzlich vor der Tür stand! Endlich fand er dieses bescheuerte Holztablett, mit dem sie dauernd im Bett hatte frühstücken wollen, als gäbe es keinen Tisch zum Frühstücken, so wie es ein Bett zum Schlafen und ein Klo zum Scheißen gab. Scheiße, verdammt. Stopp! Halt! Nicht das auch noch. Kein Gedanke an Lina. Er hatte auch so genug Sorgen. Sie war seit Monaten weit weg in Spanien, wo sie gerne bleiben konnte.

Er ließ die Eiswürfel, die eher kleine Eseier waren, in eine Schale plumpsen. Jedes zweite Eisei schoss über sein Ziel hinaus, flutschte durch die Schüssel und landete auf dem Boden, wo es an sich zog, was auch immer da an Dreck herumlag. Genau wie er selbst, der nicht einmal ins Krankenhaus gehen konnte, ohne dass eine

Alte an ihm klebenblieb. Staub, Haare und Krümel ließen sich unter dem Wasserhahn leicht wieder entfernen. In einer angebrochenen Tüte Pistazien bewegte sich noch nichts. Auch die füllte er in eine Schale und stellte schließlich alles zusammen auf das Holztablett, das er zu seinen Gästen trug. Die unterhielten sich anscheinend bestens.

»Alter, du bist ja'n richtiger Hero!«, brüllte ihm Klaus entgegen, der einfach nicht leise reden konnte, weil ihn einfach alles so begeisterte. Klaus war ein Mensch gewordener Werbeblock, immer ein bisschen lauter und bunter als das übrige Programm. Und er war einfach da, immer wieder, weil Sascha zu faul war umzuschalten. Seit Jahren.

»Ein Leben wie'n Abenteuerroman. Alter Großstadtcowboy! Wie so'n Musketier die Dame ohne jeden Hintergedanken aus den Fängen der Bösen gerettet.«

Wollte Klaus ihn verarschen? Sascha suchte Frau Ellas Blick, die ihm aufmunternd zulächelte, und er fragte sich, was sie denen gerade erzählt hatte. Nicht, dass sie sich noch in ihn verknallte! Er machte die Flasche auf und füllte die Gläser. Ein bisschen blieb sogar übrig.

»Prost!«, sagte er.

»Auf eure WG!«, sagte Ute.

»Auf die verdammte Piraten-WG!«, brüllte Klaus. Frau Ella nippte unschuldig an ihrem Glas.

»Auf die was?«

»Na, auf eure Hammer-WG, euren Mut, neue Wege

zu gehen, wie damals die von der Kommune I, nur ohne Sex. Neue Lebensformen ausprobieren, die Gesellschaft im Privaten verändern, subversiv sein, die ganze verdammte geile Progress-Kacke, Alter. Es gibt kein richtiges Leben im falschen, und es gibt auch kein richtiges Sterben im falschen, was nicht heißen soll, dass irgendwer sterben soll, nur gehört das halt alles voll und ganz zusammen, das ist eine große Nummer, und ihr beiden seid verdammt noch mal die Early Adaptors der generationenlosen Gesellschaft. Kommune 99! Yin und Yang, alt und jung, das gibt's einfach nicht mehr. Die Diktatur der Zeit hat den Zenit ihrer Macht überschritten, das ist die Keimzelle des Widerstands. Das Leben ist nicht linear. Alle sind Menschen, alles tutti! Wie geil ist das denn!«

»Was ist denn mit dir los?«

»Nix ist los. Ich find's nur extrem lässig, dass du einfach so, am ersten schönen Abend im Biergarten, beschließt, dass mal was passieren muss in deinem Leben, und eine Woche später bist du auf dem besten Weg, die Gesellschaft umzukrempeln, dieses ganze Mediengelaber von wegen Generationenkonflikt und so einfach mal konsequent zu hinterfragen und zu widerlegen. Einfach geil. Scheiß auf diese Werbekacke, scheiß auf die ganzen Buchstaben. Nicht reden, machen. Respekt, meine Schwestern gehören dir!«

»Echt toll, Sascha!«, sagte Ute.

Frau Ella guckte selbst so verwirrt, als kapierte sie

noch viel weniger, was hier los war. Die beiden waren ja vollkommen drauf, worauf auch immer.

»Pass mal auf, Klaus«, setzte er an. »Frau Ella ist nur deswegen hier, weil dieser Pfleger zu blöd ist, ihre Sachen vorbeizubringen. Frau Ella findet das hier alles ziemlich dreckig, sie mag meinen Kaffee nicht und würde genauso gerne wie ich so schnell wie möglich zurück in ihr normales Leben. Wir haben zufälligerweise beide ein kleines Problem mit unseren Augen, wir sind uns zufälligerweise begegnet, und ich habe ihr zufälligerweise einen Gefallen getan. Kapiert?«

Jetzt schwiegen sie alle und sahen ihn fast erschrocken an, als hätte er ihr Spielzeug kaputtgemacht.

»Also, so schlecht war Ihr Kaffee nicht«, sagte Frau Ella. »Nur ungewohnt, mit so viel Milch. Und das bisschen Staub.«

»Und die Teller?«

»Sind längst sauber.«

»Und meine Art, Eier zu kochen? Haben Sie nicht nur darauf gewartet, dass das schiefgeht?«

»Die Eier waren exzellent. Das habe ich Ihnen doch gesagt.«

»Und die Art und Weise, wie ich mein Brötchen esse?«

»Ach, mein Junge, hören Sie doch auf. Sie sind ja richtiggehend nachtragend. Sie wissen doch, wie dankbar ich Ihnen bin.«

»'tschuldige«, meldete sich Ute, »Was macht ihr denn, wenn dieser Pfleger nicht mehr kommt?«

»Der wird schon noch kommen«, sagte er.

»Wenn die Hoffnung stirbt, gibt's keinen mehr, der trauern könnte«, sagte Klaus überraschend leise, stand auf und setzte sich neben ihn auf die Sessellehne. »Alter, nimm mal 'ne Kippe, lehn dich zurück und mach dich locker. Du hast einfach noch nicht kapiert, was für 'ne tipptopp Nummer du gerade abziehst. Komm, lass mir die Illusion, dass ich einen Helden kenne.«

Sascha fingerte eine Zigarette aus der Packung, ließ sich Feuer geben und hustete. Der Schmerz tat gut, und plötzlich war ihm sein Auftritt peinlich, seine ganze Kleingeistigkeit. Es war schließlich nicht Lina, die wieder einziehen wollte, um ihm das Leben als Gegenleistung für ihr schönes Lächeln zur Hölle zu machen, sondern eine alte hilfsbedürftige Frau, die vielleicht für eine Nacht ein Dach über dem Kopf brauchte. Er war genauso bescheuert wie Klaus, nur andersrum, vollkommen unfähig, die Dinge so zu sehen, wie sie waren, ohne ihnen irgendeinen größeren Sinn überzuziehen, um das Gefühl zu haben, etwas Besonderes zu erleben.

»Wenn er nicht kommt, dann können Sie natürlich hier schlafen. Schließlich hab ich Ihnen das eingebrockt.«

»Mein Junge, Sie haben mir das Leben gerettet.«

»Na also«, sagte Klaus. »Nichts, was sich unter Piraten nicht mit einer Kippe klären ließe. Und jetzt hab ich Kohldampf. Irgendwer Lust auf 'ne Glutamatbombe vom Shogun?«

»Ich nehme eine Kokossuppe mit Tofu«, sagte Ute.

»Mögen Sie Asiatisch?«, fragte Klaus.

»Sie meinen die Brötchen?«, fragte Frau Ella. »Die waren hervorragend.«

»Nein, er meint richtiges Essen, Asiatisch, mit Kokos und Curry und so«, schaltete Sascha sich ein.

»Und das gibt es auch bei Ihrem Brötchenverkäufer?«

»Nebenan. Brötchen gibt's beim Chinesen, Essen beim Asia-Man, sind aber alles Vietnamesen. Schmeckt alles ganz gut, wenn Sie Glutamat mögen, das ist so ein Geschmacksverstärker. Ich glaube, das ist auch in Maggi drin, oder?«

»Im guten alten Maggi?«, brüllte Klaus. »Das wär ja wohl der Hammer!«

»Wieso wäre denn das der Hammer?«, fragte Sascha und bemühte sich, ruhig zu bleiben.

»Weil Maggi verdammt noch mal der Hermann unter den Würzmitteln ist. Das ist so was von deutsch und rein, nur bestes Gemüse aus Süddeutschland, geerntet und gekocht von deutschen Jungfern, das ist so deutsch, dass es schon fast braun sein muss. Erzähl das mal den Glatzen, dass ihre Muttis jeden Mittag einen auf Asia-Snack machen!«

»Ja, aber die essen doch auch Currywurst«, meldete sich Ute, die schon in der Tür stand und auf Klaus wartete.

»Ach, vergiss mal die Currywurst. Alter, ist das 'ne fette Story, oder was? Das ist also gar kein Zufall, dass jetzt plötzlich alle Asiatisch essen, sondern die Rückkehr zu unseren Maggi-Wurzeln, so 'ne Art Regression, wie dieser Typ bei Alain Proust mit seinem Pfannekuchen, der ihn immer an seine Kindheit erinnert.«

»Eine Madeleine war das bei Marcel Proust«, sagte Sascha. »Außerdem kommt Maggi aus der Schweiz, und du wolltest herausfinden, was wir essen möchten.«

»Alter, bist du heute wieder als Lexikon verkleidet, oder was? Ist ja auch egal. Krasse Nummer jedenfalls. Also Frau Ella, wollen Sie Ihr Glutamat denn eher mit Reis oder Reisnudeln oder Eiernudeln, mit Kokossuppe oder ohne, mit Fleisch oder ohne, mit Gemüse oder ohne?«

»Oder die Sommerrollen«, sagte Ute.

»Nee, die stinken«, sagte Klaus.

»Die stinken voll nicht.«

»Salmonellenstängel sind das. Viel zu gefährlich.«

»Was nehmen denn Sie?«, wandte Frau Ella sich an Sascha.

»Huhn in Erdnusssoße, das ist eigentlich Indonesisch.«

»Ist ja auch in Asien und schmeckt klasse«, sagte Ute.

»Die Atombombe im Arsenal der Glutamier«, sagte Klaus. »Da müssen Sie gleich zwei Bier extra dazu bestellen.«

»Wieso denn zwei Bier?«

»Na, weil man davon so was von einen Durst kriegt.«

»Aha«, sagte Frau Ella. »Von diesem Glutamaggi?«

»Das müssen wir noch recherchieren, das mit dem

Maggi, aber klar, von dem Glutamat. Sie können natürlich auch Wasser nehmen.«

»Ich komm mit runter und überleg noch mal«, sagte Ute.

»Und nicht streiten, wenn wir weg sind«, rief Klaus aus der Diele. Dann fiel die Tür ins Schloss, und Sascha hatte das Gefühl, von einer gigantischen Welle erfasst, herumgewirbelt und über ein Korallenriff geschleift, endlich wieder aufzutauchen, den Himmel zu sehen, das Kreischen der Möwen zu hören, die wärmenden Strahlen der Sonne zu spüren. Er griff nach seinem Glas, nahm einen tiefen Schluck und konnte kaum fassen, wie gut dieser Wein schmeckte, dieser zarte Nektar des Glückes.

»Reizend, Ihre Freunde«, sagte Frau Ella. »Ganz reizend.«

Das konnte nicht wahr sein. Er stellte das Glas ab und sah ihr ins Auge. Wollte auch sie ihm jetzt blöd kommen, sich darüber lustig machen, dass einfach alles in die Hose ging, ihm gar nichts gelingen wollte, sogar seine Freunde ihm das Leben zur Hölle machten? Reichte es nicht, dass er ihr das Leben gerettet hatte und sie hier sitzen durfte? Er stellte sich doch schon ganz in den Dienst des würdigen Alters. Und sie amüsierte sich auf seine Kosten. Er sah ganz genau hin. Wenn Frau Ella spöttisch guckte, dann nur mit dem verbundenen Auge.

»Ich deck dann mal den Tisch«, seufzte er und raffte sich auf.

5

NATÜRLICH HATTE FRAU ELLA SCHON von der asiatischen Küche gehört. Wie hätte sie die auch übersehen können, die ganzen Artikel und Rezepte in den Zeitschriften, die Fertiggerichte im Laden. Nur hatte sie bislang nicht verstanden, welchen Grund es dafür geben sollte, sich plötzlich wie die Menschen in Asien zu ernähren. Das waren doch ganz fremde Zutaten, die man vielleicht überhaupt nicht vertrug. Außerdem beherrschte man doch die Gerichte am besten, die man am längsten kannte. Ihren Krustenbraten hatte sie noch vor dem Krieg auf der Haushälterinnenschule gelernt, das Rezept für den Rotkohl stammte von ihrer Mutter. All das hatte ihr selbst und allen anderen immer geschmeckt, auch ohne Maggi, dieses braune Zeug, das damals plötzlich alle benutzten, als wäre es früher nicht auch ohne gegangen. Auf dem Land hatte es das nicht gegeben. Und dann später diese Fertiggerichte! Wann hatte das überhaupt angefangen? Sie hatte nie verstanden, wie man freiwillig etwas essen konnte, das in einer

Fabrik vorgekocht worden war. Ab und zu eine Konserve, wenn es sich nicht vermeiden ließ, das konnte sie verstehen, aber ganze Gerichte? In der Not mochte das eine Lösung sein, aber doch nur, weil es nicht anders ging. Gut, dass dieses Asiatische offenbar gleich unten gekocht wurde. Trotzdem blieb sie skeptisch, fragte sich, warum man nicht einfach selber etwas kochte. Sie wäre dazu jedenfalls bereit gewesen, doch musste sie natürlich auch etwas bestellen, wo die Freunde ihres Gastgebers so nett waren, nachdem sie sich so unwohl gefühlt hatte, so ganz und gar fehl am Platz. Zum Glück hatte Sascha den Wein aufgemacht, mit dem es jetzt schon sehr viel besser ging. Sie lächelte, als er ihr den letzten Rest nachschenkte und sich ihr gegenüber an den Küchentisch setzte. Sie hatte ihm noch nicht einmal dabei helfen dürfen, den Tisch zu decken! Messer und Gabel lagen kreuz und quer neben den halbvollen Weingläsern. Und Teller fehlten auch noch.

»Prost, Frau Ella«, sagte er. »Schön, dass ich mich für den Melissengeist revanchieren kann.«

»Ach, hören Sie auf, das war Medizin. Ich hoffe wirklich, ich bin Ihnen keine allzu große Last.«

»Denken Sie einfach nicht drüber nach. Selbst wenn Sie mir unglaublich auf die Nerven gehen würden, würde das nichts an der Situation ändern. Sie sind ganz einfach mein Gast, bis dieser Pfleger endlich auftaucht.«

»Sie klingen ja nicht so begeistert, oder irre ich mich?«

»Das hat nichts mit Ihnen zu tun«, sagte er und wirkte plötzlich ganz nachdenklich. »Wirklich.«

»Sind Sie denn nicht zufrieden mit Ihrem Leben, ich meine, abgesehen von Ihrem Auge?«

Jetzt starrte er sie wieder so aggressiv und zugleich ängstlich an, als hätte er das Gefühl, sie wolle ihm Böses. Sie hatte zwar seit vielen Jahren keinen engeren Kontakt mehr zu anderen Menschen gehabt, doch sie war sicher, dass er vor irgendetwas Angst hatte. Aber wovor? Er hatte ja anscheinend alles, außer einer Frau natürlich, aber auch die ließ sich schließlich finden.

»Sind Sie denn zufrieden?«, fragte er.

»Ach ich, ich brauche ja fast nichts mehr. Ich hatte meinen Teil vom Braten.«

»Genau so fühle ich mich auch«, grinste er traurig. »Liegt verdammt schwer im Magen.«

»Ja, aber Sie sind doch nun wirklich ein wenig jünger als ich, Sie haben Ihr Leben noch vor sich.«

»Ja, genau das ist ja das Problem. Immer hat man dieses Leben vor sich, mal näher, mal ferner, aber immer vor sich, nie ist man einfach mal mittendrin. Wie dieser Esel, dem man die Möhre an einer Angel vor der Nase herumbaumeln lässt, und er geht und geht und geht, weil er sein verdammtes Möhrenleben vor sich hat. Die Frage ist, was bringt ihm die Möhre überhaupt? Ich meine, was war zum Beispiel Ihre Möhre? Die Rente? Eine Familie? Hübsche Enkel? Macht? Geld? Ein Reihenhaus?«

Was war denn das für eine Frage? Sie versuchte zu

verstehen, was in ihrem Gastgeber vor sich ging. Er wirkte so gesund und so krank, so frisch und so verbraucht. Überhaupt war es gar nicht so einfach, diese jungen Menschen einzuschätzen. Mussten die nicht eigentlich längst verheiratet sein? Kinder haben? Stattdessen stellte dieser Sascha die selbstverständlichsten Dinge in Frage, und sie wusste nicht weiter. Sie hatte ja immer gedacht, sie würde mit den Jahren und der ganzen Einsamkeit langsam immer verrückter, aber solche Fragen hatte sie sich noch nie gestellt. Das Leben als Möhre! Ehe sie etwas zu den seltsamen Gedanken ihres Gastgebers sagen konnte, klingelte es. Sascha stand auf, regelrecht ächzend, wie ein alter Mann, das war ja fast zum Lachen. Kaum hatte er ihr den Rücken zugekehrt, legte sie Messer und Gabel schnell so hin, wie sie zu liegen hatten, und rückte auch die Gläser an die richtige Stelle. Ein bisschen Ordnung musste einfach sein.

»Die feinen Gerichte des fernen Ostens!«, rief der Dicke ihr entgegen. Klaus mit seinen komischen Ausdrücken, den sie sofort gemocht hatte, mit seiner ungezügelten Fröhlichkeit. Er erinnerte sie an die Männer in ihrer Kindheit, die lauten, derben Landarbeiter.

Aus zwei Plastiktüten holte er vier Aluminiumschalen hervor und stellte sie zwischen Messer und Gabel. Also doch wie im Krieg. Abgedeckt war ihre Schale mit einem Pappdeckel, auf dem irgendetwas geschrieben stand, das sie ohne ihre Brille nicht lesen konnte. Es duftete gut, ungewohnt und sehr intensiv, fast weihnachtlich. Die drei setzten sich zu ihr an den Tisch und bogen den Rand der Aluminiumschale zurück, um den Pappdeckel zu entfernen. Die Schalen waren in mehrere Bereiche unterteilt, wie die Teller auf der Raststätte, damals als sie und Stanislaw doch einmal in den Urlaub gefahren waren. Wie lange hatte sie daran nicht gedacht?

»Na los, Frau Ella! Keine Angst vor dem Unbekannten!«, riss Klaus sie aus ihren Gedanken.

»Soll ich Ihnen helfen?«, fragte das Mädchen.

»Das schaffe ich gerade noch selbst.«

Schlecht schmeckte dieses Indonesisch-Asiatische nicht. Der Reis duftete viel stärker als der, den sie kannte. Das Hühnchen war knusprig angebraten und auf Holzspieße gesteckt, obwohl das eigentlich keine Spieße waren, keine Grillspieße, wie sie sie kannte, auf denen kleine Fleischstücke hintereinander aufgereiht waren. Zwei ganze Stücke Brust waren das, die gar keinen Spieß gebraucht hätten, um zusammenzuhalten. Interessant, dachte sie und überlegte, ob es dafür wohl eine Erklärung gab, nur wollte sie nicht fragen und so schon wieder zeigen, wie wenig sie verstand. Außerdem machte die Erdnusssoße in der Tat sehr durstig. Aufmerksam schenkte Klaus ihr immer wieder von dem kühlen Bier nach, und der Geschmack machte sie glücklich. Ihr letztes Bier hatte sie noch mit Stanislaw getrunken, am Abend vor der allerletzten Nacht, nach der sie dann allein gewesen war. Plötzlich. Ganz allein. Sie schaute in die Runde. Sascha starrte nachdenklich auf seine Schale, Klaus ließ es sich mit glänzenden Wangen richtig schmecken, Ute löffelte langsam ihre Suppe. So würde dieses blasse blonde Mädchen nie zu Kräften kommen, aber das ging sie schließlich nichts an. Zum ersten Mal wurde Frau Ella richtig bewusst, dass sie seit einundzwanzig Jahren nicht in so einer fröhlichen Runde gesessen hatte. Seit einundzwanzig Jahren keinen einzigen Schluck Bier, weil das nicht richtig gewesen wäre, ganz alleine, da sie es immer so genossen hatten, sich eine Flasche nach der anderen zu teilen, nie aber mehr als drei. Wie kam das nur, dass sie andauernd an früher dachte?

»Schmeckt es Ihnen nicht?«, fragte das Mädchen.

»Doch, natürlich, exzellent«, sagte sie, die ganz vergessen hatte, weiterzuessen. Sie lächelte und sah, dass auch Sascha nicht mehr ganz so traurig guckte. Das kannte sie, dass Männer gerne komisch wurden, wenn sie Hunger hatten. Vielleicht nicht ganz so komisch, aber immerhin. Ein lustiger Vogel war das, und natürlich hilfsbereit. Sie widmete sich wieder ihrem Feldbesteck und ließ den Blick durch die Küche schweifen. Selbst im Dunkeln bestand kein Zweifel daran, dass das Fenster geputzt werden musste. Und die Spinnweben, die dreckigen Dielen, die bräunlichen Streifen auf der Tür. Das musste Kondenswasser gewesen sein, oder war er so dumm gewesen, die weiße Tür zu wischen und nicht abzutrocknen? Wie auch immer, so schlimm war das nicht, ihr würden ein, zwei Stunden reichen. Sie lächelte ihm zu. Er hob sein Glas in ihre Richtung. Klaus schenkte ihr nach, sie prostete zurück und nahm einen großen Schluck.

Ihr Mund war heiß und trocken von der Soße. Das Bier tat so gut, kühlte den Mund, kitzelte in der Nase und blubberte lustig im Magen, ja, das war ein Vergnügen. Sie hatte ganz vergessen, wie sehr sie Bier liebte, kaltes Bier auf der Zunge, im Rachen, in der Speiseröhre und im Magen, diese Frische, die den ganzen Körper durchströmte. Aber warum sahen die drei sie plötzlich so seltsam an? Klaus zog eine Grimasse, die sie nicht verstand, Sascha hatte alle Fröhlichkeit wieder verloren. Hilfesuchend sah sie nach dem Mädchen, das jetzt kicherte. Machte Ute sich über sie lustig? Hatte sie etwas falsch gemacht? Laut mit sich selbst geredet? Auch Klaus fing an zu lachen. Die beiden hatten einen regelrechten Lachanfall. Nur Sascha grinste schmal, als fände er das alles gar nicht lustig.

»Da sag mal einer, dass man aus alten Rohren nicht schießen kann!«, rief Klaus, dem der Schweiß auf der Stirn stand. »Und guck dir den Sascha an! Der traurige Korsar!«

Das Mädchen kicherte hysterisch. Sascha guckte immer ernster, und das war wirklich lustig, wie die beiden lachten und er so strafend schaute wie ein Oberlehrer. Da hatte er Besuch von seinen Freunden, die sich, warum auch immer, köstlich amüsierten, und er wurde immer ernster, als sei das ein Verbrechen, Spaß zu haben. Sie wurde nicht schlau aus diesem jungen Mann, aber das sollte nicht so bleiben. Sie mochte ihn, und sie würde schon dahinterkommen, was mit ihm los war. Da merkte auch sie, wie es in ihr nicht nur blubberte, sondern auch zuckte, wie ein Lachen in ihr seinen Weg nach oben fand, das sie unterdrücken musste. Wie konnte sie sich über ihren Retter lustig machen? Es war längst zu spät, auch wenn das Lachen vor sich her aus ihrem Bauch noch eine ganze Blase Luft nach oben trieb. So laut, da war sie sicher, hatte sie noch nie gerülpst, und ihre Wangen brannten, so sehr schämte sie sich und musste zugleich lachen, dass ihr der Bauch weh tat. So verwirrt war sie und zugleich so glücklich.

»Und zwar aus allen Rohren«, schrie der Dicke, und erst jetzt, als es wieder in ihr blubberte, ahnte Frau Ella, dass ihr Darm wieder einmal bestimmte, wo es in ihrem Leben langging.

»Nichts für ungut, Frau Ella«, quietschte Klaus, der immer röter anlief. »Sie sind verdammt noch mal die allergrößte Nummer, die mir je begegnet ist, da kann dieser Typ hier noch so streng gucken!«

Da stand Sascha auf und stürmte aus der Küche, und sie konnte nicht anders, als weiter zu lachen, so sehr, dass ihr Tränen über die Wange liefen. Erst als Sascha plötzlich wieder in der Tür stand, kamen sie langsam zur Ruhe.

»Macht Ihnen das eigentlich Spaß, sich auslachen zu

lassen?«, fragte er in ihre Richtung. Kühl, fast bösartig wirkte er. »Wollen Sie den Clown spielen für diesen Idioten, der nichts Besseres zu tun hat, als sich über alte Leute lustig zu machen? Ich meine, bitte sehr, nur zu, wir könnten auch Eintritt nehmen. Begegnungen mit der Vergänglichkeit, Essen mit der lustigen Alten. Zwei körperliche Fehlfunktionen pro Abend garantiert. Dann sagen Sie das bitte, damit ich mir verdammt noch mal nicht die ganze Zeit Mühe geben muss, Sie mit Respekt zu behandeln.«

»Mannomannomannomannomann«, hörte sie Klaus neben sich murmeln.

»Könnten Sie das Geld denn gebrauchen?«, fragte sie.

»Was?«

»Das Geld, den Eintritt, haben Sie Geldsorgen?«

»Warum sollte ich denn Geldsorgen haben? Warum sollte ich überhaupt Sorgen haben? Was wollen Sie überhaupt?«

»Also wirklich glücklich wirken Sie nicht, mein Junge.«

»Mein Junge«, zischte er. »Ich frage mich, wer hier Sorgen hat.«

»Wollen Sie sich nicht einfach wieder zu uns setzen?«

Das ging doch nicht, dass er immer alles falsch verstand und so schrecklich litt an allem.

»Kommen Sie, bitte. Ich werde versuchen, mich zu benehmen.«

»Ach, darum geht es ja gar nicht«, sagte er leise.

»Und worum geht es?«

»Keine Ahnung. Vielleicht darum, dass Sie doch eine Dame sind und sich von diesem Typen auslachen lassen und auch noch mitmachen. Ich finde das nicht normal.«

Sicherlich hatte er recht. Sie hatte sich gehenlassen, weil sie es so genoss, unter Menschen zu sein, unter fröhlichen Menschen, die anscheinend Gefallen an ihr fanden.

»Kommen Sie, ich verstehe, dass es nicht leicht ist, mit so einer wie mir zurechtzukommen.«

»Wo soll das nur enden?«, seufzte er und setzte sich. »Wo soll das nur enden, Frau Ella?«

»Na, irgendwann auf dem Kirchhof. Bis dahin könnten wir aber noch ein bisschen Spaß haben, oder?«

Erst jetzt, nachdem sie es ausgesprochen hatte, wurde ihr klar, dass vielleicht genau das sein Problem war. Dass ihm irgendetwas fehlte, er sich nicht einfach freuen konnte. Wie er so dasaß, schlaksig, mit seinem ungebügelten Hemd und den zerzausten Haaren und der viel zu großen Brille, wirkte er wie ein trauriges Kind. Sie musste sich eingestehen, dass ihm dieser Blick bestens stand, dieses traurige braune Auge. Sie musste versuchen, ihn besser zu verstehen. War es denn wirklich so schwer, sie zu ertragen?

Die fröhliche Stimmung war jedenfalls dahin. Schweigend saßen sie um den Tisch, auf dem die Reste ihres Essens in den Aluminiumschalen klebten. Was vorhin noch so gut geschmeckt hatte, wirkte jetzt schäbig, schmutzig und billig. Wieder hatte sich alles verändert, innerhalb kürzester Zeit. Völlig fremde Menschen waren das. Warum hatte er sie nicht einfach im Krankenhaus gelassen, wenn es ihm so schwerfiel, sie zu ertragen? Warum holte er sie in seine Wohnung? Er war ihr doch nichts schuldig. Sie hatte ihn um nichts gebeten, und sie war auch so gut zurechtgekommen, alleine, die ganzen letzten Jahre. Man brauchte keine Menschen, um zu überleben. Trotzdem hatte sie sich verführen lassen. Hatte sich Hoffnung machen lassen. Warum tat er das? Warum gab er ihr erst das Gefühl, dass er für sie da war, um sie gleich darauf zu enttäuschen? Hätte sie es nicht besser gewusst, hätte sie ihn für bösartig gehalten.

Bei allem Ärger war es nicht nötig, den Müll noch länger auf dem Tisch stehenzulassen. Sie beugte sich vor, langsam, weil sie spürte, dass auch ihr Rücken seinen Teil von all der Aufregung abbekommen hatte, griff nach den Schalen, stapelte sie, legte das Besteck obenauf.

»Lassen Sie, ich mach das schon«, sagte das Mädchen, als sie aufstehen wollte.

»Ich mach das gerne.«

»Ach Quatsch. Bleiben Sie bitte sitzen.«

So dünn das Mädchen war, natürlich war sie flinker auf den Beinen und räumte den Tisch ab. Dabei hätte Frau Ella genau das gebrauchen können. Ein wenig für Ordnung sorgen. Abspülen. Sich ablenken.

»Ich hole Ihnen noch eine Zahnbürste beim Asiaten«, sagte Sascha.

»Wir machen uns dann auch gleich auf den Weg«, sagte Klaus.

»Brauchen Sie sonst noch etwas?«

»Danke. Es ist ja nur für eine Nacht.«

»Ja genau. Für eine Nacht«, sagte er, stand auf und ging aus der Küche.

»Nehmen Sie's ihm nicht übel«, sagte Klaus, nachdem sie eine Weile geschwiegen hatten. »Eigentlich mag er Sie.«

»Was hat er denn nur? Er wirkt so, so unglücklich.«

»Er leidet am Leben«, sagte Klaus, und sie verstand nicht, wie ernst er das meinte.

»Und an der Liebe«, sagte das Mädchen von der Spüle her. »Seit Lina weg ist, ist mit Sascha nichts mehr anzufangen.«

»Als sie noch da war, war's noch schlimmer. So 'ne Art fatale Leidenschaft, wenn Sie verstehen, was ich meine. Großes französisches Kino. Blumentöpfe vom Balkon werfen, heimliche Treffen mit älteren Herren, Morddrohungen und so weiter. Nicht so gut für die Nerven. Na ja, irgendwas muss an der sein, und wenn's nur die Titten sind.«

»Mann, Klaus«, sagte Ute und lächelte ihr entschuldigend zu.

»'tschuldigung, Frau Ella. Sie sollten ihn da jedenfalls nicht drauf ansprechen. Irgendwann geht's auch dem wieder besser.«

»Die ist aber auch wirklich so was von bescheuert, die Alte«, sagte das Mädchen und lächelte ihr schon wieder zu. »Nicht Sie natürlich, Frau Ella, sondern Saschas Ex.«

»Sie meinen, er ist unglücklich verliebt? Wie heißt sie denn?«

»Lina«, seufzte Klaus.

»Ein seltsamer Name«, fand sie. »Nicht Lisa, nicht Tina.«

»Passt eigentlich ganz gut«, sagte das Mädchen. »Die Alte weiß nicht, was sie will.«

»Wie alt ist sie denn? Viel älter als er?«

»Quatsch. Die ist mal gerade Mitte zwanzig.«

»Und warum nennen Sie sie dann immerzu die Alte? Das bin dann ja wohl eher ich.«

Die beiden sahen sich an und grinsten.

»Ach, Frau Ella«, sagte Klaus. »Sie wissen gar nicht, wie knufte Sie sind. Das sagt man heute so. Das heißt so viel wie Typ, Freund, Kollege.«

»Aha«, sagte sie.

»Ja, so ist das.«

Das Mädchen setzte sich wieder zu ihnen. Sie schwiegen und lächelten vorsichtig.

»Sag mal, was heißt denn knufte?«, fragte das Mädchen nach einer Weile, und Frau Ella war beruhigt, dass sie nicht die Einzige war, die ihn nicht verstand.

»Na ja, halb knorke und halb dufte.«

Dann hörte sie den Schlüssel in der Tür.

»Da kommt auch schon wieder unser Ritter von der traurigen Gestalt«, sagte Klaus.

Sascha trat in die Küche, legte eine Zahnbürste auf den Tisch, als überbringe er ihr da ein ganz besonderes Geschenk. Das war natürlich Unsinn. Sie war durcheinander. Die ganzen Erinnerungen, der Ärger des jungen Mannes und jetzt auch noch so seltsame Ideen.

»Das wäre wirklich nicht nötig gewesen«, sagte sie.

»Lassen Sie gut sein«, sagte er leise, erschöpft, müde.

»Na dann mal 'ne gute erste Nacht«, sagte Klaus, stand auf und zwinkerte ihr zu. »Ich komm morgen vorbei. Dann holen wir Ihre Sachen aus dem Quacksalbertempel.«

»Hey Klaus, das schaff ich schon«, sagte Sascha.

»Kümmere du dich um dein Auge, Capitano. Bis morgen also!«

»Tschüüüs«, rief Ute, die schon in der Diele stand. »Tschüs Frau Ella!«

»Macht's gut Kinder und fahrt vorsichtig«, rief sie. Die beiden winkten aus dem Flur und lächelten. Dann fiel die Tür ins Schloss. Sie hörte, wie die Schritte im Treppenhaus immer leiser wurden.

»Wollen Sie zuerst ins Bad?«

Sie schwieg und sah ihn an.

»Was ist denn nur los mit Ihnen, mein Junge?«

»Nichts. Wirklich. Ich bin müde. War ein anstrengender Tag. Morgen kümmere ich mich um alles, nach dem Frühstück.«

»Mit Kaffee und Macchiato«, sagte sie und hoffte, dass das ein kleines Leuchten war, das sie in seinem Auge sah.

6

ER LIEBTE DEN DUFT VON KAFFEE am Morgen. Das war an sich nichts Besonderes. Das ging sicher vielen so. Warum sollte man morgens Kaffee trinken, wenn man nicht auch den Geruch mochte? Nur lag er noch auf seinem Sofa, spürte das Kratzen der gestreiften Strickdecke seiner Urgroßmutter und wusste ganz genau, dass er noch nicht aufgestanden war, um Kaffee zu kochen. Und dennoch roch es nach Kaffee. Da war dieser Duft, der zeigte, dass der Tag gut war, ehe er überhaupt begonnen hatte. Gemeiner konnte man eigentlich niemanden aufs Glatteis locken, wenn man ihm Böses wollte. Zum Kaffeeduft kam eine leichte Brise, fast wie am Meer, die über sein Gesicht strich und das Liegen im Bett noch angenehmer machte. Hier war es warm. Wie im Schlafsack am Strand, wenn man es schaffte aufzuwachen, bevor die Sonne zu heiß wurde. Das Meer ganz still und der Sand noch ein wenig feucht. Draußen die Fischerboote am Horizont. Das monotone Knattern des einen oder anderen Motors. Und selbst die

Möwen klangen ausgeruht, noch gar nicht aufgeregt. Eine frische Ruhe. Nur dass es da nicht nach Kaffee duftete.

Er seufzte vor Wonne und machte dann vorsichtig das Auge auf, ängstlich, einen Traum zu verscheuchen. Der Duft blieb. Das Fenster stand offen. Daher die Brise. Die jungen Blätter der Kastanie schaukelten gemütlich im Wind. Der Himmel war von einem Blau, das an Abenteuer denken ließ. Sein Auge juckte. Er setzte sich auf und verstand, als er seine offene Schlafzimmertür sah, wem er das Glück der letzten Augenblicke zu verdanken hatte. Das Glück, zu Kaffeeduft in einem frisch gelüfteten Zimmer aufzuwachen. Es konnte so einfach sein. Er freute sich auf Frau Ella.

Was war nur gestern mit ihm los gewesen? Was fiel ihm ein, vor dieser fremden und hilfsbedürftigen Frau seine Egonummer zu geben. Fehlte nur noch, dass er mit ihr über Lina sprach. Jedenfalls könnte er etwas souveräner mit ihr umgehen, ganz egal, ob er ihr nun das Leben gerettet hatte oder sie einfach zu Besuch war. Das war schließlich keine große Sache. Er war der Erwachsene. Eigentlich. Noch auf dem Sofa sitzend, versuchte er, den Tag zu planen. Sie würden frühstücken, er also erst einmal Brötchen holen gehen. Dann musste er zum Krankenhaus, damit sie schnell wieder zu sich nach Hause konnte. Klaus, ja Klaus wollte vorbeikommen und helfen. So schlecht war das nicht, dann müsste er kein Taxi nehmen, und ein wenig unwohl war ihm auch bei dem Gedanken, sich alleine im Krankenhaus blicken zu lassen. Sie sollten vielleicht für Frau Ella einkaufen, mit ihr zu Abend essen, oder Kaffee und Kuchen. Heute würde sie ihn jedenfalls von einer besseren Seite kennenlernen. Er stand schließlich auf, um sich auf den Weg in die Küche zu machen. Da fiel ihm ein, dass er wegen der Brötchen noch runter zum Asiaten musste, und er schlüpfte schnell in seine Hose. Die Flip-Flops fand er unter dem Sofa. Vielleicht gab es heute ja auch Croissants.

Kurz war er sich sicher, dass er noch träumte, als er in die Küche schaute. Auch nachdem er sich das Auge gerieben hatte, saß da Frau Ella am ordentlich gedeckten Frühstückstisch. Ihr Kopf war gekrönt von einer vollkommen aus der Form gegangenen Lockenpracht und lag auf einer Zeitung. Davor eine prall gefüllte Brötchentüte. Jetzt sah er, dass ihr Kopf nicht auf der Zeitung lag, sondern sich knapp darüber hin und her bewegte. Er versuchte zu verstehen, was sie vor sich hin murmelte.

»Einäugig im griechischen Mythos.«

»Zyklop«, sagte er, amüsiert vom Spiel des Zufalls. Es gab Dinge, die konnte man sich nicht ausdenken.

»Zett, Ypsilon, Ka, El, O, Pe, passt. Richtig«, murmelte sie vor sich hin, ohne ihn weiter zu beachten. Er ging zurück in die Stube und an seinen Schreibtisch, durchwühlte die Schublade und fand schließlich die alte Lupe, die ihm irgendein Großonkel vor Jahren einmal geschenkt hatte. Zurück in der Küche, legte er das in Metall gefasste gläserne Rund mit seinem hölzernen Griff einfach neben die Zeitung.

»Vielleicht können Sie die gebrauchen.«

»Ja, danke«, murmelte Frau Ella, nahm die Lupe und hing jetzt etwas höher über der Zeitung. »Nebenfluss der Isar.«

»Iller, Lech oder Inn.«

»Nicht der Donau. Ein Nebenfluss der Isar.«

»Ein Nebennebenfluss.«

Da sah sie endlich auf und lächelte ihn an. Heute wirkte sie noch kleiner, noch verschrumpelter, als hätte sie die Nacht im Trockner verbracht.

»Guten Morgen«, sagte sie.

»Guten Morgen Frau Ella.«

»Setzen Sie sich, dann brühe ich uns einen frischen Kaffee auf, wenn man das so noch sagen kann, bei dieser Maschine.«

»Das ist wirklich nicht nötig«, sagte er.

»Herr Li ist übrigens wirklich sehr zuvorkommend«, fuhr sie fort, als hätte sie seine Bemerkung nicht gehört. »Zum Glück konnte ich anschreiben lassen, bis wir meine Sachen geholt haben.«

»Herr Li?«

»Na Ihr Brötchen-Asiate mit den Zahnbürsten und was der sonst noch alles hat. Ich dachte ja, solche Geschäfte gibt es heute gar nicht mehr, wo sogar der Supermarkt ständig einen neuen Namen hat. Was es im Laden nicht gibt, brauch ich auch nicht, hat Stanislaw immer gesagt. Wer einen Laden hat, meinte er, der wird schon wissen, was wichtig ist. Kennen Sie übrigens die Kinder von Herrn Li? Die Kleine ist krank, er wusste aber nicht, wie die Krankheit auf Deutsch heißt. Er ist ja seit über zwanzig Jahren hier, aber die Sprache, sagt er, ist schon sehr schwierig, und das glaube ich ihm. Ich habe ja immer gedacht, die wollen nicht Deutsch lernen, aber dass das so schwierig ist, das hätte ich nicht gedacht. Und dazu so nett, der Herr Li. Wir müssen unbedingt meine Sachen holen, damit ich meine Schulden begleichen kann. Außerdem hatte er keine Kieselerde, aber woher soll er auch wissen, was das ist.«

»Meine Güte, Frau Ella, wo nehmen Sie so früh am Morgen diese Energie her?«, fragte Sascha verwirrt und setzte sich ihr gegenüber, woraufhin sie gleich aufsprang und an den Herd eilte.

»Ach wissen Sie, die Menschen, die morgens lange schlafen, haben mir schon immer leidgetan. Damals, zu Hause auf dem Hof, mussten wir ja immer früh raus. Noch vor der Schule war da so viel zu tun.«

»Seit wann sind Sie denn auf?«

»Na seit sechs, wie immer.«

Irgendetwas hatte sich in der Küche verändert. Da, gleich neben der Spüle, wo die Dielen das Sonnenlicht reflektierten, waren doch eigentlich mit Staub verklebte Bierlachen, auf denen die leeren Flaschen standen. Der Raum wirkte plötzlich so hoch, vielleicht weil sie so klein war. Pfannen und Töpfe in dem Gitterregal waren zu stabilen Türmen gestapelt, das Poster türmte sich nicht mehr zu Wellen wie ein stürmisches Meer, sondern lag flach an der Wand. Alles war irgendwie heller.

»Sie haben nicht wirklich schon die Küche geputzt?«, fragte er.

»Ach, nur ein wenig, um in den Tag zu kommen.«

Sascha lehnte sich zurück und betrachtete Frau Ella, wie sie da in seinen Joggingklamotten stand und konzentriert versuchte, die Kaffeemaschine aufzudrehen. Wie konnte er ihr das übelnehmen?

»Müssen Sie denn eigentlich nicht zur Arbeit? Oder sind Sie noch krankgeschrieben?«

»Eigentlich weder das eine noch das andere.«

Sie drehte sich um, Ober- und Unterteil der Kanne in der rechten und linken Hand, und sah ihn skeptisch an.

»Das scheint ja eine interessante Arbeitsstelle zu sein.«

»Wie man's nimmt. Ist schon in Ordnung.«

»Was machen Sie denn da, wenn Sie hinmüssen?«

»Interessiert Sie das wirklich?«

»Ja, natürlich. Warum denn nicht?«

Sie wandte sich wieder dem Herd zu, stellte die Kannenteile ab und griff nach der Kaffeedose, die sie anscheinend auch poliert hatte, so silbern, wie die glänzte. Jetzt war er gespannt. Neun von zehn Malen, die er Kaffeepulver in den Einsatz füllte, ging mindestens eine Prise daneben, immer gerade so viel, dass er es nicht ignorieren konnte und den Schwamm nehmen musste. Natürlich ging bei ihr nichts daneben.

»Ich finde heraus, was die Menschen wirklich wollen«, sagte er schließlich.

»Aha«, sagte Frau Ella und stellte die Kanne auf den Herd. »Und wie darf ich mir das vorstellen?«

»Na ja, die Firma sucht Menschen, die bereit sind, mit mir über sich zu reden, mir zu zeigen, wie sie leben, mir zu sagen, wovon sie träumen und so weiter. Dann treffe ich diese Menschen, zu Hause oder an einem neutralen Ort, und finde heraus, was sie wirklich wollen.«

»Ja, aber was denn? Was sollen sie denn wollen?«

»Na einkaufen. Waschmittel, Schokoriegel, Zigaretten, Bier, Müsli, Damenbinden. Alles Mögliche.«

»Sie fragen diese Menschen, welche Damenbinden sie kaufen wollen?«

»Ist schon vorgekommen. Sie müssen wissen, ich mache das eigentlich nur zum Geldverdienen, als Freier.«

»Eigentlich. Und als Freier. Das hab ich ja noch nie gehört.«

»In meinem Fall ist man als Freier eher passiv.«

»Aha«, sagte sie.

»Vergessen Sie's. Freier heißt, dass man nicht angestellt ist, sondern immer nur arbeitet, wenn man gebraucht wird. Als freier Mitarbeiter. Dann rufen die mich an, und ich fahre zu den Menschen, die ich interviewen soll, hier in der Stadt oder sonst wo im ganzen Land.«

»So wie ein Wanderarbeiter. Ohne die hätten wir die

Ernte früher nie rechtzeitig eingeholt. Das waren vielleicht Kerle! Eher wie Ihr Freund gestern, nicht so wie Sie.«

»Besten Dank«, sagte er.

Dann blubberte das Wasser, und Frau Ella widmete sich wieder der Kaffeemaschine, die sie von der Flamme nahm, auf die sie gleich darauf den kleinen Topf stellte. Sein zweiter kleiner Topf stand auf einer der hinteren Flammen, die sie erst jetzt entzündete. Dann ging sie aus der Küche. Das war ja mal ein Morgen, dachte er, da blieb ja kaum Zeit, sich Gedanken zu machen, da ging ja alles wie von selbst. Dann hörte er Musik aus der Stube.

»So«, sagte Frau Ella noch aus der Diele. »Dann zeigen Sie mir mal, dass das gestern kein Zufall war.«

»Wollen Sie mir nicht erst mal Ihre Methode vorführen?«

»Welche Methode?«

»Ihr Eier-Methode.«

»Ja, aber das ist doch keine Methode, das geht nach Gefühl. Außerdem werden sie bei mir immer angestochen.«

»Ich bin gespannt«, sagte er und durchwühlte die Schublade des Küchentischs. Irgendwo hatte er doch eine Nadel gehabt. Hoffte er, sie würde scheitern? Wollte er, dass seine Methode die richtige war? Das war mal eine spannende Frage, was es zu bedeuten hatte, wenn es zwei richtige Methoden gab, perfekte Eier zu kochen, wenn es genauso richtig wie falsch war, die Schale einzustechen, die Eier vor oder nach dem Erreichen des

Siedepunktes ins Wasser zu legen. Eigentlich gab es keinen Grund, darüber zu streiten, wenn das Ergebnis stimmte. Man musste sich einfach für das eine oder das andere entscheiden. Ein Problem hatte man nur dann, wenn man sich eben nicht entscheiden konnte, wenn es zu viele Möglichkeiten gab, wenn das ganze Leben zum Supermarktregal wurde. Der Asiate, Herr Li, hatte genau eine Zahnbürste im Angebot, und anscheinend war Frau Ella mit der gut zurechtgekommen. Was, wenn er gestern mehrere Bürsten zur Wahl gehabt hätte? Wer hätte ihn beraten, welche Zahnbürste die richtige für eine Frau in diesem Alter war? Vielleicht gab es ja schon ein Gütesiegel für Produkte, die den Anforderungen des Alters besonders gerecht wurden. Den Grauen Engel. Letztlich hatte Frau Ellas Mann vielleicht recht, und man sollte die Auswahl dem Ladenbesitzer überlassen. Der kannte sich schließlich am besten aus. Andererseits gab es diese Menschen, die niemals davon abrücken würden, dass ihre Wohnung nur mit diesem oder jenem Putzmittel sauber zu kriegen war, so wie Frau Ella an ihre Eier-Methode glaubte. Und er an seine. Konnte man das wirklich vergleichen? Endlich fand er die eine Nadel, die er besaß, und reichte sie Frau Ella über den Tisch.

»Nicht dass Sie denken, ich würde Ihre Methode nicht schätzen«, lächelte sie. »Die Eier waren exzellent.«

»Ach was«, sagte er. »Ein bisschen Wettbewerb muss sein.«

Er betrachtete sie von hinten, musste lächeln, spürte, wie sein Auge feucht wurde, und fragte sich, was jetzt das andere Auge machte. Vielleicht hatten sie bei der Operation die Tränendrüsen stillgelegt, und er würde auch in Zukunft nur noch mit einem Auge weinen können. Was war überhaupt mit dem Auge? Sah er schwarz oder sah er nichts? Er hielt eine Hand vor das gesunde Auge und verglich, was er sah. Er musste Frau Ella fragen, wie es bei ihr war. Er war sich nicht sicher, ob er schwarz oder nichts sah. Was war das überhaupt für ein Gefühl, das er bei ihrem Anblick empfand? Fast hätte man es für Heimweh halten können, nur war Heimweh doch das Vermissen von etwas, das man einmal gehabt hatte. Und er, Sascha Hanke, hatte definitiv noch nie in seinem Leben einer alten Frau beim Eierkochen zugesehen. Natürlich ging sie ihm auf die Nerven, wie sie immer alles richtig machte, ihm mit ihrem Arsenal von acht Jahrzehnten Lebenserfahrung zu verstehen gab, dass er in Sachen Haushalt gar nichts verstand. Der Gedanke daran, dass sie bald verschwinden, ihn allein in seiner Wohnung zurücklassen würde, gefiel ihm trotzdem nicht. Es war schön, dass da jemand war, der seine Eier anders kochte, Frau Ella, die so vieles dadurch in Frage stellte, dass sie es nicht verstand. Auch sie betrachtete alles nur mit einem Auge, nur von der anderen Seite. Die Dinge veränderten sich langsam, seit sie bei ihm war, wurden irgendwie bunter, tiefer und zugleich leichter, wenn das überhaupt möglich war. Sein Magen zog sich zusammen, als wäre er verliebt in die Frau, der er gestern noch den Tod gewünscht hatte, nur um sie loszuwerden. Zwischenmenschliche Beziehungen, so viel war sicher, waren nicht seine Stärke, auch dann nicht, wenn es um eine einäugige Alte ging. Und über die wusste er herzlich wenig, hatte keine Vorstellung davon, wie jemand dachte, der schon so viel erlebt hatte, wie man mit all diesen Erinnerungen lebte.

»Sagen Sie, Frau Ella«, setzte er an. »Wenn Sie auf einem Bauernhof aufgewachsen sind, wie hat es Sie eigentlich in die Stadt verschlagen?«

»Warten Sie, mein Junge, ich mache schnell die Eier und die Milch. Das haben sie mir damals nicht beigebracht, die Milch für den Kaffee so seltsam aufzuschäumen, aber es klappt auch so.«

Sie schlug die Milch, als wollte sie Butter machen, servierte ihm dann seinen Kaffee.

»Hier, bitte, Ihr Schaumkaffee und das Ei. Wollen Sie wirklich die alten Geschichten hören?«, fragte Frau Ella, nachdem sie sich gesetzt hatte.

»Unbedingt.«

»Das ist ja nun doch eine Weile her. Ich wäre damals gern auf dem Land geblieben, aber meine Eltern haben mich in die Stadt geschickt, auf eine Schule für Haushälterinnen, vierunddreißig war das. Ich kann Ihnen sagen, schön war das nicht, weg vom Hof, von den Freundinnen und der Wirtschaft. Wir lebten ja nicht vom Hof allein, sondern auch von unserem Ausschank, und trotzdem meinte mein Vater, dass uns das nicht mehr lange über Wasser halten würde. Dann bin ich also in die Stadt zu dieser Schule, ein Gefängnis war das, das können Sie mir glauben. Wie lange ging das so? Ein paar Monate, vielleicht ein halbes Jahr, wenn nicht noch länger, dann kam ich zu meiner ersten Familie. Ganz feine Leute waren das, die Wasserburgs, meine Güte! Regelrecht piekfein! Wir hatten zwar eine ganze Menge gelernt, aber ich als Bauernmädchen bei so feinen Leuten, meine Güte, das war vielleicht was. Die Dame hatte ja nichts anderes zu schaffen, als mich zu kontrollieren, von früh bis spät hinter mir her durchs Haus und immer mit dem Finger über dieses oder jenes Möbelstück, und wehe, wenn da Staub war. Nur wenn er mir an die Wäsche wollte, schaute sie plötzlich weg, als gäbe es mich gar nicht. Und, wie ist das Ei? Nun machen Sie schon!«

Das hatte er ganz vergessen. Er nahm das Messer und schlug vorsichtig zu, genau so hoch, um den Dotter gerade eben anzuschneiden und schon an den Spuren des Eigelbs auf dem Messer zu erkennen, ob das Ei gut war oder nicht. Es war perfekt.

»Sehr gut!«, sagte er beeindruckt. »Sie haben gewonnen.«

»Ach was. Na ja, jedenfalls konnte das nicht lange gutgehen mit dieser Hexe, aber erst nach genau fünf Monaten und zwei Wochen hatte das Schicksal ein Einsehen mit mir und führte mich zu den Karstens. Dem Herrn war ich am freien Tag im Park begegnet. Ja, einen pro Monat hatte ich. Und denken Sie jetzt bloß nichts Falsches! So überraschend das auch war, wir kamen einfach ins Gespräch, am Brunnen, wo die Kinder ihre Segelboote fahren ließen. Ein traumhafter Frühlingstag war das. Ja, genau fünf Monate und zwei Wochen, das weiß ich noch. Angefangen bei den Wasserburgs habe ich zum Oktober, dann den ganzen Winter in diesem schrecklich kalten Haus gefroren und am vierzehnten März war mein erster Tag bei den Karstens, das war Erichs Geburtstag, deswegen erinnere ich mich. Erich war der Kleinste, ganz dunkel und still mit seinen strahlenden Augen. Das waren dann großartige Jahre mit den Kindern und die Frau Karstens am Klavier und all die verrückten Gäste, bis der Herr mich im Sommer vierzig zurück zu meinen Eltern geschickt hat. Von selbst wäre ich ja nie gegangen. Niemals. Tja, und dann war Krieg, von den Karstens habe ich nichts mehr gehört, und am Ende war Stanislaw bei uns auf dem Hof im Notquartier, das kann man sich heute ja gar nicht mehr vorstellen. Sommer siebenundvierzig haben wir geheiratet unter der Bedingung, dass wir wieder in die Stadt ziehen. Ich musste ohnehin weg von zu Hause. Das war mein einziger Wunsch. Und wie habe ich die Stadt dann geliebt, einfach herumzulaufen, Menschen und Geschäfte anzuschauen! Stanislaw hat zum Glück schnell Arbeit gefunden, wir haben uns eingerichtet, und ich habe für den Haushalt gesorgt. Ja, das war meine Arbeit und mein Vergnügen.«

»Haben Sie eigentlich Kinder?«, fragte er.

»Meine Güte«, seufzte sie. »Das waren vielleicht Zeiten, wie Stanislaw im Notquartier in unserer Scheune war, meine Güte! Schmeckt Ihnen der Kaffee?«

»Sehr gut«, sagte er. Ab und an hörte Frau Ella wirklich schlecht. Manche Dinge ließ sie sich vielleicht auch gerne entgehen. Im Krankenhaus hatte sie auch schon so seltsam reagiert, als er nach ihren Verwandten gefragt hatte. Jetzt war sicher nicht der Moment, um mehr herauszufinden. Aber wann dann? In wenigen Stunden würde sie genauso plötzlich aus seinem Leben verschwinden, wie sie darin aufgetaucht war. Das konnte nicht wahr sein. Das war kein Zufall, dass sie sich begegnet waren.

»Ja, das waren sicher andere Zeiten«, sagte er, vertrieb seine Rührseligkeit und gab sich einen Ruck. »Kommen Sie, wir müssen uns fertigmachen. Klaus wird jeden Moment hier sein.«

»Ich spül das nur noch schnell ab«, sagte sie.

»Sag mal«, schrie er keine halbe Stunde später gegen den Fahrtwind an. »Wo fährst du eigentlich lang? Wir müssen zum Krankenhaus!«

Er saß im Fond von Klaus' Cabrio, wenn man das einen Fond nennen konnte, so wenig Platz hatten seine Beine. Sie waren gerade mit dem Frühstück fertig gewesen, als Klaus auch schon vor der Tür stand, voller Energie und allerbester Laune, natürlich. Gerade jetzt, da er Frau Ella ein bisschen besser kennenlernte, kam Klaus dazwischen. Schräg zwischen den beiden Kopfstützen der Vordersitze hindurch sah er sie von hinten im Profil, mit wehenden Haaren, in seinem Kapuzenpulli. Wohin verdammt fuhr dieser Chaot?

»Lehn dich zurück, mach dich locker, lass dir den Wind durchs Hirn wehen. So ein Tag ist lang, und Onkel Klaus hat alles unter Kontrolle«, schrie er zurück, immerhin ohne sich umzudrehen. Klaus der Tausendsassa, die Mensch gewordene gute Laune, sein Vergil, der immer wusste, wo es langging, meistens zumindest. Frau Ella drehte sich um, hielt mit beiden Händen die Locken aus ihrem Gesicht und lächelte.

»Wie diese Grace Kelly!«, rief sie begeistert.

»Nur dass es hier keine Klippen gibt, und ich Sie trotzdem nie ans Steuer lassen würde«, brüllte Klaus, der genau zu wissen schien, wie er mit ihr umgehen musste, damit sie glücklich war und ihn mochte. Er nahm sie nicht ernst, er war unverschämt, er lachte über sie, er beleidigte sie, und sie freute sich. Oder er behandelte sie einfach wie seinesgleichen, wie eine Freundin.

»Wo fährst du hin?«, schrie Sascha.

Klaus hatte von Frau Ella gelernt. Auch er hörte nur noch das, was er hören wollte.

Die Straßen wurden immer voller, auf den Bürgersteigen drängelten sich sommerlich gekleidete Passanten, die Cafés waren schon jetzt gut besucht, als sei es eine Selbstverständlichkeit, an einem Dienstagmorgen nicht zu arbeiten. Er sollte sich wirklich entspannen, so schön war alles um sie herum. Die Stadt hatte die Tage seines Klinikaufenthaltes genutzt, um sich für den Sommer frisch zu machen. Das war ihr gelungen.

Sie fuhren von der Hauptstraße ab und durch die Innenstadt, immer langsamer, bis Klaus schließlich mitten auf der Straße anhielt, den Warnblinker setzte und ihn mit diesem Blick ansah, der genauso von bevorstehenden Schrecken wie von ungeahnten Freuden künden konnte. In jedem Falle hatte er etwas ausgeheckt.

»Den Rest machen wir auf dem Landweg«, sagte Klaus.

Nachdem Sascha sich aus dem Wagen gequält hatte und endlich auf dem Bürgersteig stand, sah er, wo genau sie gelandet waren. Ältere Damen tauchten ihn in ganze Wolken teurer Parfums, Hunden, die sich nicht zurückhalten konnten, wurde der Hintern mit Seidentüchern gestreichelt, Männer mit golden glänzenden Knöpfen und silbern schimmerndem Haar waren auf der Suche nach teurem Spielzeug für ihre jungen Geliebten. Vor zwei von drei Geschäften standen Türsteher in schwarzen Anzügen, die selbst an ihren überzüchteten Körpern perfekt saßen. Am meisten beeindruckte ihn, dass Frau Ella in seinen Joggingklamotten überhaupt nicht aufzufallen schien. Es gab keine Reaktion. Oder aber sie sahen so bewusst weg, dass sie eigentlich hinschauten. Was sollten sie auch von einer Alten in diesem Aufzug mit zwei jungen Männern halten? Natürlich fragten sie sich, wer das nur war! Keiner war so reich, dass er nicht doch gern gewusst hätte, wer ihm da in diesem Aufzug entgegenkam. Man hielt Frau Ella für einen Star, eine Prominente, eine Filmdiva! Wer sonst würde in ihrem Alter hier morgens in so einem Aufzug rumlaufen? Jetzt wurde ihm klar, dass Klaus es offenbar genau darauf anlegte, wie er da gockelhaft an ihrer Seite ging und mit seinem Blick signalisierte, dass man sich ihnen lieber nicht näherte. Entsprechend höflich begrüßte sie der Türsteher, den sie schließlich passierten, um einen der Läden zu betreten. Ein schummrig glänzender Palast aus schwarzem Marmor, in den golden leuchtende Vitrinen eingelassen waren.

»Madame«, säuselte ein Model, das wie aus dem Nichts auftauchte und auf sie zuschwebte. »Bonjour! Eine Schale Champagner zur Begrüßung?«

»Was haben Sie denn da?«, rotzte ihr Klaus regelrecht entgegen. »Hoffentlich keine kalte Witwe Klickenberg?«

»Dom Pérignon«, lächelte das Model. Ihre Beine waren so lang, dass Sascha sich fragte, wie sie überhaupt noch Kopf und Oberkörper haben konnte, ohne an die Decke zu stoßen. Und was für einen Oberkörper!

»Machen Sie mal gleich drei randvoll«, sagte Klaus, und das Model schwebte zart lächelnd von dannen. »Das Schönste ist, dass sie immer freundlicher werden, je schlechter man sich benimmt. Daran erkennt man in der Szene, wie reich man wirklich ist.«

»Was machen wir hier eigentlich?«, fragte Sascha.

»Haben Sie das gehört, Frau Ella?«, rief Klaus in die Stille des Tempels. »Er fragt, was wir hier machen! Als wäre das normal, dass Sie in diesem Outfit rumlaufen! Alter, wir gehen ein bisschen shoppen mit unserer Herzdame!«

Er suchte Frau Ellas Auge im Halbdunkel.

»Er meinte, ich sei eine Dame«, sagte sie entschuldigend. »Ich finde Ihre Kleider ja sehr gemütlich.«

»Signora, Sie sind eine Dame!«, rief Klaus. »Und hier kommt der Schampus!«

Das Model erschien mit einem Kellner im Gefolge. Ein richtiger Ober, der nur darauf wartete, irgendwelchen Wahnsinnigen Champagner zu servieren! Dienstagmorgens! Was konnte er von der Welt wissen, wenn es mitten in seiner Stadt so etwas gab?

»Und Sie könnten sich mal Gedanken darüber machen, was Madame heute zu einer kleinen Landpartie anziehen könnte. Gerne etwas Klassisches. Und bitte enttäuschen Sie uns nicht«, sagte Klaus zu dem Model. »Und jetzt erst mal Prost!«

Kurz darauf erschien das Model wieder, bat ihn und Klaus, in zwei schwarzledernen Sesseln Platz zu nehmen, und führte Frau Ella in den hinteren Teil des Ladens. Vielleicht gab es da ja etwas mehr Licht, in dem man sehen konnte, ob einem die Klamotten passten.

»Sag mal, was ist denn das für 'ne Aktion?«, flüsterte er. »Ist sie jetzt so 'ne Art Spielzeug von dir?«

»Kladderaquatsch«, sagte Klaus. »Ich werd mit dem

Erbe meiner Oma ja wohl noch einer Dame eine kleine Freude machen dürfen.«

»Als gäbe es keine anderen Klamottenläden in dieser Stadt als diesen Sektentempel!«

»Alter, das ist kein Tempel, das ist feinstes italienisches Design! Dafür morden andere!«

»Sag ich ja, eine Sekte. Und was hast du noch mit ihr vor?«

»Mit euch.«

»Was?«

»Na, mit ihr und dir, den beiden Einaugen, den Kranken, den Aussätzigen, den vom Schicksal Gezeichneten. Ihr werdet heute verwöhnt, bespaßt, gekrault. Wie wär's mit einem neuen Gürtel für dich?«

»Hör bloß auf. Mein Gürtel ist vollkommen in Ordnung. Also, wohin geht die Reise?«

»Na raus halt. Landpartie mit allem Schnickschnack. Was macht eigentlich das Auge?«

»Juckt«, sagte er und stürzte den Rest Champagner hinunter. Sie schwiegen. Er versuchte, gut gelaunt zu sein. Dann erschien plötzlich die Fürstin von Monaco.

»Mein Gott, Frau Ella! Hab ich Sie mir schon schön getrunken oder sind Sie eine gottverdammte Grazie vorm Herrn?«, rief Klaus.

»Gefällt es Ihnen wirklich?«

Sascha konnte kaum glauben, was er da hörte und sah. Die kleine hutzelige Alte hatte sich komplett verwandelt in eine mondän daherschreitende Dame, das verbundene Auge versteckt hinter einer gigantischen Sonnenbrille, die Haare bedeckt mit einem fein gemusterten Tuch. Selbst im Halbdunkel des Geschäftes strahlte sie sommerlich. Er wusste, dass er dem Schein der Kleider erlag, doch das änderte natürlich gar nichts.

»Na dann«, rief Klaus, »wollen wir mal meine Oma zur Kasse bitten und uns auf den Weg machen!«

7

JETZT WAR SIE NOCH IMMER NICHT zu Hause. Ihre Wangen glühten. Was für ein Ausflugslokal! Direkt am See gelegen, die Kellner in Schwarz und Weiß, alles so sauber und keine einzige Wolke am Himmel. Bei der Erinnerung an die Fahrt in diesem Cabriolet musste Frau Ella lächeln. So glücklich war sie vielleicht noch nie gewesen. Und so durcheinander. Und erst mit diesem feinen Kopftuch, dass er ihr zum Sommerkleid gekauft hatte. Nein, hatte er gesagt, über den Preis dürfe sie sich keine Gedanken machen. Seine Großmutter hätte das Geld genauso verwendet, wenn sie noch könnte. Nur habe die nie wirklich Spaß dabei gehabt. Zum ersten Mal in ihrem Leben hatte Frau Ella sich gefühlt, wie eine der Schauspielerinnen in den Spielfilmen abends, denen so unglaubliche Dinge zustoßen, im Guten wie im Schlechten. Nie hätte sie gedacht, dass es das auch in der wirklichen Welt gab, in ihrem Leben.

»Und worauf haben Sie Lust?«, fragte Sascha.

»Das Frühstück ist der Hammer«, sagte Klaus.

»Frühstück?«, fragte Frau Ella.

Zwar wirkte so vieles an diesem Tag unwirklich, sie war sich aber sicher, dass es bereits weit nach Mittag war. Der Einkauf, der Kaffee, den sie anschließend in der Stadt getrunken hatten, die Fahrt mit dem Cabriolet, das hatte schon seine Zeit gebraucht.

»Na ja, so ein Riesenbüfett, das nennt man nur Frühstück. Dann hat man immer das Gefühl, dass man rechtzeitig aus dem Bett gekommen ist und der Tag danach erst richtig losgeht.«

»Aha«, sagte sie. »Das ist wahrscheinlich so eine Mode.«

»Genau«, grinste Klaus.

»So wie dieser Kaffee mit dem Schaum.«

»Als Zeitreisende finden Sie sich ganz schön schnell zurecht bei uns«, lachte er.

»Es gibt auch ganz normales Mittagessen«, sagte Sascha freundlich. Immer wirkte er so besorgt um sie, wenn er nicht gerade beleidigt guckte. Das war schon ein lustiges Gespann, diese beiden jungen Herren. Mehr konnte sie sich eigentlich nicht wünschen. Sascha reichte ihr die Karte, zog sie gleich darauf lächelnd wieder zurück. Wie hätte sie die auch lesen sollen ohne ihre Brille? Ach Gott, sie mussten endlich ins Krankenhaus und ihre Sachen holen!

»Mögen Sie Spargel?«, fragte er, und weg waren die Sorgen.

»Ich liebe Spargel!«, rief sie und sah an den verwirrten Blicken der beiden Jungen und einiger anderer Gäste, dass sie wohl etwas laut geworden war. »Nicht dass Sie jetzt denken, ich möchte schlecht von meinem Mann reden. Nur bei Spargel, da war nichts mit ihm zu machen. Dreckige Franzosenstängel sind das, hat er immer gesagt. Und hier gibt es wirklich Spargel?«

»So viel Franzosenstängel, wie Sie wollen«, lachte Klaus und auch Sascha lächelte. »Nehmen Sie auch ein Steak dazu?«

»Aber ich habe doch gar kein Geld!«

»Also Spargel mit Steak für drei und eine Flasche Grauburgunder«, rief Klaus regelrecht begeistert. »Wissen Sie, Frau Ella, Frauen wie Sie gibt es heute kaum noch. Frauen, mit denen man richtig auf den Putz klopfen kann!«

»Auf einen Dienstagmittag«, sagte Sascha.

»Feste feiern, ohne zu fallen«, ergänzte Klaus.

»Aha«, sagte sie und fühlte sich so gut aufgehoben wie noch nie in ihrem Leben.

»Sie sollten mich übrigens duzen«, sagte Klaus, nachdem der Kellner ihnen eingeschenkt hatte, und sie erinnerte sich, dass auch Sascha im Krankenhaus das gewollt hatte. Sie hatte es versucht, aber wie sollte sie? Sie kannte die beiden doch gar nicht. Damit wollte sie sich nicht beschäftigen.

»Wirklich ein herrliches Fleckchen Erde!«, sagte sie. »Prost, Sie beide!«

Die beiden sahen sich an, als hielten sie sie für meschugge. Meschugge? Wann war ihr denn dieses Wort das letzte Mal begegnet? Ja, die alte Frau Karstens hatte so vieles meschugge genannt. Woher kamen nur diese ganzen Erinnerungen?

»Prost, Frau Ella«, schrien die beiden plötzlich.

»Na hören Sie mal, ich bin doch nicht taub, meine Herren«, lachte sie erschrocken.

Sollten sie nur machen, was sie wollten, sie jedenfalls war regelrecht gerührt von dem Glück, das sie empfand, diesem Gefühl, noch einmal richtig zu leben. Da durften die sich auch gerne ein wenig über sie lustig machen.

Unter sich hörte sie das Wasser gegen die Pfeiler der Seeterrasse plätschern, eine leichte Brise kühlte ihre glühenden Wangen, der Wein kribbelte in ihrem Magen. Plötzlich schreckte sie aus ihren Träumereien auf. Hatte der Darm ihr schon wieder einen Streich gespielt? Die beiden zeigten keine Reaktion. Vielleicht hatten sie nichts gehört, oder es hatte nichts zu hören gegeben, oder es war ihnen egal.

»Sagen Sie, Klaus«, setzte sie an, um das Schweigen zu brechen. »Wo ist denn eigentlich Ihre Freundin?«

»Sie meinen Ute?«, fragte er. »Keine Ahnung. Vielleicht sehen wir sie ja heute Abend.«

»Sie wissen nicht, wo Ihre Freundin ist?«

»Meine Frau.«

»Oh«, sagte Frau Ella. Das hätte sie nun nicht erwartet.

»Ist nur wegen der Steuer.«

»Aha«, sagte sie.

»Klaus verdient ganz gut«, erklärte Sascha ihr. »Ute eher nicht, deshalb ist sie jetzt seine Frau, und er zahlt weniger Steuern und hält sie dafür über Wasser.«

»Früher war so eine Ehe für Männer ja eher teuer«, sagte sie und überlegte, ob das auch wirklich stimmte. Woher sollte sie das wissen? Um das Geld hatte sich immer Stanislaw gekümmert »Und für die Brauteltern. Ist Ihre Tina denn auch so eine Steuerfrau?«

»Lina«, sagte Sascha nicht besonders freundlich.

»Entschuldigen Sie, natürlich, Lina.«

»Unter der Steuerfrau würde ich nicht anheuern«, lachte Klaus. »Die findet jede Untiefe, selbst im Mariannengraben.«

»Sehr witzig, Klaus, sehr, sehr witzig«, sagte Sascha, wieder mit seinem beleidigten Blick.

»Wie lange ist die eigentlich noch bei den Toreros? Ute meinte, sie käme demnächst heim ins Reich«, sagte Klaus.

»Mann, Alter, ist gut. Das ist vorbei, passé, von gestern, obsolet, aus der Mode, in der Kiste.«

»Das glaub ich erst, wenn ich's sehe, dass du da keinen auf Recycling und Revival machst.«

Das war nun wieder gar nicht gut zu verstehen, was Klaus da sagte. Manchmal übertrieb er es mit seiner seltsamen Sprache.

»Ist es nicht schön, wenn einem der beste Freund so richtig etwas zutraut?«, fragte Sascha.

»Ich traue Ihnen alles zu, mein Junge. Sie dürfen nur nicht immer so gucken.«

»So wie gucken?«

»Na, so traurig, oder beleidigt, so als wollten Ihnen alle nur Böses.«

»Ich gucke so, als wollten mir alle immer nur Böses?«

»Hin und wieder«, sagte sie, und er musterte sie mit seinem braunen Auge.

»Sie haben recht«, sagte er endlich. »Das geht nicht. Ich sollte mehr trinken. Prost. Auf Sie, Frau Ella!«

»Prost«, lachte sie und hoffte, dass sie die Tränen zurückhielt, so schön war das alles, bis auf diese Geschichte mit Saschas Freundin. Auch dafür würde sich eine Lösung finden.

»Noch einen Grauburgunder!«, rief Klaus in Richtung des Kellners. Der brachte den Wein und, kurz darauf, auch das Essen. Ihr erster Spargel seit wie vielen Jahren? Selbst nach seinem Tod hatte sie ihm die Treue gehalten, ihm und seiner Abneigung gegen die Stängel. Wie unsinnig! Er würde es ihr schon nicht übelnehmen, dass sie sich von den beiden jungen Männern ein wenig verwöhnen ließ.

»Prost, Sie beide«, sagte sie. »Auf Sie und Ihre Steuerfrauen!«

»Prost, Frau Ella! Auf die Franzosenstängel!«, rief Klaus.

»Guten Appetit«, sagte Sascha und reichte ihr die silbern in der Sonne glitzernde Sauciere.

»Danke, mein Junge«, sagte sie und erinnerte sich plötzlich daran, wie Frau Karstens sie gebeten hatte, nicht

Tunke, sondern Sauce zu sagen, einfach zu vergessen, was man ihr auf der Schule beigebracht hatte. Was für ein schreckliches Wort, hatte Frau Karstens gesagt. Man wolle das Fleisch ja schließlich nicht ertränken! Sie versuchte sich zu erinnern, wie man in der Schule die Sauciere genannt hatte. Tunkenschüssel? Das waren wirklich seltsame Dinge, an die sie die ganze Zeit denken musste.

Und was für eine Portion da vor ihr stand! Wieder hatte sie das Gefühl, nicht in der Wirklichkeit zu sein, sondern in einer dieser Fernsehgeschichten, in denen alles eben doch ein bisschen anders war, bunter, größer und schneller, als sie es kannte. Sie musste wieder an den Krieg denken. Auch da war plötzlich alles anders gewesen. Wildfremde Menschen waren da genauso selbstverständlich aus dem Nichts aufgetaucht wie jetzt ihre beiden Begleiter.

Aber das war doch nicht der Moment, an den Krieg zu denken. Nur weil ihr ein paar verrückte Dinge zustießen. Die Erinnerungen sollten weiter ruhen. Sie wollte einfach genießen, was man ihr bot. Der knusprig gebratene Rücken des Fleischs, dessen Saft sich mit der Sauce vermischte, rote Bahnen zog in das saftige Gelb, die schlanken Spargel, deren zarte, aber nicht zu weiche Köpfe sie mit der Zunge am Gaumen zerdrückte, die Kartoffeln, die vielleicht etwas kürzer im Wasser hätten bleiben können, die aber dennoch köstlich schmeckten. Sie würde sich Zeit lassen, um die ganze Portion zu schaffen.

Ihr Gesicht brannte. Sie wurde hin und her bewegt, vor und zurück. Sie hatte viel zu viel getrunken. Sauer stieß der Wein ihr auf, überdeckte den Geschmack der köstlichen Sauce, das zarte Fleisch und den Spargel. Das war ihr nun schon lange nicht mehr passiert, und ausgerechnet bei so einem Festmahl! Jemand stöhnte. Ein Mann. Sie traute sich nicht, das Auge zu öffnen, tastete nach dem Verband, um sicherzugehen, dass sie nicht träumte. Wie unbequem sie lag. Hart drückte sich etwas in ihren Rücken, aber sie konnte sich kaum bewegen, so müde, erschöpft und zerschlagen fühlte sie sich nach diesem Essen.

»Und, haben Sie gut geträumt?«, fragte jemand. Sie drehte ihren schmerzenden Kopf, öffnete ihr verschwiemeltes Auge und sah den dicken jungen Mann, zwei Ruder in der Hand, dahinter Wasser. Hinter den Bäumen stand tiefschwarz eine Wolkenbank, während über ihnen noch die Sonne strahlte.

»Schrecklich«, sagte sie.

»Was ist schrecklich?«, fragte von der Spitze des Bootes der andere junge Mann, ihr Gastgeber, Sascha.

»Nichts. Ich habe nur schlecht geträumt. Wo sind wir denn? Es wird gleich gewittern. Müssen wir nicht ins Krankenhaus, meine Sachen holen?«

»Geht es Ihnen nicht gut?«

»Doch, alles ist gut. Ich dachte nur. Es ist doch bestimmt schon spät.«

»Wenn alles gut ist, hat man meistens ein Problem.

Wollen Sie nicht noch eine Nacht bei Sascha bleiben? Ute kommt dann sicher auch vorbei. Wir könnten irgendwas spielen. Sie können uns von früher erzählen.«

»Ach, das ist ja alles lange vorbei.«

»Das ist ja der Witz!«, rief er. »Sie müssen ja wahnsinnig viel erlebt haben in Ihrem Leben. Siebenundachtzig Mal Weihnachten! Diese ganze verrückte Geschichte, das ist der Hammer! Weimar, Wirtschaftswunder, Wiedervereinigung und die ganzen tausend Jahre dazwischen! Mann, damit würden Sie uns eine Riesenfreude machen! So 'ne echte Zeitzeugin!«

»Was machen wir eigentlich auf diesem See?«, fragte sie.

»Da haben Sie bestimmt ein paar echte Knaller auf Lager, oder?«

»Lass gut sein«, sagte Sascha ernst.

»Amis, Russkis und so weiter? Alter Schwede, da war mal was los.«

»Ist gut, Klaus!«, fuhr Sascha ihn an.

»Mannomann«, sagte der, schüttelte den Kopf und ruderte weiter. »Man wird ja wohl mal fragen dürfen.«

»Schon gut, mein Junge«, sagte sie. »Soll ich Sie denn wirklich noch eine Nacht belästigen?«

Wie stellten die beiden sich das vor? Sie mit ihrem Nachthemd und diesem piekfeinen Kleid und einer Zahnbürste? Sie taten ja ganz so, als hätte es die ganzen Jahrzehnte zwischen ihnen nie gegeben. Die hatten ja keine Vorstellung davon, was es hieß, so einen alten Körper bei Laune zu halten und auch sonst nicht den Überblick zu verlieren bei all den neumodischen Dingen um sie herum. Andererseits konnte sie die beiden jetzt nicht enttäuschen.

»Wir können auf dem Rückweg auch noch kaufen, was Sie brauchen«, sagte Sascha und lächelte.

»Sie müssen auch nichts von früher erzählen«, sagte Klaus.

Sie hatte ja vielleicht ein bisschen viel getrunken und war ein wenig verwirrt von all diesen unerwarteten Erlebnissen, aber selbst ihr war klar, dass die beiden versuchten, sie zu verführen.

»Kommen Sie, ich würde mich freuen. Morgen bringen wir Sie dann nach Hause.«

»Man könnte fast meinen, dass Sie mich alte Klapperkiste mögen.«

»Na, darauf können Sie einen lassen!«, rief Klaus und lachte, lachte ein lautes Lachen, das über den ganzen See hallte, auf dem sie in aller Ruhe umherschipperten, während hinter den Bäumen der erste Donner grollte.

8

IMMERHIN WAREN SIE NICHT vom Blitz getroffen worden. Nur die Sintflut hatte sie mitten auf dem See erwischt, weil auch er nie gedacht hätte, dass an diesem Tag überhaupt etwas schiefgehen könnte. Und Klaus schon gar nicht. Und auf Frau Ella hatten sie nicht gehört. Auf sie, die auf dem Land aufgewachsen war, wo die Menschen noch wussten, wann der Himmel bloß Theater spielte und wann er es ernst meinte. Da lag sie jetzt auf seinem Sofa unter der Decke seiner Urgroßmutter und schnarchte zu irgendeinem Mozart-Konzert. Mozart war genau der richtige Kontrast zu diesem pathetischen Gewitter, das versucht hatte, ihnen Angst einzujagen. Einen Zusammenhang zwischen schlechtem Wetter und schlechten Neuigkeiten gab es zum Glück nur in schlechten Romanen.

Musste er sich nicht dennoch schuldig fühlen? Eine gebrechliche alte Frau aus dem Krankenhaus zu entführen, sie abzufüllen und schließlich in den Regen zu stellen, war sicherlich nicht genau das, was man unter Respekt gegenüber den Alten verstand. Sie hatte sich zwar nicht beschwert, aber meckerte ein Kleinkind, wenn man seinen Schnuller in Amaretto tunkte? Zum Glück hatte Klaus eine Rettungsdecke im Wagen gehabt, in die sie Frau Ella einwickeln konnten wie eine türkische Pizza, um dann mit geschlossenem Verdeck und voll aufgedrehter Heizung nach Hause zu rasen. Mehr konnte man nicht tun. Es gab überhaupt keinen Grund, sich schuldig zu fühlen. Schließlich hatte er sie zu nichts gezwungen. Schon gar nicht dazu, sich in diesem Laden einkleiden zu lassen, sich den Bauch vollzuschlagen, in der prallen Sonne einen Wein nach dem anderen zu kippen. Natürlich nicht. Kein Grund also für schlechte Laune. Alles war gut. Klaus stand in der Küche und kochte sein Chili, die Heizung parierte den plötzlichen Kälteeinbruch souverän, Ute würde später vorbeischauen. Ein Familienidyll. Hoffentlich hatte er selbst sich nicht erkältet.

»Für sie 'ne Tüte Schlaf, für uns 'ne Tüte Gras?«, hörte er Klaus, der im Türrahmen stand, als käme er direkt aus einem Lino-Ventura-Film. Bein angewinkelt, entspannt gebeugter Oberkörper, leicht zur Seite geneigter Kopf, schelmisch verruchter Blick. Nur der Hut fehlte, und der dunkle Anzug, aber auch die rot-weiß karierte Schürze machte sich gut.

»Mir geht's gut«, sagte er.

»Na und?«

»Ich brauch nichts.«

»Heißt das, du kiffst nur, wenn du was brauchst?«

»Wann denn sonst?«

»Schon mal was von Appetit gehört? Ich meine, du lebst ja auch nicht von Zwiebeln und Reis, du bumst nicht nur, wenn du Kinder willst, du stehst nicht nur auf, wenn es irgendeinen Grund dafür gibt, oder? Ich meine, selbst du machst doch mal was nur so, weil du Lust dazu hast.«

Was war das denn jetzt für eine Predigt? Warum verdammt konnte der Hampel nicht einfach alleine kiffen? Wenn er hier weiter diskutierte, würde er sie noch wecken, die ganze Familienidylle zerstören.

»Klar«, sagte er, stand auf und ging mit in die Küche. Bei allem, was Klaus für ihn getan hatte, konnte er ihm zumindest Gesellschaft leisten. Er musste ja nicht inhalieren.

Das Chili jedenfalls duftete phantastisch. Die Heizung knackte. Draußen rauschte der Regen in der Kastanie. Die Küche machte richtig was her, seit Frau Ella hier gezeigt hatte, was sie konnte. Wenn man bedachte, dass sie rund sechs Jahrzehnte bei sich zu Hause und bei anderen für Ordnung und Sauberkeit gesorgt hatte, eigentlich kein Wunder, dass sie das besser hinbekommen hatte als er. Bei allem Fortschritt waren in diesem Bereich viele der Techniken von heute ja noch die von damals. Zeitloses Können sozusagen. Abgesehen vom Backofenspray vielleicht und dem Wischmopp zum Ausdrücken, aber den hatte er ja gar nicht. Er musste sich unbedingt bei ihr bedanken, nachher, wenn sie ausgeschlafen hatte.

»Übrigens«, setzte Klaus an. »Ute meinte, Lina ist wieder in der Stadt.«

»Ja und?«, fragte er und versuchte, ruhig zu wirken, obwohl sein Herz raste, dass ihm die Luft wegblieb.

»Dachte nur, es interessiert dich. Von wegen andere Wege gehen, Telefon ausstöpseln, Tür abschließen.«

»Sag mal, warum machst du das? Macht dir das Spaß? Kannst du mich mit dieser Scheißgeschichte nicht einfach in Ruhe lassen und dich um deinen eigenen Schwanz kümmern? Es ist großartig, dass du mir mit Frau Ella hilfst, aber hab ich dich darum gebeten? Wenn du nicht endlich aufhörst, mir in jedem zweiten Satz mit Lina zu kommen, dann verpiss dich einfach!«

»Ich sag ja, so ganz egal ist dir die Alte nicht.«

»Ja und? Du wiegst hundertzwanzig Kilo. Spreche ich dich da dauernd drauf an?«

»Hundertzehn«, sagte er und wandte sich wieder dem Chili zu. Das war keine gute Idee gewesen. Nicht, dass Klaus sich je über seine Figur beschwert hätte, aber wer konnte schon wirklich in einen anderen Menschen hineingucken?

»Ach Scheiße, Klaus. Komm, ich bau uns einen.«

»Na also. Lina wird dich schon in Ruhe lassen.«

»Klar«, murmelte Sascha, griff nach den Blättchen und fragte sich, wie sehr er tatsächlich in Ruhe gelassen werden wollte. So ein Mensch war schon ein komplexes Wesen mit ganz unterschiedlichen Bedürfnissen.

Er erinnerte sich an die Geschichte von den Entdeckern des Mississippi, die im Delta des Flusses alle naselang entscheiden mussten, welcher der unzähligen Arme der Hauptarm war. Immer wieder musste man sich entscheiden, immer wieder landete man im stinkenden Schlamm eines toten Arms und musste mühsam zurückpaddeln. Vollkommen verzweifelt traf man dann endlich auf Menschen, die einem sagen konnten, wo es langging. Nur, woher sollte man wissen, dass sie die Wahrheit sagten? Am Mississippi jedenfalls hatten die Franzosen sich immer wieder einen Spaß daraus gemacht, die Briten zu den Mücken in den Schlamm zu schicken.

»Hauptsache, du weißt, was du willst«, hörte er Klaus sagen.

»Ja, ja, das alte Lied vom Wollenwollen. Hast du mal Feuer?«

Klaus warf ihm das Kalbslederetui mit seinem Benzinfeuerzeug zu und grinste. Warum hatten sich die Entdecker nicht einfach immer für den Flussarm mit der stärksten Strömung entschieden? Vielleicht, weil die richtige Entscheidung so auch die anstrengendste war. Das war sehr kurzsichtig gedacht. Wirklich ein komplexes Wesen, der Mensch, überlegte er, zündete die Tüte an und musste beim Geschmack der Benzindämpfe an die Bohrinseln vor der Küste Louisianas denken. Da sollte er mal für ein paar Monate anheuern, um mit sich selber und seiner Angst vor schlechten Neuigkeiten klarzukommen.

Die Tradition, den Überbringer einer schlechten

Nachricht umzubringen, hatte er noch nie verstanden. Schließlich war derjenige schon genug gestraft damit, den ganzen weiten Weg mit dieser verdorbenen Ladung machen zu müssen, für deren Verdorbenheit er überhaupt nichts konnte. Andererseits, fiel ihm jetzt ein, konnte es ja auch sein, dass es gar nicht darum ging, den Boten zu bestrafen, sondern darum, den Kreis derjenigen, die um das wirkliche Schicksal der Familie, des Landes oder der Welt wussten, möglichst klein zu halten. Überbrachte der Bote zum Beispiel die Nachricht von der Untreue der Königin, die sich während des Feldzuges auf dem Landsitz mit dem Gutsverwalter getröstet hatte, war der König natürlich daran interessiert, es zu erfahren. War die Nachricht einmal bei ihm, ging es jedoch darum, die Königin tragisch verunglücken zu lassen, Staatstrauer anzuordnen und das Andenken der treuen Gattin zu bewahren. Alles andere hätte zu überflüssigen Spekulationen über die Weisheit seiner Heiratspolitik, wenn nicht sogar über seine Manneskraft geführt. Nur, welcher Bote war so doof, eine solche Nachricht zu überbringen? Wohl nur der, dem nicht bewusst war, was er da brachte, und der hoffte, reich belohnt zu werden. Da er Ute weder belohnen noch umbringen wollte, waren das eigentlich unsinnige Gedanken, denen die Klingel schließlich ein Ende setzte. Da war sie, die Botin, und er ging zur Wohnungstür wie zu seiner eigenen Hinrichtung.

»Hey Sascha!«, rief sie.

»Nicht so laut! Sie schläft.«

»Mann, was ihr auch mit der anstellt!«

»Kann man ja nicht ahnen, dass es regnet.«

»Klar«, lächelte sie. »Hier ist Verbandszeug. Wir müssen auf jeden Fall mal eure Verbände wechseln. Ich hab mich ein bisschen schlaugemacht. Sag mal, rieche ich Chili?«

»Könnte sein.«

»Vegetarisch?«

»Kräuter- und Gemüse-Chili.«

»War das seine Idee?«

»Klar. Ist schließlich dein Mann.«

Das nannte man wohl Liebe. Er winkte sie in die Küche und ging selbst kurz ins Wohnzimmer, um die Platte umzudrehen und Frau Ella weitere Wiener Träume zu bescheren. Zufrieden hörte er, wie sie vor sich hin schnarchte, und war selbst davon überrascht, wie wohl er sich fühlte. Noch gab es ja auch keinen Grund, Ute umzubringen. Vielleicht konnte man sich auf diesen Abend wirklich freuen.

»Komm, ich mach dir das Auge«, hörte er Ute hinter sich flüstern.

»Na dann«, flüsterte er in Richtung Sofa. »Dann teste ich mal unsere Krankenschwester.

Noch im Umdrehen sah er aus dem Augenwinkel, wie Frau Ella zwinkerte, ihr verschrumpeltes Augenlid sich ganz kurz hob, ihr Auge feucht glänzte, als schlafe sie gar nicht wirklich. Als sei sie nur sehr langsam, wie eine dieser großen alten Schildkröten, mit denen man sich so gerne über ihre Jugend unterhalten würde, über damals, als Goethe ihr auf den Panzer geklopft und über die Bedeutung einer Grünnuance ihrer Haut philosophiert hatte. Sascha hielt kurz inne, hörte sie aber unverändert weiterschnarchen. Er hatte sich wohl getäuscht, drehte sich nicht noch einmal um und ging ins Bad.

Kaum hatte er sich auf den Hocker gesetzt, durch sein Gewicht die Luft aus dem blaugrauen Kunststoffbezug zischen lassen, da zerriss es ihm auch schon den Schädel. Er schrie vor Schmerz.

»Mann, jetzt weck du sie nicht auf! Ist ja schon vorbei.«

Langsam begriff er, dass sie lediglich das Pflaster entfernt hatte, mit Schwung und ohne Vorwarnung, so wie man es machen sollte, und wirklich, der Schmerz war nicht von Dauer. Nur ein leichtes Ziehen blieb um sein Auge herum.

Schlecht sah es eigentlich nicht aus. Wenn man den eitrigen Schorf, der sich über die Tage gebildet hatte, ignorierte, ein mehr oder weniger normales Auge. Er kniff sein gesundes Auge zu und stellte fest, dass er auch so schon wieder hell und dunkel unterschied, ja, er sah sogar verschwommen die Konturen seines Badezimmers. Mehr aber nicht. Bei dem Gedanken, dass da sein Brillenbügel dringesteckt hatte, wurde ihm schlecht. Ein paar Millimeter weiter seitlich, und das Auge wäre komplett dahin gewesen, hatten sie ihm gesagt.

»So, stillhalten!«, sagte Ute und ging mit einem Tupfer und einer grünlichen Tinktur den Schorf an. »Juckt es?«

»Klar!«

»Sehr gut. Dann heilt es.«

»Wusste gar nicht, dass du vom Fach bist.«

»Altes Hausfrauenwissen, fast schon genetisch. Meine Oma hatte so einen Riesenwälzer mit sämtlichen Geheimrezepten.«

»Und dieses Zeug da hast du selbst gebraut?«

»Quatsch! Ist aus der Apotheke, du Schisser.«

Manchmal ist Schulmedizin gar nicht so verkehrt, dachte er. Man musste nur an den Fortschritt glauben, daran, dass kluge Männer und Frauen auch in den letzten dunklen Winkel der Welt das Licht der Aufklärung trugen. Auch in seinen Augenwinkel.

»Die meinten übrigens, dass man Augen eigentlich nicht selber verbinden soll«, sagte Ute.

»Klar, die wollen ja auch ihr Geld verdienen, ich meine, die Männer von den Apothekerinnen, die Ärzte.«

»Meinst du wirklich? Das wär ja krass. Ich mach jetzt nur noch einen ganz leichten Verband, damit da Luft drankommt, ja? Ist besser für die Heilung.«

»Ja, sicher.«

Dann war vor seinem Auge wieder finstere Nacht. So gut versorgt hatte er sich im Krankenhaus nicht gefühlt, und plötzlich verstand er die Frauen, die ihre Kinder zu Hause zur Welt brachten, und die Alten, die im eigenen

Bett sterben wollten. Möglich, dass die technische Ausstattung in seinem Bad nicht ganz die gleiche war wie die im Krankenhaus, wohler fühlte er sich hier aber allemal. Und mittlerweile wusste man ja, wie wichtig das seelische Wohlbefinden auch für den Körper war. Vielleicht konnten sie einen Augenarzt finden, der Frau Ella hier operierte, oder in ihrem eigenen Badezimmer. Schließlich war das keine Lebertransplantation, sondern nur ein kleiner Schnitt. Mittlerweile gab es doch fast alles direkt nach Hause, warum also keinen Augenarzt?

»Sag mal, habt ihr gekifft, oder bist du verliebt?«, fragte Ute.

»Wieso denn das?«

»Na, weil du die ganze Zeit träumst. Jetzt hol mal deine Freundin, damit wir das hinter uns bringen.«

»Was denn für 'ne Freundin?«

»Du hast echt einen Knall, Sascha. Dein Gast natürlich, die alte Dame zu Besuch, die Frau, die du gerettet hast, Frau Ella.«

»Ach so«, seufzte er. Vollkommen unsinnig war diese Panik davor, dass Lina auftauchen würde. Vor irgendetwas hatte er trotzdem Angst. Vor ihr, oder vor sich selbst. Das war letztlich natürlich irgendwie dasselbe. Er musste sich endlich entspannen.

»Ich versuch mal, sie zu wecken«, sagte er und machte sich auf den Weg.

Im Wohnzimmer fand er Frau Ella, die mittlerweile wieder seine Joggingklamotten angezogen hatte, auf dem Sofa sitzend, die Augen geschlossen, anscheinend verträumt der Musik lauschend. Was hatte ihn daran nur stören können, dass sie seine Musik mochte? Als hätte er es nötig, sich abzugrenzen, einer alten Dame zu beweisen, dass er neue Wege ging, ein besseres Leben führte als sie. Was war das überhaupt, ein besseres Leben? Sicherlich gab es Entwicklungen, praktische Fortschritte, aber das waren doch eher Fragen des Komforts, nicht des Wesentlichen. Das Leben sei nicht linear, hatte Klaus gesagt, die Dinge folgten nicht einfach eins auf das andere, sondern sie passierten irgendwie. Kausalität war die Religion der Erfolgreichen, die es zufällig geschafft hatten. Ja, sie hatten ihn gelobt für seinen Mut, dieses Experiment mit Frau Ella zu wagen, diese Wahnsinnsaktion, die aus einer reinen Laune heraus entstanden war. Sollte er jetzt stolz darauf sein, dass er besoffen vom Rad gefallen und so eventuell zum Lebensretter geworden war? Andererseits gab es sicherlich visionärere Typen, die genau das wollten, bewusst Entscheidungen treffen, um Neues zu schaffen, wie ein Liebhaber, der seiner Geliebten jeden Abend etwas Neues bieten möchte. Eine eher anstrengende Art zu lieben, zumal wenn es um Sex ging. Jeden Abend etwas Neues, das konnte ja nicht lange gutgehen.

»Hallo Sascha!«, sagte Frau Ella. »Da bin ich wohl schon wieder eingeschlafen.«

»Geht's Ihnen gut? Nicht erkältet oder so?«

»Ach was. Wissen Sie, dass ich seit dem Tod meines

Mannes keine Musik mehr gehört habe? Kein Bier, keine Musik, ich frage mich langsam, was ich die letzten zwanzig Jahre überhaupt gemacht habe. Ich habe das Gefühl, wie wenn in den letzten Tagen mehr passiert wäre als in der ganzen Zeit seit seiner Beerdigung. Das kann doch nicht sein.«

»Wir tun, was wir können«, hörte er Klaus in seinem Rücken.

»Der Mann mit den Spendierhosen«, lächelte sie.

»Ute wartet übrigens im Bad, um Ihnen einen frischen Verband zu legen«, sagte Sascha.

»Das Essen ist auch gleich fertig. Nehmen Sie Bier oder Wein?«

»Erst einmal gerne ein Gläschen Bier gegen den Durst.«

Dann stand sie auf mit dieser ihr eigenen geschmeidigen Langsamkeit, als sei sie plötzlich mit sich alleine, wie in Trance. Und wieder wirkte sie wie eine alte Schildkröte.

Beim Essen fiel Sascha auf, wie müde Frau Ella plötzlich wirkte. Ihre langsamen Bewegungen verloren an Sicherheit. Sie kleckerte, sie überhörte immer mehr Fragen, als habe sie plötzlich ihren Panzer verloren. Nur schien das außer ihm niemand zu bemerken. In den Falten und Furchen auf ihrer Stirn über dem frischen Verband standen Schweißtröpfchen, die sich zu kleinen Rinnsalen zusammenfanden, um gemeinsam einen

Weg ihr Gesicht hinunter zu suchen. Platz fanden sie nur an der Schläfe neben ihrem gesunden Auge, die andere Seite und der Weg zwischen den Augenbrauen waren komplett vom großzügigen Verband versperrt. Zitternd tupfte sie sich mit der Papierserviette die Wange, starrte den Teller an, als sei das eine Prüfung, die sie bestehen musste. Oder bildete er sich das nur ein? Hatte er nicht genauso mit der Schärfe des Chilis zu kämpfen? Stand ihm der Schweiß nicht auch auf der Stirn?

»Schmeckt Ihnen mein Chili?«, fragte Klaus.

»Exzellent!«

»Ist es Ihnen nicht zu scharf?«, fragte Ute.

»Ach was«, sagte sie und griff nach ihrem Glas.

»Na bitte«, rief Klaus. »Ich sag ja, mit Frau Ella kann man nicht nur Ponys stehlen. Da ist zwar Schnee auf dem Dach, aber noch ordentlich Feuer im Ofen!«

Sie sah von ihrem Teller auf und lächelte, unsicher.

»Wissen Sie, eigentlich kocht man ja nur scharf, wenn man Angst hat, die Zutaten könnten verdorben sein, also traditionell«, erklärte Klaus mit vollem Mund. »Das ist bei den frischen Zutaten hier natürlich Unsinn. Aber nicht alles, was mal einen Grund hatte, ist ja plötzlich grundlos, nur weil der Grund nicht mehr da ist. Ich meine, natürlich gab es für die meisten Dinge mal eine sinnvolle Erklärung, sie haben sich dann aber sozusagen verselbständigt.«

»Aha«, sagte Frau Ella.

»Ja, so ist das. So einfach nur kreativ waren die Menschen nie, hab ich letztens gelesen. Kunst wegen der Kunst war schon immer eher die Ausnahme. Na ja, Hochkultur ist jedenfalls, wenn man aus all den grundlos gewordenen Dingen die auswählt, die auch ohne Grund sinnvoll sind. Das sind dann also eher ästhetische Entscheidungen, wenn Sie verstehen, was ich meine. Deswegen brauchen wir auch so viel bunte Werbung. Wir kennen das ja gar nicht anders, also wir Wohlstandskinder, aber Sie haben doch bestimmt noch ganz andere Zeiten erlebt.«

Musste er jetzt wieder damit anfangen? Selbst Klaus musste doch sehen, dass Frau Ella gerade mit anderem beschäftigt war als damit, über ihre Vergangenheit und seine Weltsicht zu philosophieren. Als wollte er als Gegenleistung für seine Investitionen Geschichten von früher hören, den Blick einer erfahrenen Dame auf die Welt von heute. Sicher, er selbst hätte auch gerne mehr über die Frau gewusst, die eine weitere Nacht bei ihm verbringen würde, darüber, was in einem knappen Jahrhundert so alles passiert war, nur konnte man sie dazu doch nicht zwingen.

»Seien Sie bloß froh«, seufzte sie leise.

Klaus schenkte ihr nach, zwinkerte ihm zu, als sei er sicher, dass er sie jetzt hatte und es nicht mehr lange dauern würde, bis die große Zeitreise startete. Das ging so nicht. Er musste etwas tun, war aber doch selbst zu neugierig.

»Das sagt sich so leicht, aber können Sie sich vorstellen, wie schwer das ist, sich zu entscheiden, wenn es überhaupt keine Zwänge mehr gibt? Keine Kirche, keine Väter, keinen Krieg?«, setzte Klaus nach.

»Was wollen Sie denn nur, mein Junge? Sie haben doch wirklich alles.«

»Papperlapapp. Passen Sie auf«, kam er jetzt richtig in Fahrt und sah kurz in Richtung Ute. »Zum Beispiel diese Geschichte mit der Steuer. Ute hat mich geheiratet, weil das eine lustige Idee war, dass sie nicht arbeiten muss und ich damit Geld verdiene, nicht viel, aber immerhin. Auch Peanuts kann man essen. Das ist vollkommen beliebig. Wir hätten es genauso gut sein lassen können, Ute hätte weiter gekellnert und ich mehr Steuern gezahlt. Na ja, und früher, bei Ihnen, da gab's noch richtige Gründe. Schwangerschaft, Familienzusammenführung, Liebe und so weiter.«

»Mann, Klaus, bitte nicht die Platte«, stöhnte Ute.

»Warum denn nicht? Das muss man doch mal so sehen und auch sagen! Das macht zwar alles ordentlich Spaß, aber beliebig ist es trotzdem, irgendwie.«

Sie schwiegen. Klaus musste sich beim Kochen betrunken haben. Anders war diese aufdringliche Küchenpsychologie nicht zu erklären. Warum beleidigte er Ute? Warum ließ er Frau Ella nicht einfach in Ruhe? Er sah zu ihr hinüber, wollte etwas sagen, um den Abend wieder in die Spur zu bringen. Gerade legte sie ihren Löffel mit zitternder Hand auf den Tellerrand, tupfte sich mit der Serviette den Mund ab. Sie hatte tatsächlich aufgegessen, und das nach den Spargeln zu Mittag. Sie schien nachzudenken, wirkte abwesend, verloren in sich selbst und zugleich hochkonzentriert. Er hätte sie lieber entspannt und fröhlich gesehen.

»Wollen Sie wirklich hören, warum ich geheiratet habe?«, flüsterte sie.

»Klar«, rief Klaus. »Das wäre doch mal ein Anfang!«

»Sie müssen das jetzt wirklich nicht erzählen, wenn Sie nicht wollen«, sagte Ute.

»Jetzt sind die Erinnerungen sowieso wieder da.«

»Jetzt lass sie halt«, sagte Klaus.

»Na dann«, sagte Frau Ella und hüstelte kurz. »Ich habe Sascha ja schon erzählt, wie ich anno vierzig zurück zu meinen Eltern aufs Land bin, nachdem der Herr Karstens mich weggeschickt hat. Da stand ich dann wieder auf den Feldern und habe von dem ganzen Krieg gar nicht viel mitbekommen, nur dass die Männer weg sind und dafür andere kamen, Franzosen, Polen, Ukrainer. Und natürlich die Flugzeuge, die über uns hinweg in Richtung Stadt flogen, und immer mehr Kinder, die aus der Stadt zu uns kamen. Später dann auch die Alten und die Frauen, aber es gab ja genug Platz und Essen. Jedenfalls hat man da an so manches gedacht, aber sicher nicht ans Heiraten. Bis dann der Krieg vorbei war.«

»Und der Russe vor der Tür stand!«, rief Klaus.

»Sei still!«, sagte Ute.

Frau Ella achtete gar nicht auf sie. Fast wirkte es, als erzähle sie die Geschichte sich selbst, als seien sie nur zufällig Zeugen ihrer Erinnerung. Klaus' Augen leuchteten wie die eines kleinen Jungen, der zum ersten Mal ins Kino durfte.

»Es war im Spätsommer fünfundvierzig. Ich weiß noch genau, wie er plötzlich mitten auf dem Weg stand mit seinem Motorrad mit Beiwagen, in dem aber niemand saß. Natürlich hatte ich Angst, es wurde ja überall erzählt, was wir zu erwarten hatten, wenn alles verlorenging, aber so hatte ich mir das nicht vorgestellt. Ganz allein einem solchen Kerl gegenüberzustehen. Ich weiß nicht mehr, was ich überhaupt alleine auf den Feldern zu suchen hatte. Damals dachte ich an Schicksal oder etwas Ähnliches. Ein wundervoller Tag war das, mit blauem Himmel und blühenden Sonnenblumenfeldern. Vielleicht war ich einfach spazieren gegangen, weg von den Flüchtlingen, dem Krieg, ins Blaue. Und dann dieser Mann. Ich war zu Tode erschrocken, aber er war freundlich, sprach sogar Deutsch, wenn auch nicht fließend. Ja, er fragte mich alles Mögliche, über den Krieg, was wir uns dabei gedacht hätten, wie es mir ergangen war, lächelte so fröhlich, wenn er immer wieder sagte, dass jetzt alles vorbei sei. Alles vorbei, sagte er immer wieder, und dann wollte er mich küssen.«

Ihr Auge schimmerte feucht. Sie saß kerzengerade da, sah durch sie hindurch in die Vergangenheit.

»Er ist dann wieder weg, und natürlich war ich erleichtert. Auf dem Hof ging es auch so schon drunter und drüber. Man kämpfte sich von einem Tag zum anderen, und dann noch all die Flüchtlinge. Es passierte so viel, dass ich gar nicht mehr daran dachte, bis es eines Tages offensichtlich war.«

»Was denn?«, fragte Klaus, kaum dass sie kurz innehielt.

»Ich war schwanger.«

»Verdammter Russe. Ich hab's gewusst!«

Frau Ella schwieg und sah Klaus an, als verstünde sie ihn nicht.

»Komm Klaus, es reicht«, sagte Ute.

»Ja, aber welcher Russe denn?«, fragte Frau Ella.

»Na, der mit dem Motorrad!«

»Aber Jason war doch kein Russe. Er kam doch aus Tennessee!«

»Das heißt, Sie wurden von einem Amerikaner vergewaltigt?«, fragte Klaus skeptisch.

Frau Ella schwieg. Da hatten sie ihr einen schönen Abend beschert, Vergewaltigung zum Nachtisch inklusive.

»Was sind denn das für Ideen, die Sie da haben?«, fragte sie. »Ich habe ihn geliebt!«

»Geliebt?«

»Natürlich, was denken Sie denn?«

»Wo war denn dann das Problem?«

»Ja, wie sollte ich ihn denn finden? Einen Amerikaner irgendwo in Deutschland, wenn sie ihn nicht längst versetzt hatten. Und dann habe ich dumme Gans meiner Mutter alles erzählt. Und dann haben sie mein Kind weggemacht, und ich habe Stanislaw geheiratet, wegen der Ehre und diesem ganzen Unsinn, den Sie vermissen. Schwanger geworden bin ich nie wieder.«

Klaus starrte in sein Bier, als wollte er sich darin verstecken. Schämte er sich dafür, zu weit gebohrt zu haben? Und er selbst? War das gut, dass sie Frau Ella zum Reden gebracht hatten, oder hatten sie sie missbraucht, um eine kleine Geschichte zur Verdauung zu hören? Ganz sicher schämte er sich für sein ganzes verkopftes Philosophieren, als er sah, wie Ute Frau Ellas Hand drückte. Die räusperte sich, nahm einen Schluck Bier.

»Das Kind, haben sie gesagt, das wird nicht glücklich, ein Teufelskind, haben sie gesagt, die Zeiten sind schwer genug. Dabei war es doch mein Kind, ganz egal, wie es aussah, ob gelb oder grün oder braun. Das habe ich ihnen nie verziehen, nie. Kaum war ich in der Stadt, habe ich mich nicht einmal mehr gemeldet, selbst zur Beerdigung meiner Mutter bin ich nicht hin. Stanislaw wusste ja von nichts. Er dachte, dass das mit dem Kinderkriegen einfach nicht klappte. Ella, hat er immer gesagt, Ella, wir haben doch uns. Ja, so war er. Dreiundsechzig wäre er dieses Jahr geworden, der Junge, mein Junge. Das wäre heute doch gar kein Problem als Schwarzer in Deutschland. Dieser Sänger hat es doch auch geschafft.«

»Sie meinen, dieser Jason, das war ein Schwarzer?«, fragte Klaus.

»Schwarz wie die Nacht.«

»Ein Afroamerikaner«, stellte Ute fest.

»So war das damals mit dem Heiraten. Können Sie sich vorstellen, dass ich nicht weiß, wann ich das letzte Mal an Jason gedacht habe, bevor Sie mich gefragt haben?«

»Krass«, seufzte Klaus.

»Das ist unglaublich«, sagte Ute.

»Tja, so war das«, sagte Frau Ella mitgenommen und zugleich erleichtert. »Und jetzt würde ich gerne eine Zigarette rauchen. Denn das haben wir damals auch gemacht.«

»Und dazu einen Bourbon aus Tennessee«, sagte Sascha und hoffte, dass sie ihn richtig verstehen würde. Sie sah ihn an. Ernst, nicht wütend.

»Sie meinen, er hätte mich gerne mitgenommen nach drüben?«

»Auf jeden Fall, aber Sie haben es ja selbst gesagt, dass damals alles drüber und drunter ging.«

»Ja, das ist wohl wahr. Dann will ich mal nicht nein sagen.«

»Tennessee Whiskey«, hörte er Klaus murmeln. »Es gibt gar keinen Bourbon aus Tennessee.«

Sascha stand auf, um vier Gläser und den Whiskey zu holen. Seine Knie zitterten. Sein Hemd war komplett durchgeschwitzt. Offensichtlich hatte er den Drink sehr viel nötiger als Frau Ella, der Klaus gerade Feuer gab. Sie rauchte ganz bestimmt nicht wie ein Mädchen vom Lande, eher wie eine Diva, eine amerikanische Schauspielerin aus den Fünfzigern. Warum auch nicht? Wer konnte schon wissen, was gewesen wäre, hätte dieser Jason sich getraut, sie in seinen Beiwagen steigen zu lassen.

Jetzt hörte er Frau Ella durch die angelehnte Schlafzimmertür schnarchen, und ihr ganz und gar regelmäßiges Schnarchen freute ihn. Es hatte nichts von dem in Film und Fernsehen üblichen, ekelig stockenden, leicht schleimigen Alte-Männer-Schnarchen. Das war eine Damenversion des Pumuckel-Schnarchens, einfach sympathisch und angenehm und natürlich irgendwie lustig. Er kannte Frau Ella jetzt gerade einmal zwei Tage, seit Sonntagnachmittag, zwei Tage, in denen aus dem lästigen Schnarchen ein beruhigendes geworden war. Vielleicht war wirklich etwas dran an seiner Idee, dass er sich an sie gewöhnte, so wie Eltern das Geschrei ihres Babys lieben lernen. Angeblich. Wie wütend er noch gestern auf sie gewesen war! Wie unsicher noch heute beim Abendessen. Nur war sie natürlich kein Baby. Er hatte sie unterschätzt, wie souverän sie mit ihren siebenundachtzig Jahren und mit dieser Situation umging, sich bei Klaus sogar bedankt hatte für all die unverschämten Fragen. Ganz kurz nur hatte es dem die Sprache verschlagen, dann war er schon wieder obenauf und überredete sie, morgen wieder mit dem Cabrio rauszufahren, den Landsitz zu suchen, auf dem sie aufgewachsen war. Da hatte sie gelacht. Ein schäbiger kleiner Hof sei das gewesen. Morgen, hatte sie gesagt und auf diese unfassbar stilvolle Art und Weise an der Zigarette gezogen, morgen, schauen wir mal, wie die Welt dann aussieht. Wie ein Opfer hatte Frau Ella jedenfalls nicht gewirkt.

Sicherlich, der offiziellen Version zufolge hatte er sie gerettet, aber trug nicht auch sie einen Teil zu seiner Rettung bei? Noch nie hatte er es so genossen, auf dem Sofa zu liegen und den nächtlichen Geräuschen im Hof zu lauschen. Ein Baby, das kurz aufschrie, um sich sofort wieder zu beruhigen, einzelne Töne auf einer Gitarre, eine ganz leichte Brise in den Blättern der Kastanie. Dann eine stöhnende Frau. Das musste doch nicht sein! Warum mussten sie die zarte Idylle zerstören, sein kleines Glück? Sie hatten immer das Fenster zugemacht, damals, die langen Nächte mit Lina, all das, was nicht mehr wichtig war seit Frau Ellas Ankunft. Nein, das konnte er jetzt wirklich nicht gebrauchen. Er stand auf, schloss das Fenster, zog das Telefonkabel aus der Wand, legte den zusätzlichen Riegel vor die Wohnungstür. Natürlich war das lächerlich, aber er hatte das Gefühl, Zeichen setzen zu müssen. Wovor genau hatte er eigentlich Angst? Vielleicht vor der Vergangenheit oder der Zukunft, vor sich selbst, der Liebe oder der Verantwortung. Oder aber er hatte gar keine Angst. Zurück auf dem Sofa, hörte er Frau Ellas ruhiges Schnarchen und fühlte sich gleich wieder vollkommen wohl. Er hoffte einfach, dass alles genauso weitergehen würde.

9

SEINE EIER WAREN GENAU RICHTIG. So seltsam das war, diese musikalische Methode ihres Gastgebers funktionierte offenbar. Frau Ella saß am Küchentisch und betrachtete die leere Schale ihres Frühstückseies in diesem orange-blau gestreiften Eierbecher, während er den Abwasch machte. Das störte sie, zu ihrer eigenen Überraschung, überhaupt nicht mehr. Dass so viele Wahrheiten, die man im Laufe der Jahre über sich selbst und die Welt gesammelt hatte, am Ende gar keine Wahrheiten waren, hätte sie nie gedacht. Und das betraf nicht nur seine Eier! Sie, die, seit sie denken konnte, spätestens mit der Sonne aufstand, sie hatte heute glatt verschlafen. Und sie hatte sich wohl gefühlt, so angenehm warm und träge und doch auch frisch und ausgeruht, als ihr die Sonne ins Gesicht schien. Die Erinnerung an den vergangenen Abend hatte ihre Stimmung kurz getrübt, da sie ausgerechnet vor den jungen Leuten all das Alte wiederentdeckt hatte. Die ganze Vergangenheit. Doch immerhin waren das mal wieder Menschen, mit denen sie reden konnte, und so fremd waren die auch nicht mehr. Wem sonst hätte sie all das erzählen sollen?

»Haben Sie denn Lust auf eine Reise in Ihre Vergangenheit?«, hörte sie Sascha von der Spüle her fragen. »Oder ist Ihnen das zu viel?«

»Ach was. So ausgeschlafen, wie ich bin. Wenn es Sie denn interessiert, meinetwegen.«

»Wirklich?«

»Aber natürlich. Ich würde mir nur gerne vorher die Haare waschen.«

Zum Glück hatten sie ihr gestern dieses Tuch gekauft, unter dem sie ihre mittlerweile vollends aus der Form gegangenen Locken verstecken konnte. Langsam war es aber nicht nur eine Frage des Aussehens mehr, sondern eine der Hygiene. Auch duschen musste sie, eigentlich, doch war ihr das Bad hier nicht geheuer. Natürlich schaffte sie das alles noch alleine, bei sich zu Hause, wo jeder Griff saß, keine Überraschungen drohten. Aber hier? Schon die Vorstellung, auszurutschen und zu fallen, in dieser fremden Umgebung, reichte aus, um ihr jede Lust auf eine heiße Dusche zu nehmen.

»Soll ich Ihnen die Haare waschen?«, fragte er. »Ich meine, jetzt, wo ich schon mit dem Geschirr angefangen habe.«

»Da ist ja wohl noch ein kleiner Unterschied!«

»Trotzdem.«

»Sie sind mir schon einer. Einer alten Schachtel wie mir schöne Augen machen wie so ein Orientale!«

»Ein schönes Auge. Außerdem sind das die besten Friseure der Welt, die Armenier.«

Schlagfertig war er heute Morgen. Diese ganze schlaksige Unsicherheit der letzten Tage war verschwunden. Wäre sie ein paar Jahre jünger, müsste sie sich wohl in Acht nehmen. So aber freute sie sich einfach mit ihm. Vielleicht fehlte ihm ja doch diese Frau, von der sie immer so schlecht redeten, diese Lisa oder Tina, und jetzt hoffte er auf ihre Rückkehr. Zwar war Frau Ella selbst alles andere als erfahren in Liebesdingen, aber dass ihrem Gastgeber diese Frauengeschichte zu schaffen machte, erkannte sogar sie. Da konnte man ja mal gespannt sein. Sie hoffte das Beste für ihn.

»Einverstanden«, sagte sie. »Leicht wird das aber nicht, ohne Lockenwickler.«

»Vielleicht versuchen wir heute mal was Neues?«, zwinkerte er ihr zu.

»Ich vertraue Ihnen da voll und ganz.«

»Wenn Sie mir dann bitte folgen wollen.«

Er führte sie an der Hand ins Badezimmer, rückte den kleinen Hocker zurecht und ließ sie mit dem Rücken zum Waschbecken Platz nehmen. Als sie sich setzte, zischte es unter ihr. Sie erschrak aber nur kurz. Anscheinend hatte sie mit ihrem Gewicht die Luft aus dem undichten Polster gedrückt. Er verschwand in Richtung Wohnzimmer, und wenig später hörte sie wieder eines dieser schmachtenden Lieder. Sascha kam mit einem seltsam wurstigen Ding in der Hand zurück.

»Dann wollen wir mal«, sagte er, legte ihr ein Handtuch über die Schultern, das seltsame Ding um den Hals und kippte ihren Kopf leicht nach hinten. Federnd gepolstert lag sie auf der Kante des Waschbeckens. Er hatte wirklich Talent für so manches, was sie von Männern nicht erwartet hätte. Sie schloss die Augen und lauschte der Musik. Lauwarm fühlte sie das Wasser auf ihrer Kopfhaut. Ihr schauderte es wohlig den ganzen Rücken hinunter bis in die Füße.

»Angenehm?«

»Exzellent.«

»Ich hätte nicht gedacht, dass ich diese Halskrause noch einmal brauche. Ich weiß gar nicht mehr, wo die überhaupt her ist. Irgend so ein Langstreckenflug muss das gewesen sein.«

»Wir sind ja kaum gereist«, sagte sie. »Aber Sie haben recht, man sollte einfach nichts wegwerfen. Man weiß ja nie.«

»Ja, genau«, sagte er, anscheinend konzentriert darauf, ihren Verband nicht nass zu machen.

»Die Musik ist auch schön.«

»Puccini«, sagte er. »Auch nicht wirklich das Neueste von heute.«

»Aha. Ein toller Sänger.«

Dann hörte sie das Schmatzen einer fast aufgebrauchten Shampooflasche und fühlte, wie er begann, ihr Haar zu massieren. Für die eine Wäsche reichte es offenbar noch.

»Da sehen Sie mal, was ich alles verpasst habe«, sagte sie.

»Die Oper ist auch so eine Liebesgeschichte. Hübsche Frau weiß nicht, was sie will, verdreht den Männern den Kopf. Liebe oder Geld? Die alte Frage. Der Fluch der Schönheit. Wer zuviel will, steht am Ende mit leeren Händen da und so weiter und so fort. Am Ende dann aber doch große Liebe und Katastrophe, alles wunderschön. Sie geht übrigens nach Amerika, mit ihrem Geliebten in die Verbannung. Sie hätten da bestimmt mehr Glück gehabt.«

Das sagte sich so leicht. Sie mit einem schwarzen Mann irgendwo in Tennessee. Leicht wäre das sicher auch nicht geworden.

»Ach was«, sagte sie. »Bringt ja nichts, sich zu fragen, was gewesen wäre, wenn. Sie können das Wasser übrigens ruhig ein bisschen wärmer machen.«

»So?«

»Exzellent! Sie sollen übrigens nicht denken, dass ich nicht zufrieden bin mit dem Leben, das mein Mann mir geboten hat. Das wäre nicht gerecht, auch wenn er mir nie die Haare gewaschen hat.«

»Das ist auch mein erstes Mal.«

»Wirklich? Sie haben Talent. Vielleicht passt das besser zu Ihnen als dieses Herausfinden von dem, was die Menschen einkaufen wollen.«

Sie machte ihr Auge vorsichtig auf und sah ihn grinsen. Sie durfte nicht vergessen, wie empfindlich er war.

»Mit Waschen allein würde ich nicht wirklich weit kommen, fürchte ich.«

»Sie sind doch jung. Den Rest werden Sie schnell lernen.«

»Ich könnte ja mit Ihnen anfangen. Ich denke, Sie sollten Ihre Haare mal etwas glatter tragen.«

»Wenn Sie das sagen, wird das schon recht sein. Sie sind schließlich der Fachmann.«

»Irgendwo hatte ich auch einen Kamm«, hörte sie ihn vor sich hin murmeln. Das konnte ja heiter werden!

Er musste wirklich noch viel lernen. Das Kämmen war eine Tortur, doch ließ sie sich nichts anmerken. Die Schmerzen erinnerten sie an ihre Kindheit, schon wieder die Vergangenheit, wenn ihre Mutter sie gepackt hatte, um Kletten und all das andere Getier aus ihren langen blonden Haaren zu vertreiben. Sie hatte geschrien, um sich geschlagen, am Ende hatten sie zusammen gelacht. Wie hatte sie all das vergessen können? Vielleicht, dachte sie jetzt, war diese Kindheit zu schön gewesen, das Ende zu schrecklich, um damit zu leben. Vielleicht war es an der Zeit, ihrer Mutter zu verzeihen, auch wenn sie lange tot war.

Eigentlich war alles gut gewesen, bevor ihre Eltern sie in die Stadt geschickt hatten. Normal. Glücklich. Der Hof, die große Küche, in der sie abends um den großen Ofen mit seinen türkis schimmernden Kacheln saßen, der Stall mit den beiden alten Gäulen, zu denen man auch im Winter fliehen konnte, wenn es im Haus zu wild wurde und überall sonst zu kalt war. Seltsam, dachte sie, dass ihre Kindheit anscheinend ausschließlich im Winter stattgefunden hatte. Aber nein, natürlich waren da auch die Sonnenblumenfelder, die staubigen Wege, der Weiher mit dem kleinen Boot, »Willy« stand ausgeblichen auf dem verwitterten Holz. Vielleicht war das gar keine gute Idee, dorthin zurückzukehren und alles ganz anders vorzufinden. Es machte ja fast den Eindruck, als ginge es mit ihr zu Ende, so intensiv wie sie sich mit ihrer Vergangenheit beschäftigte. Aber sie hatte ja nicht selbst damit angefangen, sondern die jungen Leute wollten das alles wissen. Warum auch immer.

»Jetzt noch ein wenig Volumen«, hörte sie ihn sagen. »Dann haben wir's auch schon geschafft.«

Sie hörte das Gebläse eines Föns, spürte dann die warme Luft auf ihrer Stirn, genoss es, einfach hier zu sein. Anscheinend hatte er den Kamm beiseitegelegt, ging ihr jetzt sanft mit der Hand durchs Haar. Wie würde sie nur aussehen, frisiert von diesem jungen Kerl, der selbst so ungepflegt herumlief. Sie, mit diesem spärlichen Rest von dem auf dem Kopf, was früher einmal ihre blonde Mähne gewesen war. Zum Glück hatte sie das Kopftuch, dachte sie und lächelte. Dann war er mit ihr fertig.

»Wenn Sie einen Blick in den Spiegel werfen wollen«, sagte er.

»Danke«, sagte sie, machte ihr Auge auf und griff nach dem Rand des Waschbeckens, um aufzustehen.

»Verdammt, Frau Ella, noch zwei Tage mit diesem Kerl, und Sie sind reif für den Catwalk«, rief der Dicke ihr von der Küchentür aus entgegen.

»Für den was?«, fragte sie und musste lachen, so begeistert wirkte der schon wieder, kaum dass er sie sah.

»Für Paris, London, New York, die Laufstege der Welt. Vom Heroin zum Seniorin Chique, oder irgendwas in die Richtung.«

»Sie meinen meine neue Frisur?«

»Wenn Ute nicht wäre, würde ich ein paar Wochen an der Côte vorschlagen, oder Venedig. Das hat doch nicht ernsthaft dieser depressive Lumpenbohemien hingekriegt!«

Heute war er wieder gar nicht gut zu verstehen, mit seinen ganzen seltsamen Wörtern, wie er da vor ihr herumhampelte und in seinem Kauderwelsch plapperte.

»Salon Sascha. *It's never too late to look great!* Die Lockenwickler-und-Tönungs-Mafia wird ihn hassen, den Mann, der dem Grauen des Grauseins den Garaus bereitete. Ich sag's ihnen, Grau ist das neue Schwarz, darauf können Sie einen lassen! Das wird ganz groß! Stellen Sie sich das mal vor, wenn die jungen Leute das Grau erst entdecken, die ganzen Produkte, die wir dann auf den Markt werfen. *Less colour, more life*. Momo war gestern, jetzt kommen die grauen Herren, und die sind glücklich.«

»Was hat er denn?«, hörte sie Sascha aus dem Badezimmer fragen. Sie zuckte mit den Schultern, lächelte.

»Irgendetwas ist wohl mit meiner neuen Frisur.«

»Sag mal, Alter, um so Haare grau zu kriegen, ist das 'ne Entfärbung oder 'ne Färbung? Also, ich meine, wenn man jetzt deine Haare entfärbt, werden die so tussimäßig farblos blond oder grau?«

»Keine Ahnung.«

»Scheiß auf keine Ahnung, verdammt. Das ist doch die entscheidende Frage: Ist Grau eine Farbe oder ist Grau farblos? Verliert man also mit den Jahren etwas oder gewinnt man etwas Neues hinzu? Versteht ihr? Das ist nur eine Frage der Positionierung, des emotionalen Mehrwerts.«

»Der Interpretation?«, fragte Sascha.

»Ja, so ähnlich. Die Schwäche wird zur Stärke, und das mit offenem Visier. Die Leute wollen ehrliches Zeug, das heißt eben nicht diese ganze Kacke von wegen *Silver*-Ager, bunte Verpackung und so. Wenn man Scheiße Scheiße nennen muss, dann muss man Grau auch Grau nennen. Ich meine, was ist denn bitte ein besseres *visual* der neuen Authentizität, der Abkehr von all den bunten Lügen, wenn nicht so ein verdammt ehrliches Grau auf dem Kopf? Das Ende des virtuellen Wahnsinns! Hundert Prozent Realität!«

»Sag mal, ist Silber eigentlich nur Grau mit Glanz?«, fragte Sascha.

»Kann sein, Mann, wir müssen das alles verdammt noch mal so schnell wie möglich rausfinden, *research and development,* volle Kraft voraus!«

»Wollen Sie eigentlich einen Kaffee?«, fragte sie, die langsam, aber sicher genug davon hatte, nichts zu verstehen.

»Und ein bisschen durchatmen?«, fragte Sascha und zwinkerte ihr zu.

»Halleluja, ein Kaffee wäre ein erster Schritt«, seufzte er, regelrecht außer Atem.

»Mit Macchiato?«, fragte sie, und Klaus sah sie an, als hätte ihr Darm ihr wieder einen Streich gespielt. Das hätte sie aber doch gemerkt.

»Wie bitte?«

»Ihren Kaffee, wollen Sie den mit Macchiato obendrauf?«

»Frau Ella, am Ende werde ich mich doch scheiden lassen und Sie heiraten! Mannomannomann, wie geil ist das denn?! Ein Kaffee mit Macchiato! Und wisst ihr, was das Beste ist? Das ist doch wohl das genialste Bild, das es gibt. Unten superfitter Kaffee, voller Leben, Kraft, Energie, und oben der weiße Schaum. Und bei Bier geht's genauso! Unten die Frische, der prickelnde Genuss, oben die weißen Haare. Die guten Dinge sind obenrum einfach weiß, könnte man meinen.«

»Mach mal Pause, Klaus«, sagte Sascha. »Bitte.«

»Wir müssen das alles nachher im Auto besprechen«, sagte Frau Ella schnell, damit erst gar kein Streit aufkam. »Oder wollen Sie nicht mehr in meine Vergangenheit reisen?«

»Doch, klar. Heute ist Vergangenheit und Zukunft angesagt, und dazwischen einen Kaffee mit Macchiato in der Gegenwart. Mehr kann man eigentlich nicht von einem Tag erwarten. Und heute Abend gehen wir ins Rincón, ich hab einen Tisch reserviert. Ute kommt auch.«

»Das können wir ja dann sehen«, sagte Sascha. »Ich such erst mal eine Karte vom Umland. Wir müssen ja nicht ganz ins Blaue fahren.«

Er mit seiner ruhigen Art gefiel ihr schon besser, auch wenn er recht kompliziert war, so empfindlich und schwer zu fassen. Dieser Klaus war eine ganz andere Herausforderung, wie ein kleiner Junge, dem einfach nie die Energie ausging. Immerhin schwieg er jetzt, während sie das Kännchen mit Wasser und Pulver füllte und auf die Flamme stellte.

»Haben Sie denn heute auch keinen Dienst?«, fragte sie.

»Dienst? Was denn für'n Dienst?«

»Sie müssen doch irgendetwas arbeiten, wenn Sie so viel Steuern zahlen.«

»Klar. Aber das arbeitet von selbst.«

»Aha«, sagte sie und hoffte, dass er ihr das auch ohne Nachfrage erklären würde.

»Ja, so ist das.«

»Und was genau arbeitet da?«, fragte sie dann doch.

»Ich helfe den Menschen, besser miteinander zu kommunizieren.«

»Er arbeitet in der Agentur seiner Mutter«, hörte sie Sascha, der mit einer Landkarte in der Hand zurück in die Küche kam und sich zu seinem Freund an den Tisch setzte.

»Aha«, sagte sie und hoffte wieder auf eine Erklärung. Sie fühlte sich wie ein kleines Kind, das fragen und fragen muss, um sich irgendwie in der Welt zurechtzufinden, nur dass sie ja kein kleines Kind war.

»Sie bringen die richtigen Leute zusammen«, setzte Sascha an, und wieder war sie glücklich, dass er sie offenbar verstand. Verstand, dass sie nicht verstand. »Sagen wir zum Beispiel, Sie möchten gerne feiern, kennen aber nicht die richtigen Leute. Dann rufen Sie diese Agentur an, die Ihnen eine passende Gästeliste zusammenstellt. Mit einfachen Leuten, die nur für Essen und Trinken zu haben sind, und prominenteren, für die Sie draufzahlen müssen.«

Sie war froh, dass gerade jetzt der Kaffee blubberte, denn sie wusste beim besten Willen nicht, ob er sie auf den Arm nehmen oder ihr wirklich etwas erklären wollte. Wer würde denn dafür zahlen, dass Gäste kamen?

»Das goldene Adressbuch«, hörte sie Klaus in ihrem Rücken sagen. »Die Menschen wollen einfach wieder mehr Gesellschaft, wie früher auf dem Dorf. *Essential Contacting* nennt man das. Na ja, und da helfen wir eben ein bisschen nach.«

»Nur dass im Dorf die Gäste nicht so schnell wieder aus dem Leben verschwinden«, sagte sie, während sie die Milch mit dem Schneebesen schaumig schlug.

»Wenn Sie damit Ihr Geld verdienen, kann das ja so verkehrt nicht sein. Nur eins wüsste ich gerne noch, Klaus. Was sind das für seltsame Wörter, die Sie andauernd benutzen?«

»Englisch«, sagte Sascha.

»Ja, aber ich spreche doch gar kein Englisch. Warum macht er das? Ich verstehe das nicht!«

»Das können Sie auch nicht verstehen. Das ist sozusagen der Sinn dieser Wörter, dass sie keinen Sinn haben.«

»Klingen tun sie ja ganz interessant. Ein bisschen so wie Macchiato.«

»Eben«, lächelte Sascha. »Das muss man eher musikalisch nehmen.«

10

WIE LANG WAR DAS HER, dass er zum letzten Mal die Stadt verlassen hatte? Monate, vielleicht sogar Jahre. Im vergangenen Sommer jedenfalls war er nicht über die Grenzen des Molochs hinausgekommen. Und jetzt schon das zweite Mal in nur zwei Tagen, weil ausgerechnet eine fast Neunzigjährige Schwung in sein Leben brachte, wie ein Segel, das vor seinem Boot gehisst wurde und ihn mit hinaus zog aufs Meer. Immer hatte er versucht, rudernd irgendwohin zu kommen, aus eigenen Kraft, unabhängig, hatte übersehen, dass es überhaupt Segel gab, vom Wind ganz zu schweigen.

Sie hatten die Vorstädte längst hinter sich gelassen, und aus der Entfernung waren nur noch vereinzelt Neubausiedlungen zu sehen. Langsam waren sie wirklich draußen, zwischen Kühen, Rapsfeldern und Windrädern. Er sah, wie Frau Ella auf eines der weißen Monstren zeigte und Klaus etwas fragte, das er im Fahrtwind nicht verstehen konnte. Die Antwort hätte er gerne gehört. Frau Ella mit ihrem seidenen Kopftuch und der gigantischen Sonnenbrille jedenfalls lachte. Wie gut Klaus reagiert und sein zweifelhaftes Werk auf ihrem Kopf sofort gelobt hatte. Das war sicher nicht die beste Idee gewesen, alles so glatt wie möglich zu kämmen. Er hätte nie gedacht, dass auch Frauen im Alter ihre Haare verloren. Man sah sie ja auch nur selten glatzköpfig.

Ordnung war schon eine zweischneidige Sache, überlegte er. Zeigte sie doch gnadenlos, wie die Dinge wirklich waren. Ein verwirrter Kopf konnte sich zumindest einbilden, dass da irgendwo noch ein kluger Gedanke versteckt war, auf einem chaotischen Schreibtisch konnte man hoffen, einen vergessenen Bernstein, Geld oder die vergessene Perlenkette einer Großtante zu finden. Herrschte jedoch Ordnung, bestand die Gefahr, dass man auf den ersten Blick erkannte, dass da nichts war, oder nur sehr wenig, so wie auf ihrem Kopf. Nein, so ein paar Locken waren schon gut, um durchs Leben zu kommen, ohne die Hoffnung zu verlieren. Und wer konnte schon wissen, was wirklich wirklich war.

Sie hielten auf dem Platz des Dorfes, an dessen Namen Frau Ella sich zum Glück erinnert hatte. Anstelle der Schaufenster schmückten Holzplatten die Läden der umliegenden Häuser, kein Mensch war zu sehen. Ein hinkender Hund näherte sich auf der staubigen Straße ängstlich dem Wagen. Unter diesem stählern blauen Himmel, in dieser vollkommenen Stille, in der nur das Knacken des Motors zu hören war. Der Hund trug seinen

Schatten genau unter sich. Die Uhr am Armaturenbrett zeigte zwölf Uhr mittags.

»Wir müssen links an der Kirche vorbei«, sagte Frau Ella. »Die Straße Richtung Grenze.«

»Sind Sie sicher?«, fragte Klaus.

»Aber natürlich, mein Junge. Ich habe hier schließlich meine Kindheit verbracht.«

»Sie haben recht. Sieht nicht so aus, als hätte sich hier seitdem groß etwas verändert.«

»Wenn Sie wüssten, was hier früher los war!«

Der Hund sprang jaulend zur Seite, als die Reifen durchdrehten. Hinter einem Fenster im ersten Stock eines der verlassenen Häuser meinte Sascha eine alte Frau zu erkennen. Undeutlich, unwirklich, so staubig war alles. Er hoffte, dass er sich getäuscht hatte.

Das Dorf bestand anscheinend nur aus einer einzigen Straße. Nahtlos gingen die Gärten der Häuser in Felder über und dann bis zum Horizont, und irgendwo da hinten war die Grenze. Auf die hielt Klaus zu, ganz rennfahrender Lebemann. Jedes andere Auto als ein tiefergelegtes Cabrio hätte Probleme gehabt, unter den herabhängenden Zweigen der offenbar seit langem nicht mehr beschnittenen Alleebäume einen Weg zu finden. Frau Ella lachte ungläubig, vielleicht ängstlich. Klaus mit seinem Kleinejungenstrahlen legte sich geschmeidig in die Kurven. Wer einem hier wohl zur Hilfe kam, wenn man sich in den Graben verirrte? Verschrobene Landgestalten, die ihre degenerierten Lüste an wehrlosen Opfern auslebten. Womöglich manipulierten sie die entscheidenden Kurven, gossen Öl auf die Fahrbahn, legten Nägel aus. Er musste sich entspannen. Weit konnte es ja nicht mehr sein.

Nach einer kleinen Steigung schrie Frau Ella plötzlich auf und zeigte nach rechts. Er knallte mit dem Kopf an die Rückenlehne des Fahrersitzes, die Reifen quietschten. Also doch. Die Beschleunigung im Rückwärtsgang warf ihn gleich noch einmal nach vorne. Das war schon interessant, dass eine Beschleunigung nach hinten den gleichen Effekt hatte wie die Entschleunigung nach vorne. Das hieß, dass sein Sturz vom Fahrrad den gleichen Effekt hatte wie ein Sprung in die Vergangenheit. Seine Begegnung mit Frau Ella war letztlich also nur logisch, entsprach sozusagen den Gesetzen der Physik. Das waren mal Gedanken. Doch schon ging es, jetzt etwas sanfter, wieder in die andere Richtung, bergab auf einem Schotterweg, den ordentlich gestutzte Hecken säumten, als hätten sie eines dieser geheimen Tore passiert, die in eine andere Wirklichkeit führten.

»Das gibt es ja nicht!«, rief Frau Ella. »Das kann doch nicht wahr sein!«

»Sind Sie sich denn auch sicher?«, fragte Klaus.

»Aber natürlich, mein Junge! Man vergisst doch seinen Heimweg nicht.«

Sie drehte sich um, ein verwirrtes wie verklärtes Lächeln um die Lippen.

»Sechzig Jahre! Sechzig Jahre!«

»Unglaublich«, sagte er, massierte seinen schmerzenden Nacken und versuchte, fröhlich zu gucken.

Sie fuhren auf einen mit weißem Kies bedeckten Hof, an den von zwei Seiten Gebäude anschlossen. Eine Scheune und ein niedriges Wohnhaus. Alles genauso perfekt renoviert, wie das Dorf heruntergekommen war. In der Mitte des Hofes ein Springbrunnen. Eine Fontäne aus weißem Stein, umgeben von wild blühenden Pflanzen in den unglaublichsten Farben. Klaus brachte den Motor mit einem Knopfdruck zum Schweigen. Nur noch das Plätschern des Wassers war zu hören. Also doch eine andere Wirklichkeit.

»Ja, was ist denn hier passiert?«, fragte Frau Ella.

»Sieht aus, als hätten Sie doch nicht auf die Haushaltsschule gemusst«, sagte Klaus. »Arme Leute wohnen anders.«

Der Hund, der plötzlich seine Pfoten auf die Motorhaube legte, war die den Gebäuden angemessene Version des räudigen Köters im Dorf. Verglichen mit seinem schwarz glänzenden Fell wirkte die Lackierung des Cabrios regelrecht matt. Sascha konnte sich nicht wirklich darüber freuen, dass jetzt selbst Klaus seine Selbstsicherheit verloren hatte. Dessen Fingergelenke hoben sich kalkweiß vom Braun des ledernen Lenkrads ab.

»Wenden und weg«, flüsterte er ihm von hinten ins Ohr.

»Ach was«, sagte Frau Ella, die jetzt wieder ganz gut zu hören schien. »Das ist doch nur ein Hund.«

Er wollte sie noch festhalten, aber sie hatte längst die Beifahrertür aufgestoßen und schwang ihre Beine auf den Kies. Wie sollte er das im Krankenhaus erklären? Halbblinde senile Frau entführt und von Hund zerfleischt. Die neuen Hobbys alleinstehender junger Männer in der Großstadt. Frau Ella bückte sich. Der Kampfhund riss die Pfoten vom Auto und zog sich in wilden Sprüngen weit hinter den Springbrunnen zurück.

»So ein Angeber«, lachte sie. »Zumindest die Hunde sind noch wie früher.«

Klaus drehte sich um, sah ihn kreidebleich an, als hätte er eine Antwort auf all seine Fragen.

»Stadtmenschen. Verdammt, wir sind so was von neurotische Stadtmenschen. Wahnsinn. Die Alte ist der Hammer.«

»Ach komm, Klaus, ist doch nur ein Hund«, sagte er, klopfte ihm auf die Schulter und sprang auf den Sitz und aus dem Wagen. Wer hatte hier denn Angst vor einem Hund?

»Zigarette?«, fragte Klaus, der sich schließlich auch aus seinem Sitz schälte.

»Gerne«, sagte Frau Ella. »Das ist ja doch ein bisschen aufregend, wenn Sie verstehen, was ich meine.«

»Absolut«, sagte Klaus und gab ihnen Feuer.

Dann standen sie in der Sonne und rauchten, beobachtet vom klavierlackschwarz glänzenden Wachhund, der dem Frieden noch nicht ganz traute. Seltsame Menschen waren das, die sich einen Hund hielten, der nur

Fassade war. Eher für den Laufsteg als für die Arbeit geschaffen. Und dazu diese Fontäne, die strahlend weiß gestrichene Haustür, diese saubere Geradlinigkeit, wohin man auch blickte.

»Ich guck mal hinters Haus«, sagte Sascha und machte sich, die erst halb gerauchte Zigarette im Mundwinkel, auf den Weg.

»Kommen Sie, wir schauen mal in die Scheune«, hörte er Frau Ella zu Klaus sagen. Dann war Sascha im Schatten des Hauses, sah kurz darauf hinter dem Gebäude auf ein endloses Grün, das nicht ein einziges Gänseblümchen störte. Mitten auf dem Rasen stand ein silberner Liegestuhl, darauf lag ein Mann, der sich eine glänzende Krause um den Hals hielt, die die Sonne in Richtung seines Gesichtes reflektierte.

»Entschuldigung!«, rief Sascha, aber der Mann zeigte keinerlei Reaktion. Weiter links schlossen an den peinlich gepflegten Rasen einige Beete an, teils mit Holzkonstruktionen, an denen die Pflanzen hochrankten, dann ein kleiner Weinberg und einige Rosenstöcke, alles in allerbester Ordnung.

»Entschuldigen Sie«, versuchte er es noch einmal, und jetzt hob der Mann den linken Arm, beschwichtigend, als forderte er ihn auf, sich noch etwas zu gedulden. Also inspizierte Sascha die Beete aus der Nähe, fand lauter kleine in Plastik eingeschweißte Schildchen mit lateinischen Namen, die ihm nichts sagten. Von der anderen Seite des Hauses war plötzlich eine rostige Wasserpumpe zu hören. Oder ein Esel. Womöglich hatten Klaus und Frau Ella ja einen Zoo entdeckt. Er sah noch mal nach dem Mann im Liegestuhl, der sich endlich bewegte, die Arme links und rechts des Liegestuhls nach oben stieß, um sie gleich darauf einen Kreis beschreibend zu Boden sinken zu lassen, wobei er laut seufzend ausatmete. Das Ganze wiederholte sich noch einige Male, dann sprang er auf. Die Halskrause fiel glitzernd zu Boden.

»Mon dieu, wer stört denn da Michelle bei ihrer Siesta?«, rief er lachend und kam zügig in Richtung der Rosenstöcke.

»Michelle?«

»Na unsere Eselfrau«, sagte der Mann, den er jetzt aus der Nähe auf vielleicht vierzig schätzte mit seinem gänzlich unbehaarten, durchtrainierten Körper und seinem glattrasierten Schädel.

»Oh«, sagte Sascha. »Das sind Frau Ella und Klaus, meine Begleitung. Wir sind zu dritt. Das heißt, wir sind ihre Begleitung. Frau Ella ist hier aufgewachsen, auf diesem Hof, vor dem Krieg, sie ist jetzt fast neunzig. Vielleicht könnten Sie sich ein Hemd anziehen, bevor sie Sie sieht?«

»O, là, là, so viele Information in so kurzer Zeit! Aber vielleicht haben Sie recht, mein kleiner Pirat. Ich bin übrigens Buvardo«, sagte der Mann und reichte ihm die Hand.

»Sascha. Sascha Hanke.«

»Dann warten Sie mal eine kleine Minute. Ich hole

schnell meinen Kimono. Geben Sie mir doch den Rest von Ihrer Zigarette.«

Der Mann verschwand mit der Kippe durch die Terrassentür, so dass Sascha sich weiter umschauen konnte. Hinter dem kleinen Weinberg entdeckte er einen Gartenteich, groß wie ein Fußballplatz, auf dem Enten und Schwäne müde in der Hitze umherpaddelten. Vielleicht war das hier ja eine Art Arche Noah, nur eben auf dem Festland. Jedenfalls investierte jemand eine Menge Zeit und Geld, um so viele Tiere und Pflanzen wie möglich um sich herum zu haben. Und all das in dieser unwahrscheinlichen Ruhe, die durch das gelegentliche Flattern einer startenden oder landenden Ente oder das Brummen eines Sportflugzeugs in weiter Ferne nur noch deutlicher wurde.

Hinter dem Haus hörte er Frau Ella laut lachen. Klaus rief etwas, das er nicht verstand. Sie schienen näher zu kommen, um die Gebäude herum, von der anderen Seite.

»Genau wie damals!«, rief sie jetzt schon ganz nah. Dann tauchte Klaus an der Hausecke auf, in seiner Hand eine Kordel, an der er einen Esel hinter sich herzog, auf dem Frau Ella im Damensitz thronte. Das konnte doch nicht wahr sein! So konnte man sich bei fremden Leuten doch nicht aufführen. Und er sorgte sich darum, dass dieser Typ sich etwas anzog!

»Und jetzt gucken Sie sich das Gesicht von dem an!«, schrie Klaus. »Als wären Sie die achte Reiterin der Apokalypse, die Königin der Amazonen!«

Die beiden schritten weiter auf ihn zu, kamen schließlich zum Stehen und grinsten ihn an, als wäre er hier derjenige, der sich danebenbenahm.

»Haben Sie denn schon einen Anwohner finden können?«, fragte Frau Ella vom Esel herab. Sie war unglaublich. Ein kleines Mädchen hätte nicht unschuldiger fragen können. Eine Prinzessin.

»Ja, klar, Buvardo oder so ähnlich. Er ist nur kurz ins Haus. Vielleicht steigen Sie besser mal ab. Ich glaube, Michelle ist ihm ziemlich wichtig.«

»Michelle?«

»Der Esel, auf dem Sie sitzen. Die Eselin.«

»Aha«, sagte sie.

»Kommen Sie, Donna Ella«, sagte Klaus und hob sie mehr vom Esel, als dass er ihr beim Absteigen half.

»Entschuldigen Sie, Sascha, aber ich konnte nicht widerstehen. Das ist ja alles so lange her!«

»Kein Problem«, sagte er und spürte glücklich ein Zucken in seinen Wangen. Schließlich war sie ihm keine Rechenschaft schuldig. »Steht Ihnen ganz gut, so ein Esel.«

»Ich frage mich nur, wozu der überhaupt noch gebraucht wird.«

»Zur Dekoration wahrscheinlich«, meinte Klaus. »Irgendwie muss man die Gebäude ja füllen.«

Da standen sie zu dritt um einen Esel herum und gaben Dinge von sich, als hätten sie einen Sonnenstich. Das war dann doch ein bisschen zu viel des Guten. Es war höchste Zeit, dass der Hausherr wieder auftauchte.

»Ah, da ist ja Michelle, und das müssen Ihre Freunde sein«, rief er gutgelaunt von der Terrassentür her und kam auf sie zu. »Hallo, guten Tag Madame, ich bin Buvardo. Schön, dass Sie sich zu uns verirrt haben! Man ist ja doch recht einsam hier draußen.«

»Ja, früher war mehr los, aber da wurde auch noch gearbeitet«, sagte Frau Ella.

»Früher, natürlich! Das sagt mein Mann auch immer, dass so ein Hof ein Arbeitsplatz ist und kein Vergnügungspark, aber er hat es doch ganz schön hinbekommen, finden Sie nicht?«

»Doch, doch«, sagte Klaus. »Echt beeindruckend. Ein richtiger Landsitz.«

»Kommen Sie«, rief Buvardo in einem silbern in der Sonne schimmernden Kimono mit japanischen Schriftzeichen, nachdem sie ein paar weitere Höflichkeiten ausgetauscht und ihm in groben Zügen erklärt hatten, was sie auf seinem Hof wollten. »Ich zeige Ihnen mal, was wir aus Ihrem Arbeitshof gemacht haben. Ich bin ja begeistert, endlich eine Ureinwohnerin kennenzulernen!«

Die angekündigte Führung hatte es in sich. Zusammen mit diesem Kurt, der wohl sein Freund war, hatte Buvardo auf dem Hof in den letzten Jahren so ungefähr alles ausprobiert, was man machen konnte, wenn man kein Geld verdienen musste und die Nähe zur Natur suchte. Sie hatten das Überleben bedrohter einheimischer Hühner- und Schweinerassen gesichert, vergessene Rosen gekreuzt, einen der nördlichsten Weine Europas gekeltert und das Wachsen der Daunen beobachtet, die ihnen im Winter Wärme spendeten. Zwischenzeitlich standen sie mit ihrem Traktor sogar auf den biologischen Wochenmärkten, um ihren Honig, ihre Marmeladen, ihre Wurst und tausend andere Dinge zu verkaufen. Und egal, was er auch erzählte, Frau Ella wusste genau, worum es ging. Sie lieferten sich regelrechte Duelle darum, ob es nun sein Kurt oder ihr Vater war, der mehr von alldem verstand. Ein Stellvertreterkrieg war das. Ein Glaubenskrieg.

Sascha lauschte der Diskussion dieser und jener Bauernweisheit, und viel schien sich in der Landwirtschaft in den letzten sechzig Jahren nicht getan zu haben. Er hatte langsam genug von diesem Ausflug, doch das Geplapper nahm kein Ende, selbst hier oben, in der knallenden Sonne auf dem Gipfel des Weinbergs, da Buvardo beschwichtigend meinte, dass er und sein Kurt selbst mittlerweile gar nicht mehr Hand anlegten, sondern Arbeiten und Einnahmen einem Gutsverwalter überließen, der ein paar Kilometer weiter wohnte. Eigentlich ein Schriftsteller, der sich so sein Leben finanziere und ganz tolle Bücher schreibe, die nur niemand verstehe, und überhaupt ein ganz toller Typ, ganz spannend und interessant.

»Kurt wollte dann doch wieder arbeiten, und ich bin ja ohnehin eher der künstlerische Typ«, erzählte Buvardo.

»Für meinen Vater war das Arbeit genug«, sagte Frau Ella. »Und für mich übrigens auch.«

»Ja, damals. Aber Kurt, er muss ja auch immer seine Häuser bauen.«

»Das können Sie sich wahrscheinlich gar nicht vorstellen, Sie und Ihr Kurt«, sagte Frau Ella in Gedanken und ließ den Blick über die Umgebung schweifen, wie Napoleon vom Feldherrrenhügel. »Jeden Morgen musste ich raus in den Stall zu den Kühen. Ein Vergnügen war das nicht gerade, aber eine Aufgabe, die erledigt werden musste. Wir haben das schließlich nicht zum Vergnügen gemacht. Von etwas musste man ja leben. Heute scheint das Geld ja von selbst zu kommen, ohne dass man allzu viel dafür tun müsste. Für mich wäre das nichts, jeden Morgen überlegen zu müssen, warum ich überhaupt aufstehe, aber wer weiß, vielleicht gewöhne ich mich noch an dieses Ausschlafen. Viel ist ja nicht mehr zu tun.«

»Sie sollten es mal mit Kunst versuchen«, sagte Buvardo. »Der Müßiggang war schon immer der beste Boden für kulturelle Höchstleistungen.«

»Ich und Kunst? Das überlasse ich gerne anderen. Das führt doch zu nichts.«

Das war eine ganz neue Seite an Frau Ella, die sie hier zeigte. Selbstgerecht wirkte sie, die doch seit Jahrzehnten nichts getan hatte, als ihrem Mann den Haushalt zu machen und Kreuzworträtsel zu lösen. Als müsste sie nur ihre Scholle betreten, und schon wurden alle bäuerlichen Instinkte geweckt, die jahrzehntelang in ihr geschlummert hatten. Oder aber sie suchte ein weiteres kleines Gefecht, um sich mit Buvardo zu messen. Ein seltsames Duell war das. Vollkommen sinnlos. Es war höchste Zeit aufzubrechen.

»Und was machen Sie so für Kunst?«, fragte Klaus.

»Klavier, Aquarell, Keramik. Zurzeit vor allem Keramik. Ich muss Ihnen unbedingt noch meine Werkstatt im Keller und das Atelier unterm Dach zeigen. Aber jetzt müssen Sie mir erst einmal sagen, was Sie mit Ihren Augen gemacht haben!«

Dieser Buvardo hörte tatsächlich auf zu reden. Das Geräusch eines Wasserfalls, der plötzlich verstummt.

»Sascha hat mir das Leben gerettet«, sagte Frau Ella schließlich. »Wir waren beide im Krankenhaus.«

»Soso«, sagte Buvardo. »Das ist ja unglaublich. Was für eine Begegnung der einäugigen Art, mein Gottchen! Vielleicht könnte ich Sie kurz malen. Nur eine kleine Skizze, wenn Sie noch Zeit haben. Kommen Sie, wir sollten uns sowieso langsam erfrischen.«

Das muss doch nicht sein, hätte Sascha fast gerufen. Und dann am besten noch ein Aquarell, eine Keramik und ein Lied, und noch eine Führung ins Biokraftwerk, das sie hier sicher auch noch irgendwo stehen hatten. Dabei wollten sie Frau Ella doch längst wieder nach Hause gebracht haben. Stattdessen trippelten sie den Berg hinunter wie eine Rentnergruppe auf Butterfahrt und nahmen schließlich auf der Terrasse Platz. Buvardo verschwand im Haus und kehrte kurz darauf mit einem Tablett zurück, Rohkost und Martinis, und sein Skizzenblock. Sie hatten kaum angestoßen, da begann er schon, sie zu malen, wobei er überflüssigerweise auch noch verlangte, dass sie sich so und so hinsetzten, den Arm oder ein Bein anwinkelten, lächelten oder traurig guckten. Und das alles begleitet von nicht endenden Geschichten über Kurt, seine Häuser, die Kunst und die Natur.

Auch der zweite Martini, den ihr Gastgeber ihnen aufnötigte, hellte Saschas Stimmung nicht auf, sondern machte ihm noch klarer, dass er hier in irgendeinem seltsamen Film mitspielte, auf den er ganz und gar keine Lust hatte. Er wollte seine Ruhe haben. Er wollte nach Hause. Aber nein, er saß bei einer hyperaktiven Tucke am Gartentisch und knabberte Stangensellerie. Und jetzt wurden sie auch noch gemalt, und Frau Ella würde, sobald der sie wieder zu Wort kommen ließe, loslegen mit ihrem Lobeslied auf ihn und seine Rettungsaktion, die verdammt noch mal einfach in die Hose gegangen war!

»Sascha?«, fragte sie. »Geht es Ihnen gut?«

»Ja, klar. Vielleicht sollten wir bald mal zurück in die Stadt.«

»Na, aber ein Martinchen trinken wir doch wohl noch, meine Lieben!«, rief Buvardo und sprang auf, ehe Sascha ihn zurückhalten konnte. So war das mit dem Wind und den Segeln. Man kam zügig voran, aber nicht unbedingt in die richtige Richtung, dachte er und schüttelte ungläubig den Kopf, als wenig später die Reifen eines Wagens auf dem Kies im Hof knirschten. Der Motor verstummte. Nach ein paar wilden Takten Wagner verstummte auch die Musik.

»Sehen Sie, da kommt auch schon Kurt!«, rief Buvardo begeistert von der Terrassentür, die frischen Martinis auf dem Tablett. Das mit der schnellen Rückkehr in die Stadt wurde wohl nichts. Er sah gespannt in Richtung der Hausecke, um die dieser Kurt gleich kommen musste. Ein Glatzkopf Mitte fünfzig, schwarzes T-Shirt, schicke Jeans, Turnschuhe zum Preis eines Hochzeitskleids, fesch geschnittene Brille, Gespräche über Designermöbel und so weiter.

»Haben wir etwa Besuch?«, hallte da ein Bass aus dem Haus, der in jeder Wagner-Oper seinen Platz gefunden hätte.

»Wir sind draußen!«, flötete Buvardo.

Sascha sah gespannt auf die Terrassentür. Aus dem Halbdunkel des Hauses tauchte ein kaum anderthalb Meter großer Kampfzwerg in Holzfällerhemd und Dreiviertelhose aus grobem Leinen auf, mit Gummizügen schlossen die Hosenbeine hautnah an zwei massive Waden an. Mit den Schuhen hätte er es problemlos durch den Himalaja geschafft. So konnte man sich täuschen.

»Schon wieder am Saufen!«, lachte er. »Diese Künstler!«

Buvardo kicherte, Klaus und Frau Ella grinsten, Sascha blieb nichts übrig, als ebenfalls seine beste Miene zu suchen und aufzusetzen. Dann stellte Buvardo sie vor, und das war schon faszinierend, was da plötzlich passierte, wie er genauso wie Frau Ella mit einem Mal ganz ruhig wurde, als sei der Herr persönlich nach Hause gekommen. Und tatsächlich klang diese ganze Aussteigergeschichte aus dem Mund des Architekten ganz anders, diese Idee, es auf dem Land zu probieren, die Neugier, die Lust an der Natur und all den kleinen Dingen.

»Man kann sich da ja jede Menge anlesen«, sagte er. »Aber das Wichtigste habe ich doch von Ihrem Vater gelernt.«

Wenn das überhaupt möglich war, wurde Frau Ella auf einen Schlag noch stiller.

»Sie haben Frau Ellas Vater gekannt?«, fragte Klaus.

»Na, aber sicher. Ihm habe ich den Hof doch abgekauft, vor Ewigkeiten, als seine Frau gestorben war. Er war nicht mehr der Jüngste, wollte aber unbedingt eine Reise machen, nach Italien, glaube ich.«

Sie schwiegen. Wieder brummte ein Sportflugzeug einschläfernd wie ein Rasenmäher durch die sommerliche Stille. Selbst den Vögeln war es anscheinend zu heiß zum Singen. Und sie saßen mitten in der Nachmittagssonne und tranken. Und erfuhren von der wohl letzten Reise, die Frau Ellas Vater gemacht hatte.

»Da wollte er immer schon hin«, flüsterte sie. »Einmal nach Rom, hat er immer gesagt.«

»Aber das müssten Sie doch sowieso alles wissen«, sagte Kurt und sah Frau Ella fragend an.

»Ja, das müsste ich wohl.«

11

DAS HATTE SIE DOCH ALLES nur geträumt. Und der Traum nahm kein Ende. Sie hatte schon zweimal nachgefragt, aber immer wieder zeigte Saschas Finger genau in die Mitte der Karte, dieser handgeschriebenen Wochenkarte, die sie kaum entziffern konnte. Mittwochs gab es Trüffelnocken an Salbeimousse, was auch immer das sein mochte. Kaum fand Frau Ella einen Moment, sich Gedanken über das Geschehene zu machen, passierte schon wieder etwas, das sie nicht verstand. So wie dieser Mittwoch. Das hieße ja, sie wohnte schon ganze drei Tage bei dem jungen Mann, bei Sascha, der jetzt wieder so müde wirkte, wie er ihr da gegenübersaß, das Kinn auf die Hände gestützt, die Ellenbogen auf dem Tisch. Auch sie wäre lieber nach Hause gefahren, aber dieser Klaus kannte keine Grenzen, der wollte immer weiter und hatte sie hierher gefahren, nachdem sie schon den ganzen Nachmittag auf dem Hof verbracht hatten. Ihrem Hof, auf dem nichts mehr war, wie sie es kannte. Und jetzt diese riesige Halle, eine Art Turnhalle, in der dichtgedrängt junge Menschen an rot gedeckten Tischen saßen, stilvoll wie auf einem Schloss. Schon wieder musste sie anstoßen, Alkohol trinken, essen, reden. Dabei schmerzten ihre Waden, der Rücken wurde immer steifer, das Auge juckte, und ihr Darm hatte anscheinend längst aufgegeben, mit diesen Massen an ungewohnten Speisen zurechtzukommen. Hoffentlich würde wirklich auch das Mädchen kommen! Ute, die vielleicht ein bisschen mehr Verständnis hätte. Sie war es leid, gutgelaunt zu sein, um den beiden Jungen einen Gefallen zu tun, um ihnen nicht zur Last zu fallen. Und jetzt guckte Sascha wieder so, als wäre sie an allem schuld, als hätte sie ihn darum gebeten, sie zu entführen, diese ganze Vergangenheit auszukramen, die sie so gut vergessen hatte. Es war nicht mehr lustig, wie ein junges Ding behandelt zu werden. Aber sie war eingeladen, sie sollte sich freuen.

»Prost, Frau Ella«, rief Klaus.

»Prost«, seufzte sie und versuchte zu lächeln. »Sagen Sie, Sascha, haben Sie eigentlich jemanden im Krankenhaus erreichen können?«

»Im Krankenhaus?«

»Na, wegen meiner Sachen. Ich kann doch nicht ewig mit Ihnen beiden herumziehen!«

»Gefällt Ihnen das Restaurant nicht?«

»Doch, doch, natürlich«, sagte sie schnell.

»Ich versuche es morgen früh noch einmal«, sagte Sascha. »Sonst fahren wir da endlich vorbei.«

»Ihr seid mir ja zwei müde Krieger!«, rief Klaus. »Wie wär's mit ein bisschen guter Laune?«

»Wie wär's mit ein bisschen guter Laune?«, äffte Sascha ihn nach. »Ist das hier so 'ne Art Karneval, oder was?«

»Mann, ihr seid echt schlimmer als jede Frau. Man macht, was man kann, und am Ende kann man nichts mehr machen.«

Das hatte gerade noch gefehlt, dass sich die beiden wegen ihr stritten wie zwei Mädchen. Zwei erwachsene Männer, die wirklich Besseres zu tun hätten. Das war doch kein Leben, immer auf der Suche nach dem nächsten Vergnügen. Sie hatte doch nur gefragt, wann sie zurück nach Hause könnte, und dieser Klaus fühlte sich gleich angegriffen. Als müsste man sich Probleme schaffen, wenn man keine hatte. Zum Glück trat einer der Kellner an ihren Tisch, beugte sich zu Klaus und flüsterte ihm etwas ins Ohr. Klaus schien nachzudenken, dann grinste er, nicht ganz glücklich.

»In Ordnung. Viel schlimmer kann der Abend ja nicht mehr werden. Du musst jetzt stark sein«, sagte er so leise zu Sascha, dass Frau Ella nicht sicher war, ob sie richtig verstanden hatte. Warum sollte Sascha auch stark sein müssen? Der Kellner schritt schnell durch die Halle zur Eingangstür, wo sie zwei Frauen warten sah. Sie freute sich, Ute zu erkennen. Dann hörte sie, wie ein Glas umfiel, sah schnell in Richtung der beiden Jungen. Sascha war aufgesprungen.

»Du mieses Arschloch«, zischte er und stürmte davon. Klaus grinste verlegen.

»Was hat er denn nur wieder?«, fragte Frau Ella verwirrt.

»Ich kann sie ja schlecht einfach wegschicken, wenn sie schon hier ist«, sagte Klaus und stand auf, um die beiden jungen Frauen zu begrüßen, die sich ihrem Tisch näherten.

»Bleiben Sie doch sitzen«, rief Ute ihr entgegen. »Frau Ella, das ist Lina, Sie wissen doch, Saschas Freundin. Wir haben uns zufällig getroffen. Lina, das ist Frau Ella.«

»Hallo«, sagte das Mädchen schüchtern.

Natürlich! Deswegen musste er stark sein! Das musste das Mädchen sein. Deswegen war er weggerannt! Ein so hübsches Mädchen hatte sie schon lange nicht mehr gesehen, mit so langen glatten blonden Haaren, die Haut von der Sonne gebräunt, freundlich lächelnd mit großen warmen braunen Augen, fast wie in einer Reklame, nur echter. Das war sie also, von der sie so schlecht geredet hatten.

»Hallo Lina. Schön, dass ich auch Sie endlich kennenlerne.«

»Kommt, setzt euch«, sagte Klaus. »Sascha ist sich kurz frisch machen.«

»Soll ich nicht doch lieber wieder gehen?«, fragte das Mädchen leise.

»Ach Quatsch«, rief Klaus schon wieder gutgelaunt.

»Wir sind ja da, um auf euch aufzupassen, oder Frau Ella?«

»Ja, natürlich, wir haben alles im Auge.«

»Ja, genau«, lachte er.

»Was ist denn eigentlich mit Ihrem Auge passiert?«, fragte Lina.

»Ach, das ist eine lange Geschichte.«

»Na kommen Sie.«

»Wollen Sie das wirklich hören?«

»Natürlich.«

»Klar. Uns haben Sie es auch noch nicht erzählt«, sagte Ute.

»Na los«, meinte Klaus.

Frau Ella trank einen kleinen Schluck, um sich kurz zu konzentrieren. Es kam ihr fast so vor, als sei das alles nicht ihr passiert, sondern einer anderen alten Frau, so weit weg war das inzwischen, wie im Fernsehen, so ein Unsinn. Dann fing sie an zu erzählen, vom Frühling, von ihrer Idee, endlich wieder den Balkon zu bepflanzen, von den vielen Malen, die sie zum Blumenhändler gegangen war. Wie nett er immer gefragt hatte, ob sie denn keine Hilfe brauche, und wie gut er Bescheid wusste. Ein junger Mann aus Afrika, ja, aus Nordafrika, und ihm gehörte das Geschäft sogar. Seine Familie lebte noch in der Heimat, von dem Geld, das er hier mit seinen Blumen verdiente. Am Anfang hatte sie sich ja so ihre Gedanken gemacht, bis er dann eines Tages darauf bestand, ihr den großen Sack mit der Erde nach Hause zu tragen. So ein höflicher junger Mann! An der Haustür hatte sie ihn dann aber weggeschickt, schließlich hatte er genug zu tun, und in ihre Wohnung musste er ja nicht unbedingt, so ein fremder Mann. Aber sie hatte ihm ihren Balkon von der Straße aus gezeigt. Ja, und dann hatten sie beratschlagt, was sie denn pflanzen sollte. Sie wollte Tomaten, Bohnen, vielleicht noch Erdbeeren ziehen, und er redete die ganze Zeit nur von Blumen, interessierte sich viel mehr für die Farben als dafür, was man damit machen konnte.

»Das ist ja lustig!«, sagte Lina. »Eine ganz andere Sichtweise der Dinge! Schönheit oder Nutzen!«

»Klasse!«, sagte Ute.

Frau Ella hatte dann beschlossen, von beidem etwas zu nehmen, zwei Kästen mit Blumen, einen mit Bohnen, einen mit Tomaten, in der Hoffnung, dass es genug Sonne geben würde. Sie hatte ja schon Jahre keine Pflanzen mehr gehabt. Sie entschied sich für die ganz einfachen Plastikkästen, die es jetzt auch in Braun gab. Man konnte ja nicht wissen, wie lange sie die überhaupt noch brauchte. Das Wetter spielte jedenfalls mit. Bald musste sie Said, so hieß der junge Mann im Blumenladen, Stangen für die jungen Pflanzen abkaufen, und er hatte ihr noch von diesem Dünger dazugegeben, mit dem alles angeblich noch schneller ging. Mit den ersten warmen Tagen waren dann auch die Insekten gekommen, und schließlich hatte sie einen richtigen kleinen Garten auf dem Balkon, in dem sie ihre Tage verbrachte. Sie war so zufrieden gewesen, dass sie schon bald noch mehr anpflanzen wollte und wieder zu ihrem Händler ging, der sie dann nach ihrem Auge fragte, wissen wollte, ob sie sich verletzt habe.

»Das heißt, Sie haben gar nichts gemerkt?«, fragte Ute.

»Nein, überhaupt nichts! Erst als er mich mit in sein kleines Bad nahm und in den Spiegel gucken ließ, habe ich ihm geglaubt. Irgendein Insekt muss mich gestochen haben, das Lid war ganz seltsam geschwollen. Aber Sie wissen ja, wie das ist. So was geht schnell vorbei, wenn man es gut kühlt. Dieser Said war ganz anderer Meinung, aber das ging mich ja nichts an.«

Ja, so war das gewesen. Ihr kleiner Garten war mit jedem Tag schöner geworden, an das Auge hatte sie gar nicht mehr gedacht, bis er dann irgendwann vor der Tür stand, dieser Blumenhändler, um sich nach ihr zu erkundigen. Und dann hatte der ganze Ärger angefangen. Er hatte ganz erschrocken geguckt und sie dazu überredet, zum Arzt zu gehen, nur um sicher zu sein, dass es nichts Ernstes war. Sie hätte dem nie zugestimmt, wenn aus der kleinen Schwellung nicht so ein seltsam eiterndes Ding geworden wäre, das sich im Augenwinkel immer weiter ausbreitete.

»Tja, und der Herr Doktor hat mich dann sofort ins Krankenhaus geschickt und ist selber in den Urlaub.«

»Und im Krankenhaus hat sie dann Sascha kennengelernt«, sagte Ute.

»Was hat denn Saatschi im Krankenhaus gemacht?«, fragte Lina.

»Saatschi?«, fragte Frau Ella.

»Sie meint Sascha«, sagte Ute. »Er ist vom Fahrrad gefallen und hat sich seine Brille ins Auge gerammt.«

»Mein Gott!«

»Und dann hat er mir das Leben gerettet, nachdem wir ein Gläschen Klosterfrau getrunken hatten, aus dem Zahnputzbecher. Sie müssen nämlich wissen, dass man mich unter Vollnarkose operieren wollte, was ja gar nicht nötig war. Ihr Freund hat das sofort verstanden und mich gerettet. Dafür hat er jetzt seit drei Tagen Besuch von der alten Dame.«

»Wo bleibt er überhaupt, der Held?«, fragte Ute.

Es war wirklich nicht höflich von Sascha, so lange fortzubleiben. Er war doch hoffentlich nicht einfach davongelaufen! So behandelte man doch seine Freundin nicht.

»Ich geh mal gucken«, sagte Klaus. »Nicht, dass da was mit seinem Auge ist. Außerdem habe ich langsam Hunger.«

Er stand auf, ging in die Richtung, in die Sascha vorhin davongestürmt war, und ließ sie allein mit den beiden Mädchen.

»Hatten Sie denn einen schönen Tag?«, fragte Ute.

»Exzellent. Wir waren auf dem Land, ich bin dort aufgewachsen, müssen Sie wissen. Auf dem Hof wohnt jetzt vielleicht ein seltsamer Kauz, der wusste über alles bestens Bescheid. Sogar wie man Honig macht. Eigentlich ist er aber eine Art Künstler, und einen Freund hat er auch. Ich glaube ja, das sind zwei warme Brüder, wenn Sie wissen, was ich meine, aber das geht mich natürlich nichts an. Das soll jeder so halten, wie er es für richtig hält. Sehr hübsch ist der Hof, aber doch ganz anders als früher. Die Wände sind jetzt ganz weiß gestrichen, der halbe Stall ist eine Garage voller schicker Autos, und im Haus fehlt fast die komplette Zwischendecke. Ich weiß gar nicht, wie die da im Winter heizen wollen. Ja, und das Dorf ist ganz heruntergekommen. Wie ausgestorben. Ihr Klaus hat mich übrigens einfach auf einen Esel gesetzt.«

»Auf einen Esel?«

»Ja, genau. So ein verrückter Kerl! Aber es war wie früher. Ganz großartig! Sascha fand, dass sich das nicht gehörte. Zumindest hat er wieder so ernst geguckt.«

»Ernst gucken kann er gut«, sagte Lina.

»Das kann man wohl sagen.«

»Er meint das aber gar nicht so. Er ist nur manchmal ein bisschen überfordert.«

»Aha.«

»Ja, genau. Wissen Sie, er denkt einfach zu viel, weil er zu wenig zu tun hat.«

»Das könnte sein.«

»Er hat Probleme, sich zu öffnen, sich einfach gehenzulassen. Verstehen Sie?«

Frau Ella versuchte zu verstehen. Sicherlich war das eine ungewöhnliche Beschäftigung, dieses Herausfinden von dem, was die Menschen einkaufen wollten, aber Sascha redete doch immerhin bei weitem mehr als jeder andere Mann, dem sie bislang begegnet war, abgesehen von Klaus natürlich. Vielleicht erwartete seine Freundin ja einen Antrag, nur war sie es doch, die nach Spanien gereist war, wenn sie alles richtig verstanden hatte. Oder hatte Sascha sie vertrieben? Sie kam noch nicht ganz dahinter, was genau zwischen diesen beiden jungen Menschen nicht stimmte.

»Na ja«, sagte Frau Ella. »Ich kenne ihn ja erst seit drei Tagen. Vielleicht kommt er ohne Frau in der Wohnung nicht so richtig zurecht.«

»Mit ist es auch nicht besser«, sagte Ute. »Warum auch immer. Du warst ja auch nicht gerade einfach, Lina. Vielleicht hat das ja was gebracht, dass du nach Spanien bist.«

»Keine Ahnung«, sagte Lina plötzlich so leise, dass Frau Ella sie kaum verstand.

»Da sind sie ja endlich«, rief Ute.

Frau Ella drehte sich um und sah die beiden diskutierend auf den Tisch zukommen. Hoffentlich hatte sie nicht zu viel geplaudert! Schließlich bestand kein Zweifel daran, auf wessen Seite sie stand.

»Hey, Lina«, sagte Sascha kühl.

»Hey, Saatschi.«

»Tut mir leid, dass ihr warten musstet, aber der Verband hatte sich gelöst.«

»Kein Problem«, sagte Ute.

»Tut's noch weh?«, fragte Lina.

»Manchmal juckt es.«

»Das zeigt nur, dass es heilt.«

»Klar«, sagte Sascha und zog eine seltsame Grimasse in Richtung Ute, als wüssten die beiden etwas, das den anderen entgangen war.

Dann schwiegen plötzlich alle. Mitten in diesem lauten Lokal wusste anscheinend keiner mehr, was er sagen sollte. Frau Ella suchte nach einer Bemerkung, irgendetwas, damit die beiden sich wieder verstanden, damit das Schweigen ein Ende hatte.

»Wie wär's mit Champagner zur Begrüßung der verlorenen Tochter?«, fragte Klaus.

»Also für mich sehr gerne«, sagte Frau Ella. Auf Klaus konnte sie sich verlassen.

Frau Ella hatte ihr zweites Glas Champagner in der Hand, und auch das Essen war mittlerweile bestellt, als sie endlich sicher war, dass Sascha und Lina sich vorsichtig näherkamen. Zumindest redeten sie miteinander. Auch die anderen beiden schienen sich gut zu unterhalten, so dass sie endlich ein bisschen Ruhe hatte. Der Champagner tat ihr gut. Die Waden schmerzten nicht mehr, und sogar ihr Rücken hatte aufgehört, gegen die unnötig hohen Lehnen der Stühle zu rebellieren. Sie würde Sascha dabei helfen, seine Lina zurückzuerobern. Was auch immer er angestellt hatte, so schlimm konnte es ja nicht gewesen sein. Schließlich setzte Lina sich ja noch zu ihm an den Tisch. Dann könnte sie auch mit gutem Gewissen zurück in ihre eigene Wohnung, wenn das Mädchen sich um seinen Haushalt kümmern würde, auch wenn ihr bestimmt noch Erfahrung fehlte. Aber das ließe sich alles regeln. Sie würde gerne helfen, mit Rat und Tat, nach allem, was Sascha für sie getan hatte. So war das also, wenn man Kinder oder sogar Enkelkinder hatte, dachte sie und nippte noch einmal an ihrem Glas. Mit der Ruhe war es dann vorbei, aber dafür erlebte man doch eine Menge, und man erinnerte sich plötzlich. Das war überhaupt das Seltsamste, dass sie so viel erlebte und sich gleichzeitig an früher erinnerte. Ihr sollte das recht sein, wenn nur ihre Pflanzen nicht eingingen! So weit wollte sie es dann doch nicht kommen lassen.

»Ich bin gleich wieder da«, riss Sascha sie aus ihren Gedanken und stand auf. Irgendetwas stimmte anscheinend wirklich nicht mit seinem Verband. Dabei hatte Ute ihren so gut gemacht.

»Beeil dich. Die Antis kommen gleich«, sagte Klaus.
»Wer kommt gleich?«, fragte Frau Ella.
»Die Antipasti, das heißt die Vorspeise«, sagte Ute.
»Warum sagt er denn dann nicht Vorspeise?«
»Das ist Italienisch.«
»Aha«, sagte Frau Ella. »Eine Sprache scheint heute wirklich nicht mehr zu reichen.«

»Ach, Frau Ella«, grinste Klaus, der sie so übertrieben anhimmelte, als wollte er sie schon wieder auf den Arm nehmen.

»Ich muss auch noch mal schnell«, sagte Lina, stand auf und ging ebenfalls in Richtung der Toiletten. Jetzt wollte Frau Ella doch wissen, was genau hier vor sich ging.

»Sagen Sie, Ute«, setzte sie an. »Was ist denn das für eine Sache mit diesem hübschen Mädchen und Sascha?«

»Wenn wir das wüssten!«, seufzte Ute.

»Wie gesagt«, meinte Klaus. »Zwei Bekloppte, Verdurstende in der Wüste, die sich gegenseitig ihr Blut aussaugen, keine gute Mischung jedenfalls, und genau das müssen die beiden jetzt endlich klären.«

»Also, ich finde sie ja sehr sympathisch«, sagte Frau Ella, die beim besten Willen nicht verstand, was Klaus und Ute nur hatten. Vielleicht waren sie eifersüchtig, da sie selbst nur wegen der Steuer verheiratet waren, weil es auch bei ihnen mit der großen Liebe nicht geklappt hatte.

»Ja, klar«, sagte Klaus. »Und mit schönem Balkon zur Straße hin.«

»Mann, Klaus«, sagte Ute.

»Da kann man drauf frühstücken.«

»Es reicht.«

»Und eine klitzekleine Terrasse zum Garten.«

»Hör bitte auf!«

»Und wir kennen das Haus nur von außen, mit zugezogenen Gardinen.«

»Ja, wirklich«, ging Frau Ella dazwischen. »Ein hübsches Mädchen, und so höflich.«

Jetzt fingen auch noch Ute und Klaus an zu streiten! War sie hier denn die einzig Vernünftige? Dabei war sie doch die Fremde, die sich zurechtfinden musste. Anscheinend konnten diese jungen Menschen sich überhaupt nicht mehr zusammenreißen. Wie kleine Kinder.

Sie warteten schweigend auf diese Vorspeisen, auf Sascha und auf Lina. Erst einmal trat aber wieder ein Kellner an ihren Tisch, fragte Klaus etwas, das Frau Ella nicht verstand, und reichte ihm eine Speisekarte. Kaum hatte Klaus diese aufgeschlagen, verzog er sein Gesicht zu einer Grimasse, aus der Frau Ella nicht schlau wurde. Als spielte er einen besonders seriösen Erwachsenen.

»Ich vermute, der Barolo ist nicht allzu subtil in der Frucht?«

»Durchaus richtig. Ein ganz spannender Wein ist das, ein Direktimport von einem absolut biologischen Winzer, der herrlich mit kleinen Barrique-Zitaten zu spielen versteht. Er geht ganz offensiv mit der Säure um, bedient sich ihrer ganzen Kraft, um die Blume noch stärker blühen zu lassen. Allerdings müssen Sie einen Sinn für einen leichten Asphalt im Abgang haben.«

»Haben Sie Sinn für Asphalt im Abgang, Frau Ella?«, fragte Klaus in ihre Richtung.

»Entschuldigung?«, fragte sie, die fürchtete, dass er sich vor dem vornehmen Kellner über sie lustig machte.

»Er meint, ob Sie schwere Rotweine mögen«, sagte Ute.

»Schwere Rotweine?«

»Ja, so dunkle, intensive, so richtige Geschmacksorgien.«

»Aha.«

»Und?«, fragte Klaus.

»Was fragen Sie denn mich? Als wüsste ich etwas von gutem oder schlechtem Wein! Machen Sie nur, wie Sie mögen, mein Junge. Ich hatte in den letzten Tagen mehr Wein als in meinem ganzen Leben davor. Wenn es hier so etwas gibt, hätte ich jetzt gerne ein kleines Bier.«

»Ein Bier?«, fragte der Kellner.

»Ja, bitte. Am besten gut gekühlt.«

Martini, Champagner, Wein, das war ja alles schön und gut, aber irgendwann brauchte man doch auch mal etwas Normales, dachte Frau Ella. Das Leben war schließlich kein Jahrmarkt.

»Und eine Flasche von dem Barolo«, sagte Klaus.

»Und Wasser, bitte«, sagte Ute.

»Natürlich. Mit oder ohne Gas?«

»Machen Sie Ihre schlechten Witze, wo Sie wollen«, sagte Klaus plötzlich ernst. Der Kellner wurde ganz rot, als hätte er etwas Falsches gesagt.

»Entschuldigung, das sagt man heute einfach so.«

»Nichts für ungut«, sagte Klaus. »Aber wehret den Anfängen, nicht wahr?«

»Natürlich«, sagte der Kellner, machte aber keine Anstalten wegzugehen.

»Noch was?«

»Das Wasser.«

»Ja, und?«

»Wünschen Sie das mit oder ohne?«

»Mit oder ohne was?«

»Also, äh, ich meine Blubbern. Mit oder ohne Blubbern.«

»Blubbern?«

»Frizzeln eben.«

»Frizzeln?«

»Na ja, also ich meine Prickeln.«

»Prickeln«, sagte Klaus. »Mögen Sie es, wenn's prickelt, Frau Ella?«

»Mit Sprudel, bitte«, sagte Ute. »Und nehmen Sie den bitte nicht ernst. Er macht nur Spaß.«

»Ja, natürlich«, lächelte der Kellner gezwungen.

»Sprudel mit Sprudel«, sagte Klaus verächtlich. »Kohlensäure heißt das immer noch. Koh-len-säu-re. So viel Zeit muss ja wohl sein.«

Frau Ella wusste nicht, was sie mit dieser Unterhaltung anfangen sollte, und war froh, als endlich Sascha zurück an den Tisch kam. Anscheinend hatte er wirklich Probleme mit dem Auge gehabt. Jetzt wirkte er wieder entspannt, lächelte ihr zu, rieb sich die Hände, als er den Teller mit den Vorspeisen sah, die ein anderer Kellner servierte. Ein großes Durcheinander aus lauter öligem Gemüse, Wurst, Käse und anderen Dingen, die Frau Ella noch nie gesehen hatte. Der stammelnde Kellner hatte ihr ein kleines Bier serviert, herrlich kühl, so dass sich außen am Glas Kondenswasser bildete und hinunterlief, bis es von der Papierkrause aufgefangen wurde. Für Klaus hatte er eine Flasche Rotwein gebracht, ihm einen Schluck ins Glas gegossen, das der sich dann wieder mit dieser seltsam ernsthaften Grimasse unter die Nase gehalten hatte. Dann hatte Klaus probiert, geschmatzt und gegurgelt wie ein Landarbeiter und schließlich gelächelt und in Richtung des Kellners genickt. Dann kam auch Lina wieder, und auch sie sah jetzt glücklicher aus, hatte ganz rote Wangen und lächelte. Sie hatte sich sogar die Haare gemacht, zusammengebunden und hinten hochgesteckt. Wirklich ein hübsches Mädchen! Also hatte der ganze Streit endlich ein Ende. Frau Ella hoffte, dass es mit dem Essen endlich auch wieder fröhlicher würde.

12

DAS WAR NUR EIN AUSRUTSCHER gewesen. Lina hatte ihn einfach überrumpelt. So ging das nicht. Auf der Toilette! Auch wenn er genau das gewollt hatte, kaum dass er sie gesehen hatte mit dieser weit ausgeschnittenen weißen Bluse, mit ihrer dahingehauchten Begrüßung, als wären sie in einem französischen Film, in dem die Handlung nur die eine Richtung kannte. Viel mehr konnte er wohl kaum erwarten von einer Frau, die einfach nach Spanien verschwand, Monate nichts von sich hören ließ und dann plötzlich wieder auftauchte. Und auch vorher waren doch eigentlich diese kleinen Erlebnisse der Kitt ihrer Beziehung gewesen. Nur war da jetzt Frau Ella. Nicht, dass er ihr gegenüber irgendetwas erklären musste, selbst dann nicht, wenn sie gewusst hätte, auf welches Nebengleis er sich zwischen Aperitif und Vorspeise begeben hatte. Nein, aber er fühlte sich wieder genau so wie ganz am Anfang ihrer Bekanntschaft, im Krankenhaus, als plötzlich sein Bett schlecht gemacht und sein Nachttisch unordentlich wirkten, ihm sein Leben falsch erschien, auch ohne dass Frau Ella ein Wort gesagt hatte. Ihre Anwesenheit allein reichte, um eine vergessene Saite in ihm zum Klingen zu bringen, ein schwermütiges und hoffnungsvolles Lied, das nicht zu seinem Leben passte. Nicht mehr.

Aber gab es überhaupt ein Problem? Auch der Rest des Abends war schön gewesen. Frau Ella hatte sie alle amüsiert mit ihrer naiven Art, alles, was sie nicht kannte, in Frage zu stellen. Als wäre man allein deshalb schon hochgradig exotisch, weil man nicht jeden Abend Königsberger Klopse oder Kohlrouladen aß. Natürlich übertrieb Klaus es ein wenig mit seinem Unterhaltungsprogramm, aber sie war auch ein dankbares Opfer. Ein glückliches Opfer.

Sogar Lina hatte sich zusammengerissen, war wie verändert in Anwesenheit von Frau Ella und hatte brav von Spanien erzählt. Nur Schönes und Gutes, Kultur, Studium, Landschaft und Leute und zwar so aufrichtig, dass sie es selbst zu glauben schien, und auch er irgendwann aufhörte, nach Flecken auf ihrer blütenweißen Bluse zu suchen.

»Wirklich sehr nett, Ihre Freundin, Sascha«, sagte Frau Ella, die sich bei ihm untergehakt hatte.

»Finden Sie?«, fragte er.

Sie hatten sich gleich vor dem Restaurant von den anderen getrennt, die noch weiterziehen wollten, wozu Frau Ella dann doch nicht mehr bereit gewesen war. Zum Glück, denn wer weiß, was sonst noch alles passiert wäre. Jedenfalls war er froh, mit Frau Ella und nicht mit Lina durch die nächtlichen Straßen zu schlendern.

»Na, sonst würde ich das doch nicht sagen, mein Junge«, sagte sie und lachte. »Die ist richtig verliebt in Sie. Bis über beide Ohren.«

»Das habe ich auch schon öfters gedacht«, sagte er. »Aber kaum hat man sich an die Sonne gewöhnt, kommt der nächste Regen. Da halt ich mich doch lieber gleich ans schlechte Wetter. Ist zuverlässiger.«

»Ach, hören Sie doch auf. Sie sind ja betrunken. Wo kämen wir denn hin, wenn alle so denken würden?«

»Erst mal geht es hier ja nur um mich«, stöhnte er, da er merkte, dass das Gespräch eine Richtung nahm, in die er gar nicht wollte, erst recht nicht um diese Uhrzeit.

»Natürlich, mein Junge. Aber ich hatte den Eindruck, dass Sie sich mit ihr ganz wohl fühlten. Wissen Sie, als ich damals begriff, dass ich Jason, Sie wissen, den Amerikaner, dass ich den nie wiedersehen würde, wurde mir regelrecht übel, und das lag nicht an der Schwangerschaft, das können Sie mir glauben. Irgendwie wusste ich, dass mir so etwas nie wieder passieren würde, ich sozusagen meine Chance gehabt hatte. Sonst hätte ich Stanislaw ja nie geheiratet, wenn ich noch einen Funken Hoffnung gehabt hätte. Nein, ich brauchte nur noch einen Mann, und Stanislaw war ein guter Mann, aber eben keine große Liebe.«

»Und was hat Ihr Soldat mit Lina zu tun?«, fragte er und ahnte schon, was kommen würde.

»Sie sollten sich fragen, ob das nicht die ganz große Liebe ist mit diesem schönen Mädchen.«

»Lina und ich. Die große Liebe?«

»Warum denn nicht? Und wenn, dann müssen Sie um sie kämpfen, sie von sich überzeugen.«

»Ich soll um sie kämpfen?«

»Wenn es die große Liebe ist.«

Selbst mit fast neunzig Jahren hörten die Frauen also nicht auf, das Lied von der großen Liebe zu singen. Als seien sie einfach unfähig, Probleme überhaupt zu sehen, geschweige denn sich mit ihnen auseinanderzusetzen. Schließlich war das kein Kasperletheater, sondern das einzige Leben, das er hatte.

»Vergessen Sie nicht, dass Sie nur ein Leben haben«, sagte sie.

»Ja, ja, das ist schon so eine Sache mit zwei Seiten.«

»Genau.«

»Manche Sachen gehen aber einfach nicht«, sagte er nach kurzem Überlegen.

»Man muss nur wollen und kämpfen.«

Wollen und Kämpfen, das sagte sich so leicht, doch schon das Wollen war ja meistens ein Problem, wenn man nicht wusste, was man wollte. Das Kämpfen war das viel kleinere Problem. Das musste er ihr doch irgendwie erklären können.

»Stellen Sie sich vor«, setzte er an. »Stellen Sie sich vor, ich würde mich jetzt in Sie verlieben. Da könnte ich doch noch so wollen und kämpfen, oder?«

»Sie sich in mich verlieben. Das ist ja vollkommen unsinnig.«

»Sie meinen, weil Sie älter sind? Sehr oberflächlich, oder? Die einen sagen, keine Schwarzen, die anderen, niemanden ohne Geld, und Sie sagen, keine jüngeren Männer. Wo bleibt denn da bitte die große Liebe?«

»Ja, aber was hätten Sie denn davon? Ich bin doch schon jetzt halb tot!«

»Sehen Sie! Jetzt fragen Sie, was ich davon hätte, als würde man lieben, weil man irgendetwas davon hat, irgendeine Belohnung, eine Prämie, einen Bonus, was weiß ich. Alle reden andauernd von dem großen, unfassbaren Ding, behandeln es aber letztlich wie einen Bausparvertrag, bei dem jeder Paragraph geklärt sein will.«

»Aber Sascha, Sie waren es doch, der eben gesagt hat, dass manche Sachen einfach nicht funktionieren können.«

»Da meinte ich Lina. Das ist eine ganz andere Geschichte.«

Schweigend spazierten sie weiter. Selbst in den Häusern war kaum noch Licht zu sehen. Spätabends unter der Woche. Die glücklichen Paare lagen in ihren Ehebetten und schnarchten oder stritten sich in den Schlaf. Immerhin verhinderten die Frauen so, dass die Männer auf noch dümmere Gedanken kamen. Letztlich war damit schon viel gewonnen fürs Familienglück. Vielleicht ging es genau darum, bescheiden zu werden, nicht zu viel zu erwarten, um überhaupt etwas zu bekommen. Man konnte froh sein, wenn man das Schlimmste verhinderte. Nur wenige hatten das Glück, sich im Hobbykeller mit Peitsche und Latexmaske zum Schäferstündchen mit dem Nachbarn zu treffen und dabei auch noch Spaß zu haben, aber die Kellerfenster waren von der Straße aus nicht zu sehen. Und auch das war nicht jedermanns Sache.

»Sagen Sie, Frau Ella, wollen wir noch einen Absacker nehmen?«, fragte er, um seinen unschönen Gedanken ein Ende zu bereiten.

»Sie meinen es ja wirklich gut mit mir!«

»Kommen Sie, nur einen Kleinen. Auf die Liebe.«

»Einen Klitzekleinen.«

»Ein Pfützchen.«

»Einverstanden. Aber nur, wenn Sie versprechen, nicht schlecht von Ihrer Freundin zu denken.«

»Noch nicht einmal denken?«

»Zumindest nicht reden.«

»Versprochen«, sagte er und musste lächeln.

In der Kneipe saßen noch die üblichen Nachtschwärmer, die so ganz und gar nichts Schwärmerisches an sich hatten. Er war seit Monaten nicht mehr hier gewesen, nachdem er vorher fast jeden Abend an diesem Tresen verbracht hatte. An der Kneipe war seine Abwesenheit spurlos vorübergegangen. Ein paar der Flaschen, die hinter dem Tresen die Wand verkleideten, waren vielleicht etwas leerer, andere waren ersetzt worden.

Das Holz an den Wänden war unwesentlich nachgedunkelt vom Zigarettenrauch, die Zapfanlage glänzte wie ein Schrein inmitten all der Schummrigkeit, es lief die Standardkassette Nummer drei, Ende der Achtziger zusammengestellt für eine Autobahnfahrt durch die Republik, wie ihm Dobbi, der Besitzer, einmal mit nostalgischen Tränen in den Augen erzählt hatte.

»Is schon wieder Geisterstunde?«, rief der weißhaarige Uwe aus seiner Ecke. »Oder warum seh ich Gespenster?«

Sechs glänzende Augenpaare sahen in ihre Richtung, und Sascha war sich nicht mehr sicher, ob dieser Absacker auf die Liebe eine gute Idee gewesen war.

»Hey Jungs«, sagte er.

»Habt ihr das gehört?«, fragte Uwe. »Das Gespenst spricht! Klingt fast wie unser alter Freund Sascha, nich?«

»Was hatter denn mit dem Auge gemacht?«, fragte von hinter dem Tresen Pete, der also immer noch mittwochs arbeitete.

»Ja, und was hatter mit seiner Keule gemacht? Irgendwie sah die mal frischer aus, oder?«, rief Uwe, der langsam in Fahrt kam, glücklich, zu so später Stunde noch ein neues Thema gefunden zu haben.

»Die musser aber ordentlich rangenommen haben, der Kleine! Mannomann, so'n Neuwagen hält heute auch überhaupt nichts mehr aus.«

»Hören Sie einfach nicht hin«, sagte Sascha leise zu Frau Ella. »Die langweilen sich nur.«

Zum Glück war das linke Ende des Tresens wie üblich unbesetzt, wohin er Frau Ella schnell führte. Dann winkte er Pete.

»Na ihr Einaugen, was darf's sein?«, fragte der.

»Habt ihr Klosterfrau da?«, flüsterte Sascha.

»Was?«, rief Pete und starrte ihn an, als habe er im Vatikan nach Kondomen gefragt.

»Na, Melissengeist. Klosterfrau Melissengeist.«

»Samma, hab ich'n weißen Kittel an, oder was? Das is doch keine Apotheke hier!«, rief Pete. »Hört ma, Jungs, der Dünne will 'ne Klosterfrau!«

»Noch eine? Der hat doch schon eine dabei!«, brüllte Uwe.

»Na, dann halt was Ähnliches«, sagte Sascha, der auf keinen Fall auf irgendeinen der Sprüche eingehen durfte. Sonst wäre er verloren, und Frau Ella mit ihm.

»Das sind ja mal Wünsche, die man da von draußen aus der Welt mitbringt«, seufzte Pete. »Wisst ihr einen Drink, der was Ähnliches wie 'ne Klosterfrau Melissengeist ist?«

»Vielleicht'n Auquafit«, schaltete sich jetzt auch der dicke Herbert ins Gespräch ein.

»Quatsch«, urteilte Uwe. »Außerdem heißt das Aquavit. Wasser des Lebens oder so. Wenn überhaupt, dann brauchen die'n Klosterbräu.«

»Ein Bier?«, fragte Pete skeptisch. »Unsinn.«

»Was is'n da drin in der Klosterfrau?«, nuschelte Herbert.

»Na, du bestimmt schon lange nicht mehr«, brüllte Uwe.

»Halt mal die Klappe. Hier machen sich Erwachsene Gedanken«, wies Pete ihn zurecht.

»Malteser ist doch auch was für ältere Jahrgänge, oder?«, meldete sich Riko, der mittlerweile seinen Flipper im Stich gelassen hatte, um sich an der Diskussion zu beteiligen.

»Hat auf jeden Fall was mit Orden und Kloster und so zu tun«, sagte Uwe jetzt etwas ruhiger.

»Ja, aber woraus is'n so 'ne Klosterfrau gemacht?«, versuchte Herbert dem ganzen Gespräch noch einmal eine wissenschaftliche Grundlage zu geben.

»Na, aus Melisse natürlich«, hörte Sascha Frau Ella in sein Ohr flüstern.

»Was sagt die Dame?«, rief Pete sofort.

»Aus Melisse«, sagte Sascha vorsichtig.

Die Männer starrten sich anerkennend nickend an.

»Na, da muss mal einer draufkommen«, lachte Uwe schon wieder lauter. »Das nenn ich mal Altersweisheit, oder Jungs?«

»Gibt's denn sonst noch was aus Melisse?«, überlegte Pete und ließ seinen Blick über die Alkoholika streifen. Auch die Männer am Tresen kniffen die Augen zusammen, blinzelten durch die tiefhängenden Rauchschwaden auf der Suche nach dem richtigen Ersatz.

»Ich würde auch ein kleines Bier nehmen«, sagte Frau Ella.

»Kommt gar nicht in Frage«, sagte Pete. »Das ist schließlich 'ne Bar und keine gewöhnliche Kneipe.«

»Vielleicht irgendwas mit Minzlikör«, sagte Herbert.

»Stimmt«, rief Uwe. »Minze ist ja so'n bisschen wie Melisse, oder? Kann man auf jeden Fall auch Tee mit machen.«

»Tee kannste auch mit Hagebutten machen«, sagte Riko.

»Das is ja wohl 'ne ganz andere Art Tee«, sagte Uwe. »Also irgendwie rot, so Früchtetee. Eher so'n Aufguss.«

»Also mit Minzlikör«, murmelte Pete und dachte offenbar intensiv nach.

»Samma, hatte Dobbi nicht letztens frische Minze für irgend so'n schwules Gesöff gekauft?«, fragte Riko »Ich meine, der hatte da was im Kühlschrank.«

»Gemüse im Kühlschrank?«, fragte Pete. »Ohne mich zu warnen?«

»Ich glaub, Minze ist gar kein Gemüse«, sagte Herbert.

»Was denn sonst? Obst, oder was?«, fragte Riko.

»Tatsächlich«, rief Pete, der kurz hinter dem Tresen verschwunden war. »Ein ganzes Bündel Gemüse! Und was macht man damit?«

»Na, halt Melissengeist«, murmelte Herbert.

»Minzissengeist«, lachte Uwe. »Klosterfrau Minzissengeist. Darauf geb ich 'ne Runde.«

»So ein Schwachsinn«, sagte Riko. »Das hat irgend so'n spanischen Namen, so wie Sangria, nur irgendwie anders, eher mexikanisch.«

»Seit wann kannst du denn Mexikanisch?«, fragte Uwe.

»Klosterfrau Mexiko«, murmelte Herbert.

»Mojito«, sagte Sascha, der langsam Durst bekam.

»Mo was?«, fragte Uwe. »Das kommt mir eher arabisch vor.«

»Sie trägt ja auch ein Kopftuch«, sagte Herbert.

Uwe versuchte, den Schluck, den er gerade genommen hatte, zurück in die Flasche zu prusten, verschluckte sich, hustete und fiel fast vom Hocker vor Lachen, während er mit seiner freien Hand auf den Tresen haute.

»Das Getränk heißt Mojito, das ist Kubanisch«, versuchte Sascha das Gespräch zu beenden. »Minze mit Rohrzucker und Rum. Davon hätten wir gerne zwei.«

»Oho, da sieht man wieder, dass er studiert hat, der Dünne!«, rief Uwe, der sich kaum wieder einkriegte. »Kubanisch also. Als hätten wir keine Getränke in Deutschland!«

»Was kann ich denn dafür, wenn es hier keine deutsche Klosterfrau gibt?«, fragte Sascha, der merkte, dass er die Ruhe verlor.

»Da hat er absolut recht«, murmelte Herbert versöhnlich.

»Schreib mal auf, Klosterfrau kaufen«, sagte Riko.

»Ich mach jetzt erst mal diese Momos«, sagte Pete.

»Mach mal gleich 'ne Runde«, sagte Uwe. »Nicht dass uns das Gemüse noch verdirbt.«

Sascha wandte der Runde den Rücken zu, rückte seinen Hocker so, dass er genau zwischen Frau Ella und den anderen saß. Jetzt, da er sie in diese Spelunke geschleppt hatte, musste er sie auch vor deren Bewohnern schützen.

»Ich hoffe, Sie mögen Rum und Minze«, sagte er.

»Hauptsache, wir stoßen auf die Liebe an«, lächelte sie. »Aber sagen Sie, woher kennen Sie denn eigentlich diese Kerle?«

»Komische Bande, oder? Das waren mal meine Freunde.«

»Und jetzt? Die scheinen Sie doch immer noch zu mögen.«

»Wenn das mögen ist, dann will ich von denen nicht nicht gemocht werden.«

»Ach kommen Sie«, lächelte Frau Ella. »Nachher verbieten Sie auch mir noch, Sie nett zu finden.«

»Nett?«

»Ja, nett. Sympathisch. Ehrlich. So ein Enkel wie Sie, das wäre was. Nur sollten Sie nicht alles so ernst nehmen. Das führt doch zu nichts.«

»Ich Ihr Enkel?«

»Ja, warum denn nicht?«

»Nicht so laut, bitte!«

Heute Abend hatte Frau Ella wirklich eine ordentliche Portion Gefühlsdusel getankt. Jetzt wollte sie nicht nur seine große Liebe zu Lina entdeckt haben und ihre Beziehung retten, sondern auch noch seine Großmutter werden! Fehlte nur, dass sie eine neue Mutter und ein paar Tanten für ihn auftrieb. Er würde einfach so tun, als habe er sie nicht verstanden. Schließlich konnte man so einen Großmutterschaftsantrag nicht einfach ablehnen, ohne jemanden zu verletzen.

»Sag mal im Ernst«, unterbrach Pete seine Gedanken und stellte zwei in Glas gefasste Tümpel auf den Tresen. Er hatte die Minze in kleine Stücke geschnitten, die jetzt wie Entengrütze auf dem Rum schwammen. Wie Schlamm lag der Zucker braun auf dem Boden der Gläser. »Also, wo is'n die Leinarin hin?«

Der Abend hielt offenbar noch einiges an Fallstricken, Schlaglöchern und Hinterhalten bereit. Den hatte Sascha ganz vergessen, diesen beschissenen Spitznamen für Lina, die hier schon vor seiner Zeit zum Inventar gehört hatte, wie ein Engel unter Wölfen, zumindest äußerlich. Hier hatten sie sich kennengelernt und, auch als sie längst bei ihm eingezogen war, fast jeden Abend noch den einen oder anderen Drink genommen. Was für eine Idee, ausgerechnet hier mit Frau Ella einzukehren! Er war ja vollkommen bescheuert.

»Keine Ahnung«, sagte er. »Du weißt doch, sie ist abgehauen, nach Spanien oder so.«

»Wieso denn abgehauen? Wollte die da nicht studieren?«, fragte Pete.

»Irgend so was mit Fischen«, schaltete sich auch Uwe jetzt wieder ein. Diskretion war immer noch keine Tugend, die an diesem Tresen allzu wichtig genommen wurde. Genau das hatte Sascha auch damals schon auf die Palme gebracht, wenn Lina hier nach dem dritten Drink selbst das Intimste zum Thema machte.

»Meeresbiologie«, sagte Riko.

»Sag ich doch«, sagte Uwe.

»Das ist doch wohl verdammt noch mal egal, warum sie abgehauen ist. Sie ist halt abgehauen, wollte ihre Freiheit, und basta«, sagte Sascha, der schon wieder die Geduld verlor.

»Ich dachte, sie wollte, dass du mitkommst«, murmelte Herbert.

»Als könnte ich hier einfach weg!«, rief Sascha.

»Stimmt, bei dem, was du so zu tun hast«, grinste Uwe.

Sascha wollte dieser weißhaarigen Ausgeburt an Böswilligkeit seinen Drink an den Kopf werfen, sehen, wie die Entengrütze sich auf seinem weißen Sakko verteilte, aber gerade noch rechtzeitig spürte er eine Hand auf seinem Unterarm.

»Jetzt lassen Sie sich doch nicht foppen, mein Junge«, hörte er Frau Ella sagen und sah sich zu ihr um. Sie hatte ihr Glas gehoben und wollte offenbar mit ihm anstoßen.

»Auf die Liebe!«, sagte sie so leise, dass die anderen es nicht hören konnten.

Da saß sie auf diesem Barhocker, der für sie einfach nicht bequem sein konnte, in diesen Luxusklamotten, die überhaupt nicht zu ihr passten, mit ihrem Seidenkopftuch, das selbst im schummrigen Licht der Kneipe schimmerte, und lächelte ihn mit ihrem glänzenden Auge an.

»Auf die Liebe«, flüsterte er und hoffte, dass die Musik laut genug war, damit sie den Kloß in seinem Hals nicht hörte. Er versuchte, nur Gutes zu denken.

13

SIE WACHTE AUF MIT DER ANGST, schon wieder verschlafen zu haben. Gerne wollte sie ein wenig länger im Bett bleiben als üblich, nur durfte er auf keinen Fall vor ihr auf den Beinen sein. Nein, denn ihr war nicht entgangen, wie er sich gestern gefreut hatte, an den fertig gedeckten Frühstückstisch zu kommen. Auch wenn ihre persönlichen Erfahrungen lange zurücklagen, sie wusste doch noch ganz gut, was Männer glücklich machte. Durch das Schlafzimmerfenster schien die Sonne, und trotz des leichten Schwindels im Kopf und der üblichen Schmerzen in Waden und Rücken freute sich Frau Ella beim Aufstehen auf den Tag, wenn nur Sascha nicht schon auf war!

Im Hof spielten Kinder, weit weg übte jemand Klavier. Vorsichtig drückte sie die Klinke der Zimmertür, zog diese langsam auf und sah erleichtert, dass Sascha noch schlief, auf dem Rücken, die Arme auf seine seltsame Art vor der Brust verschränkt und wieder bei geschlossenem Fenster! Sie schlich am Sofa vorbei, öffnete erst die inneren, dann die äußeren klapprigen Fensterflügel. Auch hier musste dringend geputzt werden. Da er mit nacktem Oberkörper schlief, überlegte sie kurz, ob sie ihn nicht besser zudecken sollte. Noch war es draußen recht frisch, und erkälten sollte er sich schließlich nicht. Nur durfte sie ihn auf keinen Fall wecken. Sie gab sich einen Ruck und zog ihm die Decke mit den Fingerspitzen bis unters Kinn, wunderte sich, dass die Wolle ihn gar nicht kratzte auf der nackten Haut. Sascha seufzte zufrieden. Sie ertappte sich dabei, wie sie ihn glücklich anlächelte. Ihm schien es gutzugehen, und sie hatte jetzt endlich Zeit, sich in Ruhe um ihren Darm zu kümmern. Leise wandte sie sich von dem Schlafenden ab und machte sich auf den Weg ins Badezimmer. Um ganz sicherzugehen, dass sie ihn nicht weckte, schloss sie vorsichtig die Tür zwischen Diele und Stube.

Es dauerte eine Weile, bis sie auf der wackligen Klobrille eine gemütliche Position gefunden hatte. Fast musste man Angst haben, vom Klo zu fallen. Schon bei dem Gedanken daran wurde ihr ganz schlecht. Aber es ging dann doch. Wie lange war das her, dass sie einen Moment für sich gehabt hatte? Selbst gestern Abend, als sie endlich durchgesetzt hatte, dass sie nach Hause durfte, waren sie noch in dieser Kneipe gelandet! Natürlich war es schön gewesen, und immerhin hatte sie doch einiges über diese Liebesgeschichte herausfinden können, die Sascha so zu schaffen machte. Aber auch sie war irgendwann mit ihren Kräften am Ende und brauchte ihre Ruhe, obwohl sie nicht sicher war, was dieser Moment der Ruhe ihr jetzt bringen würde. Ihr Körper befand sich weiter im Ausnahmezustand.

»Na komm«, sagte sie und hoffte, dass ihr Darm sie auch in diesen wilden Zeiten nicht gänzlich im Stich lassen würde. Schließlich hatten sie es jetzt fast neun Jahrzehnte ganz gut miteinander ausgehalten. Sie musste ihm nur Zeit lassen und freute sich wie schon bei ihren erfolglosen Versuchen der vergangenen Tage, dass Sascha einen Sinn für Klolektüre hatte. Zwar konnte sie ohne Brille kaum etwas lesen in den Magazinen und Büchern, die sich auf der Fensterbank stapelten, aber auch mit Bildern ließ sich die Zeit vertreiben. Sie streckte sich, so weit sie konnte, hoffte, dass die Klobrille die einseitige Belastung aushalten würde, und zog wahllos eine Zeitschrift aus dem Stapel. Dann suchte sie wieder ihre bequeme Ausgangsposition, atmete durch und blätterte in der Zeitschrift. Kurz fragte sie sich, was ein Unterwäschekatalog auf der Toilette eines jungen Mannes verloren hatte, doch schon wenige Seiten später fehlte selbst die Unterwäsche. Lauter sehr schöne, ja fast zu schöne Mädchen blickten sie von den glänzenden Seiten an. Sie hätte gerne die recht kurzen Texte gelesen, um zu verstehen, worum genau es in den Artikeln ging, was es für einen Grund dafür gab, dass die Mädchen ganz nackt waren. Vielleicht war es ja auch eins von diesen Schweineblättchen, wie Stanislaw sie genannt hatte. Sie konnte sich aber nicht vorstellen, was so etwas bei Sascha verloren haben könnte, außer vielleicht, dass er sich beruflich damit befassen musste. Hübsch waren sie jedenfalls, wie sie sich da am Strand räkelten und lächelten. Sehr jung waren die Mädchen, und alle erinnerten sie ein wenig an Lina. Vielleicht war ja ein Bild von Lina in der Zeitschrift! Das wäre eine Erklärung, nur konnte sie auch das ohne Brille natürlich nicht erkennen. Lina, die Sascha verlassen hatte und doch nicht verlassen hatte, wenn man den Kerlen in der Kneipe glauben konnte. Frau Ella verstand zwar nicht, warum eine junge Frau in Spanien studieren musste, wenn ihr Mann dort nicht auch etwas zu tun hatte, aber sie meinte doch, den Unterschied erkannt zu haben. Lina schien eher verreist zu sein, Sascha aber meinte, dass sie ihn verlassen hatte. Ein Missverständnis also, das sich doch problemlos klären ließ. Dann wären alle wieder glücklich und zufrieden, vielleicht sogar Sascha. Und da spürte Frau Ella, dass zumindest sie sich heute sehr viel wohler fühlen würde.

Endlich in der Küche angekommen, summte Frau Ella erleichtert diesen alten Egon-Tango, wie auch immer sie sich an den erinnert hatte, während sie versuchte, die Kaffeekannenmaschine auseinanderzudrehen. Der Wassertopf stand gefüllt auf dem Herd, so dass sie nur noch die Flamme entzünden musste, sobald Sascha aufstand. Drei Eier lagen schon bereit, zwei für ihn, eins für sie selbst. Brötchen gab es noch vom Vortag. Die würde sie gleich aufbacken. Der Tisch war gedeckt, da klingelte es an der Tür. Jetzt musste sie schnell machen, damit nicht noch einmal geklingelt und Sascha geweckt wurde. Wahrscheinlich irgendein Hausierer, den sie zügig abwimmeln konnte, um endlich das Frühstück zuzubereiten. Denn Klaus und Ute hatten gesagt, dass sie heute keine Zeit hätten. Das war ihr sehr recht. Ein ganzer Tag ohne Unternehmung, zum Abschied, denn morgen würden sie endlich ihre Sachen aus dem Krankenhaus holen. So wohl sie sich hier fühlte, diese Situation war auf Dauer natürlich nicht haltbar. Erst einmal sollte Sascha aber ausschlafen. An der Wohnungstür angekommen, merkte sie, dass sie die Kaffeemaschine noch immer in den Händen hielt. Dann drückte sie ihr gesundes Auge auf den Türspion und erkannte Lina, die mit einem Strauß Blumen vor der Tür stand. Wenn das mal keine Überraschung war! Dann hatte es also geholfen, noch einmal auf die Liebe anzustoßen! Und jetzt schenkten sie ihr sogar Blumen! Frau Ella schob den Riegel zurück, drehte den Schlüssel, machte die Tür auf und signalisierte Lina, indem sie einen Finger auf die Lippen legte, dass sie leise sein sollte, um Sascha nicht zu wecken.

»Guten Morgen Lina«, flüsterte sie. »Kommen Sie rein. Er schläft noch. Ich mache gerade Frühstück.«

Lina lächelte und ging ihr voraus in die Küche, wo sie gleich auf einen der Stühle stieg und oben vom Schrank eine Vase holte. So gelenkig war Frau Ella schon lange nicht mehr. Sie hätte ihr Leben riskieren müssen, um an diese Vase zu kommen. Doch so war ja alles gut.

»Das war aber wirklich nicht nötig.«

»Wenn Sie wüssten, was der alles mit mir durchgemacht hat.«

»Er?«

»Na, Saatschi, wegen meinem Studium und so. Aber ich musste damals einfach auch mal an mich denken, wissen Sie?«

»Ja, sicher«, sagte Frau Ella. Die Blumen waren also für Sascha. Das hatte es früher nicht gegeben, dass Frauen ins Ausland reisten und dann mit Blumen bei ihren Männern vor der Tür standen, aber früher war schließlich so manches anders gewesen.

»Jetzt bin ich ja wieder da«, lächelte Lina, während sie Wasser in die Vase laufen ließ.

»Wollen Sie die Stiele nicht anschneiden? Und nehmen Sie besser lauwarmes Wasser.«

»Meinen Sie?«

»Dann halten sie länger.«

»Toll, was Sie so wissen. Ich habe ja gar keine Zeit mehr, diese ganzen Dinge zu lernen. Bei dem, was ich mir alles vorgenommen habe. Sie wissen schon, Arbeit, Familie, Freunde, Gesundheit und so weiter und so weiter. Spätestens wenn man Kinder hat, braucht man da doch fast schon Personal, finden Sie nicht? Aber das muss man sich natürlich erst mal leisten können.«

»Ich mache das ja ganz gerne. Zu Hause arbeitet man immerhin für sich selbst und nicht für irgendeinen Unternehmer oder was weiß ich wen«, sagte Frau Ella, die jetzt endlich ans Spülbecken konnte, um das Frühstück weiter vorzubereiten, während Lina die Blumen in der Vase richtete.

»Früher war das bestimmt normal, aber heute können wir die ganze Welt ja nicht mehr den Männern überlassen, also die Welt da draußen, meine ich. Nicht dass Sie jetzt denken, ich wäre so eine Feministin, aber die Männer sind ja gar nicht mehr in der Lage, das alles alleine zu machen. Die Grenzen verschwimmen da ja irgendwie, das zeigt sich schon in der Schule. Mädchen sind da oft viel besser als die Jungs, weil alles immer komplizierter wird und Männer halt besser einfache Sachen können, also nicht mehrere Dinge auf einmal, sondern zum Beispiel eine Maschine bauen oder ein Land erobern, so ungefähr jedenfalls. Das hat mit der Gehirnstruktur zu tun, sagt man. Wenn Frauen also wirklich komplizierter sind, dann muss man das deshalb auch als Vorteil sehen, weil man sozusagen als komplizierter Mensch auch besser mit komplizierten Situationen umgehen kann. Man muss sich da einfach noch viel besser ergänzen. Na ja, das hab ich mir jedenfalls so überlegt. Verstehen Sie das?«

»Ich habe auch den Eindruck, dass heute einiges komplizierter ist als früher.«

»Und deswegen muss man zusammenhalten.«

Frau Ella fiel ein, dass sie gar nicht wusste, ob Sascha einen dritten Eierbecher besaß. Sonst würde sie auf ihr

Ei verzichten. Erst einmal wollte sie aber im Schrank nachsehen.

»Was suchen Sie denn?«

»Einen dritten Eierbecher.«

»Er hat nur zwei, aber ich möchte auch gar kein Ei, das heißt, ich darf nicht.«

»Sind Sie denn krank?«

»Das nicht, nur leicht über normal, wissen Sie? In Spanien hab ich ein bisschen über die Stränge geschlagen, also nur beim Essen natürlich. Gucken Sie mal mein Po!«

Lina sprang auf, drehte Frau Ella den Rücken zu und drückte mit dem Zeigefinger gegen ihre hauteng sitzende Hose.

»Ich will ja auch nicht, dass Saatschi plötzlich fett wird, so wie Klaus zum Beispiel.«

Was war denn das für eine Idee? Sascha so dick wie Klaus, das konnte man sich gar nicht vorstellen, so abgemagert, wie er war! Und Lina fand sich zu dick, dabei hatte sie, abgesehen von ihrem üppigen Busen, kaum Fleisch auf den Knochen. Solange sie hier wohnte, würde Sascha jedenfalls genug zu essen bekommen, beschloss sie, und auch das Mädchen konnte man vielleicht überzeugen.

»Möchten Sie denn einen Kaffee?«, fragte Frau Ella. »Mit Macchiato?«

»Danke, aber vielleicht einen Cortado, zur Feier des Tages.«

»Und was ist das?«

»So ein Espresso mit ein bisschen Milchschaum.«

»Also doch mit Macchiato?«

»Na ja, also Macchiato ist halt Italienisch und Cortado Spanisch, in Portugal heißt das Galão, nur ist so ein Cortado halt eher ganz klein.«

»Aha«, sagte Frau Ella.

»Wissen Sie eigentlich, dass dieser ganze Kult um den italienischen Kaffee nur Werbung ist? Der spanische ist viel besser. Das war ja nur wegen der Diktatur mit diesem Franco, deswegen konnten die Spanier ewig nicht exportieren, aber jetzt holen die auf, und die wissen ja auch viel mehr, also so fachlich, weil das mal arabisch war, also Spanien, und Kaffee kommt ja ursprünglich aus Arabien. Ein Freund in Barcelona macht da jetzt ein Geschäft draus, so richtig zielstrebig und intelligent. Vielleicht hat der auch einen Job für mich, wenn ich fertig bin mit der Uni, im Verkauf oder im Vertrieb. Weil so Meeresbiologie ist ja eher ein schönes Studium, mit dem man dann aber nichts anfangen kann, außer man hat das Glück, auf irgend so einem Forschungsschiff anzuheuern, aber irgendwie ist das auch nichts, glaub ich. Hat Saatschi überhaupt fettarme Milch?«, unterbrach sie sich und griff nach der Milchtüte. »Und haben Sie das Wasser gefiltert?«

»Mögen Sie auch lieber Filterkaffee?«, fragte Frau Ella, die gerade die Kaffeemaschine zugedreht hatte.

»Das nicht, aber das Leitungswasser sollte man doch

nicht mehr einfach so trinken. Das muss man erst filtern. Das habe ich Saatschi aber echt schon tausendmal erklärt«, sagte sie, stand auf und reichte ihr diese komische Plastikkanne, die ihr schon am ersten Tag aufgefallen war.

»Und was wird da gefiltert?«

»Na alles! Also erst mal natürlich Kalk und so, das die Arterien verstopft, und dann die ganzen Antibiotika, die in den Kläranlagen nicht rausgefiltert werden. Das müssen Sie sich mal vorstellen, dass wir bald alle resistent sind gegen superwichtige Medikamente, nur weil das Wasser nicht sauber ist. Das Krasseste ist aber, und darum muss Saatschi halt unbedingt filtern, dass die ganzen Männer unfruchtbar werden, weil ja die Frauen die Pille nehmen und die dann übers Abwasser ins Trinkwasser kommt und dann die Männer permanent weibliche Hormone trinken. Deswegen werden die Männer ja auch immer komischer, also weiblicher, und es gibt weniger Kinder. Also zum Beispiel in Spanien, wo es noch kaum die Pille gibt, weil die noch viel katholischer sind, da sind die Männer ja auch noch ganz anders, also männlicher irgendwie, oder auch in Arabien. Na ja, und deswegen muss man halt filtern, auch wenn man die Radioaktivität so nicht rauskriegt. Und außerdem, also das ist fast das Wichtigste, bestehen wir ja fast nur aus Wasser, das Gehirn sogar so zu achtundneunzig Prozent, und das muss ja immer wieder erneuert werden, und da muss man eben drauf achten, dass man sich nicht mit verseuchtem Wasser erneuert. Man ist ja das, was man trinkt, also fast zumindest.«

Hormone im Leitungswasser! Was war denn das nun wieder für eine Idee? Frau Ella wusste, das Lina sie nicht auf den Arm nehmen wollte, nur konnte sie das doch nicht ganz ernst nehmen.

»Meinen Sie nicht, dass wir eine Ausnahme machen können?«, fragte sie vorsichtig.

Das Mädchen sah sie kurz an, als habe sie die Frage nicht verstanden. Aber selbst wenn Lina recht hatte mit ihren Hormonen, würde ein Kaffee mehr oder weniger doch kaum einen Unterschied machen. Das musste sie doch einsehen. Endlich grinste das Mädchen und ließ sich auf ihren Stuhl fallen.

»Okay, aber nur, weil Saatschi noch schläft. Sie müssen übrigens sagen, wenn ich zu viel rede, ja? Ich glaub, ich bin ganz schön aufgeregt, wieder hier zu sein. Da fang ich dann immer an zu quasseln.«

»Sascha freut sich bestimmt. Aber jetzt gibt es gleich erst mal einen Kaffee.«

Langsam glaubte Frau Ella, besser zu verstehen, warum die jungen Menschen heute so aufgedreht und durcheinander waren. Sie mussten sich einfach über alles Gedanken machen, nichts war mehr selbstverständlich. Was auch immer Lina ihr da gerade erzählt hatte, alles wirkte kompliziert. Wie sollte man sich auch um die wichtigen Dinge kümmern, wenn selbst das Leitungswasser nicht mehr sicher war und es anstelle eines

Kaffees plötzlich zahllose Kaffees gab, zwischen denen man sich entscheiden musste? Es war ein wenig wie in der Villa der Wasserburgs vor dem Krieg, die alles gehabt hatten und doch nie glücklich waren, nur dass Sascha und seine Freunde natürlich fröhlich sein konnten und niemandem Böses wollten. Es schien eher so, als wollten sie sich selbst nicht immer Gutes. Wie war das wohl, wenn man sich über jeden Schritt Gedanken machte? Was wäre aus ihr selbst geworden? Plötzlich taten Frau Ella die jungen Menschen leid. Dabei war sie doch von ihnen gerettet worden. Jetzt fing sie auch schon an zu grübeln, stellte sie erschrocken fest und war froh, als endlich der Kaffee blubberte.

»Also nur ein bisschen Macchiato?«

»Ja, nur einen Löffel. Geht es Ihrem Auge übrigens besser?«

»Alles in bester Ordnung. Ihre Freundin hat das Zeug zu einer tollen Krankenschwester.«

»Auf jeden Fall. Ich glaub ja, dass die unbedingt einen Wurm braucht, so wie die sich um alles kümmert.«

»Einen Wurm?«

»Ein Kind, meine ich. Klaus hat ja ziemlich viel Geld. Also wenn Saatschi so reich wäre, würde ich auch nicht zögern, Karriere kann ich ja auch später noch machen, und wenn keiner mehr Kinder kriegt, dann gibt's halt bald keine mehr. Ist ja logisch. Trotzdem natürlich ziemlich kompliziert alles, vor allem für uns Frauen.«

»Ja, das Gefühl habe ich auch«, sagte Frau Ella und

freute sich darüber, dass zwischen Sascha und seiner Lina anscheinend doch das Wesentliche stimmte, sonst käme man ja nicht auf die Idee, zusammen Kinder zu bekommen.

14

SO SCHLECHT MEINTE ES das Leben gar nicht mit ihm. Den zweiten Morgen in Folge wachte er jetzt in dieser frischen Luft auf, den Geruch von Kaffee in der Nase, das Gefühl, dass sein Alltag Urlaub war. Plötzlich gelang es ihm, einfach zufrieden aufzuwachen, den Tag nicht wie eine Aufgabe zu sehen, die er irgendwie meistern musste, sondern wie einen Freund, mit dem er sich amüsieren konnte. Vielleicht war das ja das Lebensmodell, nach dem er suchte. Ältere Damen zur Pflege bei sich aufnehmen und unterhalten. Schließlich lag genug Vermögen in Strümpfen unter Matratzen versteckt, von dem sie ihm etwas abgeben könnten. Nicht viel, nur gerade genug, damit er für sie da sein konnte. Eine Omi-Pension ohne Pflegefälle. Er musste grinsen. Da überlegte er jahrelang, was er wirklich konnte, wozu er in der Lage war, was er der Welt zu bieten hatte, und plötzlich stellte er fest, dass er nur so zu sein brauchte, wie er war, um glücklich und erfolgreich zu sein. Denn auch wenn er nicht ganz verstand, warum, war ihm doch klar, dass Frau Ella gerne in seiner Gesellschaft war. Und er in ihrer. Das konnte ein nächster Schritt sein, ältere Menschen an jüngere zu vermieten, das hieße, Jung und Alt zusammenzubringen, als Agent sozusagen. Da war es endlich, das Geschäftsmodell, das so einfach war, dass man das Gefühl hatte, es sei gar keine neue Idee.

Er sprang vom Sofa, blieb mit dem kleinen rechten Zeh am Couchtisch hängen, ertrug aber selbst diesen Schmerz vor lauter Aufregung und wühlte in seiner Schreibtischschublade. Endlich fand er den Rest einer Zigarette und Streichhölzer, machte auf dem Rückweg einen Bogen um den Couchtisch und setzte sich mit dem Gesicht zum Fenster auf die Lehne des Sofas. Er hatte seit Monaten morgens nicht mehr geraucht, aber jetzt, da sein Alltag endlich Urlaub würde, weil er sein Geschäftsmodell gefunden hatte, jetzt musste er einfach. Wie die Indianer keinen Frieden schließen konnten, ohne sich eine Pfeife anzustecken, so wollte er die inneren Kämpfe der Vergangenheit nicht hinter sich lassen und mit sich Frieden schließen, ohne zumindest eine halbe Zigarette zu rauchen.

Der Himmel war wolkenlos und wieder ein kleines bisschen blauer, zumindest kam ihm das so vor. Jahrelang hatte er gedacht, dass so ein Himmel einen dazu aufforderte, loszureisen, abzuhauen, durch die Welt zu ziehen auf der Suche nach Abenteuern, und plötzlich schickte der ihm Frau Ella, um ihm zu zeigen, dass seine Reise eine ganz andere war, dass gleich nebenan ganze

Kontinente lagen. Jetzt saß sie da wieder in seiner Küche, löste Kreuzworträtsel oder polierte Gläser, um gleich mit ihm die Lage der Welt zu klären. Klaus war heute beschäftigt, so dass er den ganzen Tag alleine mit Frau Ella verbringen konnte. Vielleicht reichte es ja, wenn sie morgen ins Krankenhaus fuhren, dann konnten sie heute einfach durch die Stadt flanieren, darüber reden, wie sie die Dinge so sahen, mit ihren beiden Augen. Dann konnte er ihr auch seine Geschäftsidee erklären. Nur durfte sie natürlich nicht denken, dass er von ihr Geld wollte. Vielleicht konnten sie Partner werden. Das würde das Unternehmen jedenfalls glaubwürdiger machen. Wie auch immer, es war an der Zeit, seine Retterin zu begrüßen und dem Kaffeeduft zu folgen, der seinen Weg unter der Zimmertür hindurch zu ihm gefunden hatte.

Vor der verschlossenen Tür hielt er kurz inne, da er Frau Ella lachen hörte. Auch ihr ging es also gut. Er wartete kurz. Sie musste ja nicht wissen, dass er hörte, wie sie mit sich selbst sprach. Dann hustete er laut, lauschte kurz und machte schließlich die Tür auf, und der Blick in die Küche war ein Blick in die Vergangenheit. Selbst mit seinem einen Auge war er sicher, dass da Lina saß, die Beine angewinkelt und in ihrer zerfledderten Jeans, ein neues Top, rot und ohne Träger, die Schultern braungebrannt, die Brüste erhaben, die Haare hochgesteckt, schüchtern lächelnd, als habe sie etwas angestellt. Auf dem Tisch stand ein riesiger Blumenstrauß. Natürlich erinnerte er sich an den vergangenen Abend. Sie war wieder da, sie hatte ihm auf dem Klo einen geblasen, sie hatten sich beim Essen gar nicht schlecht verstanden, aber er hatte sie ganz bestimmt nicht mit nach Hause genommen! Wie käme er dazu, die Frau, die sich kurzerhand aus dem Staub gemacht, die Fronten gewechselt, ihn im Stich gelassen hatte, einfach wieder aufzunehmen, als sei nichts gewesen? Zumal er auf dem besten Weg war, sein Leben zu ordnen, gemeinsam mit Frau Ella noch einmal von vorne zu beginnen.

»Guten Morgen, mein Junge«, hörte er Frau Ellas Stimme und erst jetzt bemerkte er auch sie, die am Herd stand, diesen bescheuerten Wasserfilter in der Hand.

»Hey Saatschi«, lächelte Lina.

»Sind das nicht schöne Blumen, die Lina Ihnen da mitgebracht hat?«

Was wurde hier gespielt? Der Tag nahm eine vollkommen falsche Abzweigung, passte überhaupt nicht mehr zu den ersten Momenten des Glücks. Plötzlich gehörte auch Frau Ella nicht mehr hierher. Was hatten diese beiden Frauen in seiner Küche verloren? Sie lächelten, aber sie zerstörten sein Glück. Mit strahlenden Augen rissen sie ihm das hoffnungsvolle Herz aus der Brust, obwohl er ihnen nichts getan hatte, immer gut zu ihnen gewesen war. Er war ein Opfer, ein wirkliches Opfer. Denn niemand hasste sein Opfer, sonst wäre es kein Opfer. Er war das Lamm, dass sie verbrennen würden und noch so lange streichelten, wie es irgendwie ging, bis die Flammen ihnen die Finger verbrannten.

»Jetzt gucken Sie doch nicht so, mein Junge«, sagte Frau Ella. »Setzen Sie sich. Es gibt gleich frischen Kaffee mit gefiltertem Wasser, wegen der Hormone.«

Er setzte sich und ließ den Blick zwischen den beiden Frauen hin und her wandern. Ihm entging nicht, dass sie sich zuzwinkerten und anlächelten, wie zwei Eingeweihte, nur verstand er nicht, worum es hier ging. Was sollte das? Warum sollte Lina aus Spanien zurückkommen und wieder bei ihm einziehen wollen, nachdem sie sich ein halbes Jahr lang nicht einmal gemeldet hatte? Ganz zu schweigen davon, dass es vollkommen unbegreiflich war, dass die beiden plötzlich unter einer Decke steckten. Und warum fragte ihn niemand danach, was er wollte? Der Höhepunkt aber war, dass Frau Ella diesen Wasserfilter benutzte, diese Ausgeburt an dekadent paranoider Selbstverliebtheit, den er seit Monaten wegwerfen wollte! Sie schraubte die Kaffeekanne zu, stellte sie auf die Flamme und lächelte ihn verträumt an, wie eine Wahnsinnige auf Drogen.

»Ich geh dann mal die Betten machen«, säuselte sie, und ehe er ihr zurufen konnte, dass sie das gefälligst sein lassen sollte, um ihm zu erklären, was hier los war, warum nichts mehr so war, wie er es erwartet hatte, ging sie aus der Küche und schloss die Tür hinter sich. Und dann, dann spürte er eine Hand auf seiner Schulter.

»Hey Saatschi, hallo! Sorry, dass ich hier so reingeplatzt bin, aber ich hatte dieses Gefühl, dass das einfach sein musste. Ich meine, ich bin echt nicht nett gewesen, oder? Aber sonst hätte ich das nie geschafft mit Spanien. Du wärst doch eh nicht mitgekommen. Aber jetzt bin ich wieder da, und ich wollte dir sagen, dass ich glaube, dass wir einfach zusammengehören. Ich meine, ich hatte in den sechs Monaten auch keinen anderen, also nichts Richtiges.«

»Nichts Richtiges«, sagte er und brachte sich ein kleines Stück weit in Sicherheit.

»Ich hab mich jetzt für dich entschieden, trotz allem«, sagte sie ruhig, griff wieder nach seiner Hand, blickte ihn mit ihren goldbraunen Augen an, als sei sie wirklich verliebt. Es war nicht der richtige Zeitpunkt, aber er merkte, wie sein Blick von ihren Augen aus tiefer wanderte, auf ihrer Schulter hängenblieb, in diesem kleinen Tal unterhalb des Schlüsselbeins. Das war so lange her.

»Trotz allem was?«

»Na ja, trotz, also obwohl wir nicht zusammenpassen.«

»Du hast dich also für mich entschieden, obwohl wir nicht zueinander passen?«

»Ja, also die Idee kam mir zum ersten Mal in diesem Wohnheim im Winter. Ich hatte so ein Minizimmer mit Waschbecken, Bad und so war auf dem Flur, und eine Heizung gab es auch nicht, weil es in Spanien ja nie so richtig kalt wird. Da dachte ich, dass man ja, wenn's kalt ist, auch einen Pullover anzieht, der einem zu klein ist, wenn man keinen anderen hat.«

»Ich bin dir also zu klein?«

»Mann, Saatschi, natürlich nicht wörtlich. Das ist nur so ein Gleichnis.«

»Von mir aus. Aber Fakt ist doch, dass du zurückgekommen bist und bleiben willst, obwohl ich dir nicht passe.«

»Ja, irgendwie schon. Also, das passt natürlich irgendwie, ich glaube nur, dass an der Liebe auch gearbeitet werden muss, so, so wie, wie an einem Haus. Da muss ja auch immer was repariert werden. Also natürlich dachte ich, als du mich nicht mehr wolltest, dass ich einfach so nach Spanien fliegen kann und dann direkt irgendwas Superromantisches erlebe, aber irgendwie ist Spanien halt auch nicht anders als hier, und selbst mit der größten Romanze streitet man irgendwann über den Wasserfilter oder so. Das geht ja auch gar nicht anders, ich meine, wir müssen doch mal langsam erwachsen werden, oder?«

»Wenn erwachsen sein bedeutet, dass man mit zu kleinen Pullis in kaputten Häusern über Wasserfilter diskutiert, bin ich nicht wirklich interessiert.«

Sie sah ihn schweigend an, als überlege sie, ob er das ernst meinte.

»Du stehst halt lieber ohne Pulli schweigend im Regen«, lächelte sie regelrecht mitleidig, saß da mit ihrer wunderschön traurigen Resignation, und plötzlich wurde ihm klar, dass sie das alles ernst meinte, dass sie sich wirklich all diese Gedanken gemacht hatte, dass sie wirklich zu ihm zurückkam.

»So habe ich das noch nie gesehen. Hast du das von Frau Ella?«

»Von meinem Vater. Aber Frau Ella sieht das bestimmt genauso.«

»War dein Vater nicht zweimal geschieden und regelmäßig mit seiner Sekretärin unterwegs? Ich meine, ist der wirklich kompetent in diesen Dingen?«

»Mann, jetzt stell doch nicht alles, was ich sage, in Frage, sonst geh ich wieder!«, rief sie wütend. »Es gibt doch auch gute Ärzte, die rauchen, oder nicht?«

Sie hatte vollkommen recht. Was sollte die Diskussion? Was hatte er zu verlieren? Jedenfalls brachte es ihm nichts als dieses schäbige Gefühl vermeintlicher Überlegenheit, wenn er sie so provozierte.

»Frau Ella ist übrigens voll nett«, sagte Lina wieder ruhiger. »Finde ich richtig geil, dass du das gemacht hast. Hätte ich gar nicht von dir erwartet, so was Spontanes, meine ich.«

Da spielte sie wieder den guten und den bösen Bullen, brachte ihn genau dahin, wo sie ihn haben wollte. Sie spielte mit ihm. Er starrte die Kaffeemaschine an, hoffte, dass er dieser Situation irgendwie entkommen würde, ohne endgültig Position beziehen zu müssen. Es fühlte sich nicht schlecht an, dass sie sich entschieden hatte. Sie sollte auch gerne wieder ihre Spielchen mit ihm spielen, aber er brauchte noch etwas Zeit. Da spürte er ihre Hand auf seinem Bein. Aus genau diesem Grund waren körperliche Übergriffe bei Verhören verboten, ganz egal, wie nett gemeint sie waren. Er musste widerstehen. Er war noch nicht so weit. Nicht jetzt!

»Hey, du musst dich entspannen«, hörte er sie sagen.

Und er hasste sich dafür, dass sein Körper nachgab, sich ohne jede Vorwarnung wirklich entspannte, dass ihm das immer besser gefiel als ihm. Warum musste sie gerade jetzt wieder auftauchen? Er wollte keine Erektion mit Lina, er wollte eine Diskussion mit Frau Ella, über dies und jenes, über seine Pläne, wenn es sein musste, auch über den Wasserfilter! Aber er wollte definitiv keine Hand in seiner Pyjamahose, weder Linas Hand noch sonst irgendeine. Nicht die schönste, zarteste, am besten manikürte und wohlsten temperierte Hand der Welt! Endlich blubberte die Maschine, und er schaffte es mit einem letzten Rest an freiem Willen aufzustehen.

»Hast du Zigaretten?«

»Irgendwie bist du komisch, Saatschi. Ich dachte, du hast aufgehört.«

»Eigentlich schon«, sagte er und schaffte es jetzt schon fast, entspannt zu grinsen. Denn kaum war er aufgestanden, war ihm klargeworden, dass er sich auf ihr Spiel einlassen musste. Er konnte und wollte sie nicht rauswerfen, nicht sie und nicht Frau Ella. Was sollte er alleine in dieser Wohnung? In diesem Leben? Sollten sie doch mal zeigen, was sie sich ausgedacht hatten! Schließlich war er mit sich selbst auch nicht wirklich weitergekommen. Er fummelte eine dieser Glück versprechenden spanischen Zigaretten aus der Packung, die Lina ihm reichte, ließ sich von ihr Feuer geben, inhalierte, hustete, beugte sich noch einmal vor, küsste sie auf die Stirn und tätschelte ihr die Schulter.

»Wenn ich dir nur halb so gut stehe wie dieses viel zu kleine Top, könnte das was werden«, sagte er, nahm den Kaffee von der Flamme und machte die Küchentür auf, um Frau Ella zu rufen. Der Tag hatte einfach zu gut angefangen, um nicht auch gut weiterzugehen.

Es war also wirklich alles nur eine Frage der Einstellung. Anders konnte er sich nicht erklären, dass er diesen Tag ertragen hatte, erst als Zeuge der Verhandlung seines künftigen Lebens, dann alleine grübelnd. Und noch jetzt, da er auf die Rückkehr seiner beiden Damen wartete, fühlte Sascha sich wohl, glücklich, selbst nichts entscheiden zu müssen. Er steckte sich eine von Linas Zigaretten an, nahm ein Bier aus dem Kühlschrank und versuchte, auf dem von der Abendsonne beschienenen Küchentisch sitzend, sich zu erinnern, worüber sie geredet hatten. Stundenlang. Hatte er wirklich zugestimmt, sich mit Lina zu verloben? Hatte Frau Ella sie davon überzeugt, dass man sich zueinander bekennen musste, wenn man sich gefunden hatte? Es war unfassbar, und es war noch viel unfassbarer, dass noch immer nichts in ihm rebellierte, sich aufbäumte gegen diesen unsäglichen Kitsch, dieses Leben wie in einer Fernsehschnulze. Niemals hätte er das mitgemacht, wäre Frau Ella nicht gewesen. Er hätte nie den Mut gefunden, etwas zu tun, das er für falsch hielt, zumindest nicht für ganz richtig. Sein Streben nach der reinen Lehre, dem reinen Leben hatte ihm bis jetzt solche Entscheidungen verbaut, Situationen, in denen man sich nicht für etwas entschied, sondern es schlicht unterließ, sich dagegen zu stellen, einfach die Abzweigung nahm, an der es bergab ging.

Er überlegte, ob das wirklich Zufall gewesen war, dass er Frau Ella entführt hatte. Letztlich war das ein radikaler Neubeginn, wie er ihn sich gewünscht hatte. Sicher, die letzten Tage hätten eine andere Entwicklung genommen, wenn es ihm gelungen wäre, mit dieser Krankenschwester zu schlafen, aber auch dann wäre etwas passiert. Er war sozusagen ein fruchtbarer Boden für jeden Samen gewesen, und auch wenn Frau Ella wenig Ähnlichkeit mit der barocken Schwester hatte, auf die seine Wahl gefallen war, wusste er, dass er weniger Glück hätte haben können. Ein Lokalpolitiker zum Beispiel hätte ihn zum Beitritt in seine Partei bewegen können, ganz nebenbei, plaudernd von Bett zu Bett. Dann müsste er jetzt unter einen dieser Sonnen- und Regenschirme in eine hässliche Fußgängerzone, um sich beschimpfen zu lassen. Oder ein Pfarrer! War er nicht in einem Zustand gewesen, in dem er sogar der Religion eine Chance gegeben hätte? Oder ein Unternehmensberater wäre da gelegen, der dieses ganze Begeisterungspotential intuitiv entdeckt hätte! Sascha sah sich schon im dunklen Anzug mit einem dieser holpernden Rollkoffer durch die Stadt ziehen, wie ein auf Kleintiere spezialisierter Leichenbestatter. In Krisen sind Völker anfällig für Verführer, hatte er einmal gelernt, aber nie daran gedacht, dass das auch für einzelne Menschen galt. Diese ganze Energie war also nur deshalb gut, weil er eben Glück gehabt hatte, dass ihm ausgerechnet Frau Ella begegnet war. Nur hieße das ja, es war reiner Zufall, dass die frühen Christen als heldenhafte Verfolgte in ihren Höhlen landeten und andere als geschlagene Kämpfer verachtenswerter Armeen. Nein, irgendwie hatte er da mit entschieden, wenn er auch nicht wusste, wo. Schicksal. Schicksal war nur ein anderes Wort für dieses Nichtverstehen, wenn man keine Lust mehr hatte nachzudenken. So wie er jetzt, in den letzten Sonnenstrahlen mit seinem kühlen Bier in der Hand und dem lauten Lachen der Frauen im Treppenhaus. Es war an der Zeit weiterzuleben, dachte er und sprang vom Küchentisch, um die beiden zu begrüßen.

»Hey Saatschi«, strahlte Lina und fiel ihm um den Hals.

»Hallo, mein Junge«, sagte Frau Ella. »Da haben Sie sich ja einen Engel geangelt.«

»Guten Abend Schicksal«, grinste Sascha und lotste die beiden vollbepackten Frauen erst einmal in die Küche.

»Wir haben auch bei Herrn Li meine Schulden bezahlt«, sagte Frau Ella, kaum dass sie sich gesetzt hatte.

»Das hätte ich doch schon längst erledigen können, Frau Ella!«

»Sie sind schon mein Retter und Gastgeber, da werde ich mir doch nicht auch noch Geld von Ihnen leihen.«

»Auf jeden Fall hat er sich voll gefreut«, sagte Lina. »Dem hat Frau Ella ordentlich den Kopf verdreht.«

»Herrn Li?«, fragte Sascha, der einen vielleicht vierzigjährigen Familienvater vor Augen hatte, der zwar immer freundlich, nie aber allzu interessiert an Abenteuern mit Neunzigjährigen gewirkt hatte.

»Quatsch, der Vater natürlich«, sagte Lina.

»Jetzt hören Sie aber auf, Lina! Man wird doch wohl auch heute noch höflich zu seinen Kunden sein dürfen!«

»Und wie geht's dem Kind? War das nicht krank?«, fragte Sascha.

»Alles wieder gut«, sagte Frau Ella. »Und jetzt genug geplaudert, sonst kommen wir heute nicht mehr zum Essen. Ich hoffe, Sie haben Appetit auf einen Krustenbraten.«

»Klar, aber seit wann isst du Fleisch, Lina?«

»Na ja, als Mutter darf man doch nicht zu dünnblütig sein, oder?«

»Als Mutter?«

»Also theoretisch und langfristig, meine ich, als potentielle Mutter. Frau Ella sagt, dass man da nicht zu früh anfangen kann, auf sich aufzupassen.«

»Schließlich sollen Sie keine schwachen Kinder kriegen. Die haben doch nur Ärger im Leben.«

»Kinder kriegen?«, fragte Sascha und versuchte, sich

nicht anmerken zu lassen, dass sie ihn überrumpelt hatten. Gingen sie nicht ein bisschen zu schnell zu weit?

»Irgendwann halt«, sagte Lina. »Jetzt guck doch nicht so. Das ist ja wohl das Normalste, was es gibt. Frau Ella sagt, dass ich bloß aufpassen soll.«

»Sonst endet sie noch wie ich und muss im Alter bei wildfremden Männern unterkriechen.«

»Vielleicht trinken wir erst mal einen Schluck, wenn du noch darfst«, versuchte er, Land zu gewinnen.

»Sehr witzig«, sagte Lina. »Aber ich habe Frau Ella schon gesagt, dass du auch nichts mehr trinkst, wenn es so weit ist.«

»Ich hoffe, ihr habt auch schon einen Namen«, sagte er, während er drei Sektgläser mit Bier füllte.

»Carlos oder Carla«, sagte Lina ernst.

»Na, dann kann ja nichts mehr schiefgehen.«

So war das also, wenn man mal die Zügel aus der Hand gab.

Frau Ella stand mittlerweile an der Spüle, wusch und schnippelte Gemüse, massierte ein gigantisches Stück Fleisch selbstvergessen wie eine Künstlerin. Lina verabschiedete sich unter die Dusche, als wäre das vollkommen normal. Sie war unglaublich, als hätte sie einfach einen Schalter umgelegt und ihre Beziehung, ihre Liebe von einem Moment auf den anderen wieder zum Leuchten gebracht. Das Schlimme war, dass ihre Sachen noch im Bad standen, ihre Unterwäsche in seinem Schrank lag, als sei auch er immer davon ausgegangen, dass sie ohnehin zurückkehren würde, er, der doch längst mit ihr abgeschlossen hatte. Immerhin waren in den nächsten Minuten keine weiteren Zukunftspläne zu befürchten. Eigentlich war ja auch alles geklärt, abgesehen davon, dass er eines Tages sicher ein bisschen mehr verdienen musste. Aber darauf war er schließlich vorbereitet.

»Sagen Sie, Frau Ella«, setzte er an. »Hätten Sie Lust, zusammen mit mir so eine Art Pension aufzumachen?«

»Was sind denn das wieder für Ideen, mein Junge. Gestern wollten Sie noch Friseur werden.«

»Sie wollten, dass ich Friseur werde.«

»Haben Sie etwas gesagt?«

Das war wohl wieder eine dieser Bemerkungen, die im Nebel ihrer vermeintlichen Schwerhörigkeit verlorengingen.

»Würden Sie sich wenigstens meinen Plan anhören?«, schrie er.

»Mein Junge, ich bin doch nicht taub.«

»Also passen Sie auf. Sie fühlen sich doch ganz wohl hier, oder? Und ich fühl mich auch gut, seit Sie hier sind. Da habe ich mir gesagt, dass das doch bestimmt nicht nur uns so geht. Klaus und Ute zum Beispiel und auch Lina freuen sich total, dass Sie hier sind. Das liegt ja nicht daran, dass wir jede Menge Spaß haben, sondern dass das Leben plötzlich so eine Tiefe bekommen hat, die sonst fehlte. Und bestimmt würden sich auch andere Leute in Ihrem Alter darüber freuen, Zeit mit jungen Menschen zu verbringen, oder?«

Frau Ella schob das tiefe Blech mit dem Braten in den Ofen, hielt sich kurz den Rücken, als hätte sie sich weh getan.

»Sie meinen, dass wir uns nur verstehen, weil ich so alt bin?«

»Nicht nur natürlich, aber spannend ist es doch schon.«

»Sie finden mich spannend?«

»Interessant. Sie sind eine ganz neue Dimension.«

»Aha. Und was hat das mit einer Pension zu tun?«

»Ganz einfach. Wir eröffnen eine Pension für junge und alte Menschen.«

»Und wer würde da freiwillig hingehen? Es sind doch längst nicht alle jungen Menschen so höflich und ruhig wie Sie und Ihre Freunde. Nein, mein Junge, das gäbe doch nur jede Menge Ärger. Wissen Sie, das hat schon seinen Sinn, dass die Generationen nicht ständig miteinander zu schaffen haben. Natürlich sind das hier schöne Tage bei Ihnen, aber irgendwann geht doch auch Ihr Leben weiter, Sie gehen arbeiten, bekommen Kinder, und dann stehe ich Ihnen im Weg, solange ich noch stehen kann. Wenn Sie mein Sohn oder Enkel wären, wäre das etwas anderes, dann hätte ich ja auch eine Menge für Sie getan, aber einfach so, mit wildfremden Menschen, das wird nichts.«

»Aber ich meine doch kein Altersheim, sondern eine Art Urlaubsklub. Und das Ganze funktioniert doch nur, weil es Uneinigkeit gibt. Passen Sie auf. Wir sind doch sozusagen die letzten beiden Generationen, die richtig verschieden sind, also sich auch etwas zu bieten haben. Sie mit Ihrer Ausbildung als Haushälterin, dem amerikanischen Geliebten und so weiter und wir mit unserer wattierten Weltläufigkeit. Alle folgenden Generationen werden sich ob jung oder alt mehr oder weniger über die gleichen Dinge unterhalten. Ob zwanzig oder achtzig, das macht bald keinen Unterschied mehr. Da hört man die gleiche Musik, trägt die gleichen Klamotten, macht die gleichen Abenteuerreisen, bis die Alten dann irgendwann im Pflegeheim verschwinden. Was hat denn ein heute Sechzigjähriger zum Beispiel noch groß zu erzählen? Dass er in seiner Kindheit vor dem Essen noch beten musste, beim Tanzen vielleicht noch eine Frau aufgefordert hat. Was ihn wirklich interessiert, ist der Säuregehalt seines Weines, die Marke seiner Einbauküche oder der Klingelton seines Telefons.«

»Sie wollen mich ja ausstellen, wie ein Museumsstück. Wie einen Dinosaurier.«

»Nein, eben nicht, weil es ja auch Gäste in Ihrem Alter gibt, die dann zum Beispiel kochen wie früher.«

»Wir sollen also kochen?«

»Ja, die ganzen alten Rezepte. Jedes Mal, wenn ein alter Mensch stirbt, stirbt ein ganzes Kochbuch, sagt man irgendwo in Afrika. Wir könnten auch Kurse veranstalten.«

»Und was kriegen wir dafür von den Jungen?«

»Na ja, alles, was wir so zu bieten haben.«

»Also wissen Sie, mein Junge, ich bin ja sehr glücklich hier bei Ihnen, und Sie geben sich auch wirklich Mühe. Wenn ich mir Ihr Leben aber so angucke, wissen Sie, da möchte ich allzu lange nicht mitmachen müssen, dafür bin ich dann doch ein bisschen zu alt. Kommen Sie mich gerne immer besuchen, bringen Sie Ihre Freunde mit, fahren Sie gerne mit mir aufs Land, aber bald muss ich dann doch mal zurück in meine eigenen vier Wände.«

»Ihnen gefällt meine Idee gar nicht?«, fragte er, der kaum fassen konnte, dass sie nicht auch begeistert war. Sie überhörte seine Frage, war wieder in die Hocke gegangen, die rechte Hand am Rücken, und schaute in den Ofen. Vielleicht war sie einfach nur müde von dem Tag mit Lina. Er konnte ihr morgen alles genauer erklären.

»Jetzt gucken Sie schon wieder so traurig!«, hörte er Frau Ella sagen, die mit einem Netz Kartoffeln, zwei Messern und einer Schüssel an den Tisch kam. »Machen Sie sich mal nützlich, mein Junge. Das bringt Sie auf andere Gedanken. Sie immer mit Ihren großen Ideen!«

»Das duftet phantastisch!«, sagte er.

»Warten Sie mal ab. Das ist erst der Anfang. Darf ich Ihnen übrigens etwas sagen?«

»Klar.«

»Es geht mich ja nichts an, aber Sie müssen wissen, ich freue mich, dass Sie sich mit Ihrer Freundin wieder vertragen.«

»Mit meiner Verlobten.«

»Ein tolles Mädchen. Natürlich muss sie noch viel lernen, aber es ist ja auch unglaublich, was die jungen Frauen heute alles leisten müssen. Sie müssen ihr da unbedingt ein bisschen unter die Arme greifen.«

»Klar. Ein bisschen schnell ging das aber doch, finden Sie nicht?«

»Ach was. Die wichtigen Entscheidungen trifft man doch meistens ganz schnell, die guten wie die schlechten. Seien Sie doch froh, dass sie zurückgekommen ist. Jetzt haben Sie immer noch genug Zeit, sich aneinander zu gewöhnen. Noch sind Sie ja nicht verheiratet.«

»Vollkommen richtig«, sagte er und versuchte, sich nicht in die Finger zu schneiden.

»Rom wurde nicht an einem Tag gebaut, hat mein Mann immer gesagt, aber irgendwann hat jemand entschieden, dass damit angefangen wird.«

Die Kartoffeln waren längst gekocht und zu Püree zerstoßen, als der Duft des Bratens eine ganz neue, exotische Note entwickelte, die sich dennoch in ein harmonisches Ganzes fügte. Ein Hauch von Vanille, der viel mehr war als nur Vanille, ließ Sascha wohlige Schauder den Rücken hinunterlaufen. Frau Ella saß mit seiner Lupe über ein Kreuzworträtsel gebeugt. Es war schon bemerkenswert, wie viel Zeit sie mit seinem Altpapier verbringen konnte. Man sollte eben nichts wegwerfen, wie sie gesagt hatte. Der Braten war ein Wunderbraten, der sogar nach Vanille duftet, dachte er. Da fühlte er sie hinter sich, auch ohne dass sie ihn berührte. Da war Lina, da war ihr Duft, das Shampoo und das Parfum, da fühlte er plötzlich, wie glücklich er war, wie wenig er das fassen konnte, dass diese Monate der Leere jetzt vorbei sein sollten, dass sie wirklich hinter ihm stand, er ihren Bauch an seinem Hinterkopf spürte, ihre kühlen Hände sich auf sein heißes Gesicht legten.

»Aua!«, schrie er, als sie an seine Wunde stieß. »Verdammt! Scheiße! Pass doch auf!«

»O Gott, sorry! Sorry, sorry, sorry, sorry! Das Auge hab ich ganz vergessen!«

»Schon gut«, sagte er schnell, da er merkte, dass er sich vor allem erschreckt hatte, und griff nach ihrer Hand.

»Es wird wirklich Zeit, dass Ihr Auge wieder gesund wird«, sagte Frau Ella.

»Und Ihrs?«

»Ach, wer fasst mich denn schon noch an.«

»Vielleicht der Vater von dem Asiaten«, sagte Lina.

Das überhörte Frau Ella, die ihre Zeitung beiseitegelegt hatte und sich wieder am Ofen zu schaffen machte. Wirklich schön war der Anblick nicht, wie sie sich offenbar mit Mühen und Schmerzen bückte, aber er wusste, dass sie das so wollte, dass er heute nichts an seinem Ofen verloren hatte.

»Ich mache euch nachher noch mal einen neuen Verband«, sagte Lina.

»Ja, aber erst einmal wird gegessen«, sagte Frau Ella.

15

ANSCHEINEND HATTE ES DEN beiden geschmeckt. Nur das allerletzte Stück hatte der Junge nicht mehr gewollt, und auch das Mädchen hatte mehrmals nachgenommen. So anders waren sie gar nicht, wenn es um die wichtigen Dinge ging. Frau Ella war erleichtert, dass ihr Braten genau so gelungen war, wie sie es erhofft hatte, nach über zwanzig Jahren und in einem Ofen, den sie nicht kannte. Einem Gasofen! Endlich hatte sie auch ihnen etwas bieten können, nach all den Dingen, die sie mit ihr unternommen hatten. Doch jetzt war es höchste Zeit, dass der Alltag wieder das Kommando übernahm. Den ganzen Nachmittag war sie auf den Beinen gewesen, von einem Geschäft zum anderen gelaufen, hatte das Mädchen in diesem und jenem Kleid begutachtet, in Blusen und Hosen, die ihr doch alle viel zu klein waren, aber davon wollte Lina nichts hören. Der Rücken schmerzte. Irgendetwas war da passiert, als sie sich zum Ofen gebückt hatte. Ihre Waden waren taub vor Müdigkeit, das Auge juckte, sie war fast am Ende ihrer Kräfte und trotzdem froh, die beiden da sitzen zu sehen, glücklich und erschöpft vom Essen.

»Heute werden wir alle gut schlafen«, sagte sie. »Ich habe Ihnen auch das Bett neu bezogen. Ich nehme das Sofa.«

»Kommt gar nicht in Frage«, sagte Sascha.

»Ich werde Sie doch nicht aus Ihrem gemeinsamen Bett vertreiben«, sagte Frau Ella.

»Niemand vertreibt hier irgendjemanden.«

»Ich wohne ganz in der Nähe bei einer Freundin«, sagte Lina.

»Wir sind ja auch noch nicht verheiratet«, sagte er und zwinkerte ihr zu.

»Die Zeiten sind doch wohl vorbei, als das notwendig war«, sagte Frau Ella, froh darüber, dass sie jetzt besser verstand, wann er Spaß machte und wann nicht.

»Nein wirklich, Frau Ella, Sie schlafen auf jeden Fall wieder im Bett«, sagte er und begann, die Teller zusammenzustellen und abzuräumen. »Und bitte bleiben Sie sitzen! Ich weiß ja kaum noch, wie man abspült.«

»Ein Weltmeister war er Anfang der Woche aber auch nicht gerade«, sagte sie zu Lina.

»Wir schaffen das schon irgendwie. In so einem Haushalt kommen bestimmt auch zwei Einarmige ganz gut zurecht. Irgendwie ergänzen wir uns da ganz gut.«

Zwei Einarmige, dachte Frau Ella. Was für eine seltsame Idee. Wenn jeder alles können musste, dann konnte doch keiner mehr irgendetwas richtig. Nur, was hieß das schon, etwas richtig zu können? Es war ja nicht so, dass die jungen Menschen alles falsch machten. Sie führten die Dinge einfach nicht zu Ende. Und doch funktionierte auch hier alles, mehr oder weniger. Sie geriet schon wieder ins Grübeln, obwohl alles gut war, die beiden glücklich zusammengefunden hatten, der Braten gelungen war. Sie war einfach müde.

»Frau Ella?«, hörte sie die Stimme des Mädchens. »Wollen Sie einen Kaffee?«

»Nein, danke. Ich denke, ich muss langsam, aber sicher die Beine hochlegen.«

»Wollen Sie nicht noch ein bisschen von früher erzählen? Von diesem Soldaten?«

»Hey, Lina, lass mal«, sagte Sascha.

»Schon gut, mein Junge. Morgen. Morgen erzähl ich Ihnen, was Sie wollen. Jetzt gehe ich aber doch schlafen.«

Ihr Kopf und ihr Beine waren wie betäubt, dazwischen ein bei jedem Atemzug stechender Schmerz im Rücken. Der Schlaf hatte sie noch weiter erschöpft. Ja, sie hatte geträumt. Sie waren durch die Stadt gerannt, Lina und Sascha vorneweg, in immer neue Geschäfte, und sobald sie selbst es durch die Tür geschafft hatte, waren die beiden schon wieder verschwunden, und dieser Kellner mit seinem Sekt hielt ihr einen Spiegel vor, durch den sie gehen musste, um wieder auf die Straße zu gelangen und die beiden weiter zu verfolgen. Nein, nicht verfolgen, es war eher ein Gefühl von Zurückgelassenwerden, wieder eine Kindheitserinnerung. Natürlich hatte auch sie das oft gehört, dass das Ende des Lebens irgendwie wieder zum Anfang führte, die Beerdigungen auf dem Dorf, all die Großtanten und Großonkel, die von Staub zu Staub gingen, glaubte man den Worten des Pfarrers, aber es war doch rätselhaft, dass all diese Erinnerungen jahrzehntelang in ihr geschlummert haben sollten. Hatte sie das überhaupt geträumt, sie, die sich kaum daran erinnern konnte, überhaupt einmal geträumt zu haben? Ihr Mund war trocken, sie schwitzte, noch nie hatte sie sich in ihrem Körper so unwohl gefühlt, so fremd, wie zu Besuch, in einem Gefängnis. Sie wusste, sie musste aufstehen, alles würde noch schlimmer, wenn sie liegen bliebe. Ein Glas Wasser in der Küche. Ein paar Schritte. Dann wäre alles wieder vorbei.

Fast hätte sie geschrien, als sie sich auf die Seite drehte, den Jungen gerufen, damit er ihr helfen kam. Aber so weit durfte es nicht kommen. Sie musste nach Hause. Dort würde alles wieder gut. Morgen. Sie presste die Lippen aufeinander und stand auf. Langsam schlich sie durch das dunkle Zimmer in Richtung der Tür, machte kein Licht, um ihn nicht zu wecken. Jeder Schritt fuhr ihr durch den ganzen Körper. Endlich war sie an der Tür, stützte sich auf die Klinke, um Luft zu holen, als sie ihn im Schlaf stöhnen hörte. Ihr Herz schlug schneller, als sei das immer noch ein Traum. Doch sie wusste, sie war wach, sie war in der Wohnung des jungen Mannes, der sie aus dem Krankenhaus gerettet hatte. Sascha. Vielleicht war doch etwas mit dem Braten nicht in Ordnung gewesen, und auch er träumte schlecht. Sollte sie ihn wecken, auch ihm ein Glas Wasser bringen? Dann würde alles wieder gut.

Sie öffnete die Tür, langsam, versuchte im Dunkel der Stube den Weg zu erkennen, wollte an der Wand entlang gehen, um sich an den Regalen abzustützen. Da merkte sie, dass er gar nicht schlief oder ganz schrecklich träumte, so wild warf er sich von einer Seite auf die andere. Dann begriff sie, dass da zwei Menschen lagen. Es war gar nicht sein Kopf, der sich wild auf dem Kissen hin und her warf. Der Junge und das Mädchen, das konnte nicht sein. Das Mädchen wollte doch bei ihrer Freundin übernachten! Ja, sie hatte ihnen das Bett angeboten, aber das durfte doch nicht sein, nicht jetzt und hier. Erschrocken stolperte sie zurück, schloss die Tür, hastete mit großen Schritten und umso schlimmeren Schmerzen zurück zum Bett und zog sich die Decke über den Kopf. Aber jetzt hörte sie alles, und je lauter das Mädchen im Nebenzimmer stöhnte, desto klarer sah Frau Ella, dass sie hier nichts zu suchen hatte. Alles war ein Missverständnis, die ganzen letzten Tage, die seltsamen Kleider, die sie getragen hatte, der ganze Alkohol, die Zigaretten. Für wen hielt sie sich denn? Das war nicht ihre Welt. Sie hatten nur Theater gespielt, sich amüsiert, ihr einen Gefallen tun wollen. Wie deutlich das alles war! Sie fühlte Erleichterung, als habe sich etwas gelöst, sogar ihr

Rücken schmerzte plötzlich nicht mehr so stark. Nein, sie war nicht traurig, sie war dankbar für die Tage, aber es war trotzdem falsch gewesen, Jung und Alt in einen Topf zu werfen, als gebe es keine Unterschiede. Sie hätte es besser wissen, alles früher zu einem schönen Ende bringen müssen. Was in der Stube passierte, das ging sie nichts an. Sicherlich hatte alles seine Richtigkeit, nur sie hatte hier nichts verloren. Die beiden hatten sich wiedergefunden, sie gehörten zusammen und würden ihren Weg gehen, auch ohne die Ratschläge einer alten Frau. Und doch spürte sie bei jedem Stöhnen, das zu ihr unter die Bettdecke drang, ein schmerzhaftes Gefühl in sich, das sie fast aufschluchzen ließ. Das Gefühl, etwas verloren zu haben. Für immer. Zum ersten Mal meinte sie zu verstehen, was es bedeutete, selbst einmal sterben zu müssen.

Als die beiden endlich zur Ruhe kamen, wartete Frau Ella noch eine Weile, dann stand sie auf, öffnete vorsichtig die Tür, schlich vorbei an den engumschlungenen Liebenden durch die Stube und in die Diele und schloss die Tür hinter sich. Das war der Lauf der Dinge, dachte sie. Wie dumm sie gewesen war. Vorsichtig legte sie den Riegel der Wohnungstür um, öffnete diese gerade so weit, dass sie hindurchpasste, und zog sie hinter sich leise ins Schloss. Auch wenn die Schmerzen nachgelassen hatten, fiel es ihr nicht leicht, die Treppen hinunterzusteigen, doch sie wusste, dass das der Weg war, den sie gehen musste.

Auf der Straße war sie überrascht, wie kühl es nachts noch wurde. Sie musste sich bewegen, dann würde sie schon bis zum Morgen durchhalten. Dann konnte sie endlich zurück ins Krankenhaus. Gegenüber im Laden von Herrn Li brannte noch Licht. Oder war es schon so spät, dass er bereits die Waren für den Vormittag sortierte? Mitten in der Nacht? Erst jetzt sah sie auch die Leuchtschrift über dem Geschäft. Dort hatte sie sich wohl gefühlt, ausgerechnet bei den Ausländern, deren Leben sie seltsamerweise viel besser verstehen konnte. Die harte Arbeit, die Sorge um die Kinder, die Höflichkeit. Sie rieb sich die kalten Hände und wandte sich ab. Sie musste sich bewegen. Irgendwie würde sie zum Krankenhaus finden. Sonst konnte sie immer noch jemanden fragen. Am Morgen. Wenn es hell würde. Sie brauchte nur endlich ihre eigenen Sachen. Dann konnte sie zurück in ihre Wohnung. In ihr Leben.

Wie dumm sie gewesen war! Keinem anderen konnte sie die Schuld geben, nicht dem Blumenhändler, nicht dem Herrn Doktor, nicht dem Krankenhaus und schon gar nicht den jungen Menschen. Nur sie selbst war zu schwach gewesen, um sich durchzusetzen, einfach so weiterzuleben, wie sie es die letzten Jahre getan hatte. Plötzlich spürte sie, wie eine panische Angst Besitz von ihr ergriff. Und wenn sie nie wieder zurückkehren würde in ihr eigenes Leben? Wenn sie ihr kleines Glück ohne Not zerstört hätte und jetzt alles so unschön zu Ende ginge? Weil sie mehr gewollt hatte, als ihr zustand.

Nein, alles gute Essen, alle schönen Kleider, alle netten Gespräche waren es nicht wert, nachts alleine durch die Stadt laufen zu müssen, ohne zu wissen, wann endlich die Sonne aufgehen würde.

Sie schleppte sich immer weiter, Füße und Waden taub vor Kälte, im Rücken wieder der stechende Schmerz. Wenn sie jetzt hinfiel, würde sie einfach liegen bleiben. Die Stadt war vollkommen leer. Niemand wäre da, um ihr aufzuhelfen. Sie würde einfach einschlafen und nicht mehr aufwachen. Noch nie hatte sie die Welt zu dieser Stunde gesehen. Sie hatte gehofft, dass der Tod anders kommen würde. Nicht so unerwartet. Nicht in der Fremde. Doch sie musste sich zusammenreißen, nicht schon wieder an den Tod denken, nur weil sie eine dumme Entscheidung getroffen hatte. Sie würde doch wohl eine Nacht im Freien überleben, auch wenn es jetzt noch kühler wurde, frischer, und plötzlich duftete es, als sei sie auf dem Land, im Wald am Ende der großen Weide hinter dem Hof ihrer Eltern. Sie sah sich um und erkannte im Licht der Straßenlaternen, dass sie an den Rand eines Parks gelangt war. Sie sollte zurück zwischen die Häuser, wo es wärmer war, doch die Geräusche und der Duft der Natur lockten sie. Was hatte sie schon zu verlieren? Vielleicht hatte ja doch alles seine Ordnung, und sie sollte glücklich sein, noch einmal so viel erlebt zu haben und jetzt durch einen Wald gehen zu dürfen, anstatt in einem Krankenhauszimmer wie ein Kind behandelt zu werden. Schließlich kam sie aus der Natur, war nur durch Zufall in die Stadt geraten. Das alles passte doch eigentlich. Ihre Blumen, der Besuch auf dem Hof und jetzt der Gang in den Wald. Immer hatte sie sich vorgenommen, im Alter zufrieden zu sein mit dem, was sie hatte, nicht immer mehr zu wollen, und jetzt, kaum war es so weit, fing sie doch an, sich zu beschweren. Nein, sie war glücklich mit ihrem Leben. Sie hatte genug. Das war vielleicht sogar der Höhepunkt. Als wüsste der Wald, was in ihr vorging, hörte sie einen Uhu rufen, und sie wollte unbedingt das Laub unter ihren nackten Füßen spüren. Die nächste Bank, auf der nächsten Bank würde sie kurz ausruhen und die Strümpfe ausziehen. Vielleicht für ihre letzten Schritte. Sie war so glücklich darüber, dass jetzt alles gut war.

16

ER KNIETE NEBEN DEM SOFA und bewunderte ihre Brüste. Wie gut, dass er nachgegeben hatte, dass sie nicht lockergelassen hatte, sie, die wusste, was gut war, die das Leben so sah, wie es sein sollte. Kurz wurde ihm schlecht bei dem Gedanken daran, dass er das alles fast noch verhindert hatte. Was waren schon ein oder zwei weitere Nächte alleine nach all diesen Monaten, hatte er gesagt. Es war ihm einfach falsch erschienen, jetzt, da Frau Ella noch bei ihm wohnte. So kompliziert sah er alles. Er sei ja viel spießiger als Frau Ella, hatte Lina ihn ausgelacht. Die habe doch selbst gesagt, dass sie sogar das Bett haben könnten. Ja, das hatte sie gesagt, und er hatte sich nach und nach gerne davon überzeugen lassen, dass es das Normalste der Welt wäre, sich zusammen auf das Sofa zu legen. Nur mehr wollte er auf keinen Fall, bis Lina ihn auch hiervon überzeugt hatte. Und alles war gutgegangen. Wenn Frau Ella etwas gemerkt hatte, war sie wohl doch nicht gestört worden, so müde, wie sie gewesen war.

Im Hof schien die Sonne, die Vögel trällerten ihr Frühlingslied, Linas Brüste waren noch immer eine Offenbarung. Das war sein wahrer Glaube, den er zu leugnen versucht hatte, das Leben, das direkt zu ihm sprach, die reinste Form des Glückes, die er je erblickt hatte. Ja, es hatte auch Ärger gegeben, doch war der Zweifel nicht Teil eines jeden Glaubens? Eine Frau, die ganz und gar so perfekt wie diese Brüste wäre, war einfach nicht vorstellbar, sie wäre kein Mensch mehr. Vielmehr war es doch gerade der nicht ganz so perfekte Rahmen, der das Heilige noch besser zur Geltung brachte. Und selbst der Rahmen war mehr, als er je hatte erhoffen dürfen. Dass eine so lebendige, lustige Frau sich für ihn begeisterte, mit ihm zusammenleben wollte, erschien ihm plötzlich ein unfassbares Glück, für das er dankbar sein musste. Frau Ella hatte es geschafft, ihn davon zu überzeugen, dass er an die Liebe glauben musste. Sie hatte erkannt, dass Lina und er zusammengehörten. Ohne sie hätte er sich nie wieder auf Lina eingelassen. Die Schlafzimmertür war noch geschlossen. Da lag Frau Ella jetzt und schnarchte vor sich hin, erholte sich von der ganzen Aufregung der letzten Tage. Er konnte also in aller Ruhe Frühstück machen. Das hatte sie verdient. Er beugte sich vor und küsste Lina, vorsichtig. Sie seufzte zufrieden. Dann riss er sich los. Er durfte keine Zeit verlieren.

In der Diele zögerte er kurz, da er sah, dass der Riegel nicht vorgelegt war, sondern von der Wohnungstür aus in den Raum hineinragte. Er erinnerte sich noch ganz genau daran, wie er die Tür verriegelt hatte, während Lina im Bad war. Er hatte sich amüsiert über dieses Gefühl, als Hausherr für die Sicherheit seiner Damen zu sorgen, dieser unsinnige Stolz darauf, dass sie beide bei ihm waren. Aber wer konnte schon wissen, was man tat und was man nur tun wollte, wenn man mit einigem Alkohol im Kopf drauf und dran war, sich neben die Frau seiner Träume aufs Sofa zu legen? Außerdem war ja auch niemand eingebrochen, um sein Glück zu zerstören.

Erst in der Küche erinnerte er sich daran, dass sie noch abgespült hatten, nachdem Frau Ella ins Bett gegangen war. Linas Idee war das gewesen. Natürlich hatte sie sich so in sein Herz spülen wollen, ihn langsam darauf vorbereitet, dass sie die Nacht eben doch bei ihm verbringen würde. Aber war daran etwas verwerflich? Jedenfalls freute er sich, dass alles sauber war. Er musste nur noch die Brötchen in den Ofen schieben, Wasser für die Eier aufsetzen und Kaffee machen. Dann deckte er Teller, Tassen, Eierbecher für die Damen und für sich selbst behelfsweise ein Schnapsglas. Irgendwo, erinnerte er sich, hatte er sogar Papierservietten, die Lina in einem Anfall von Weihnachtswahn gekauft hatte. Er fand die tannengrünen Quadrate mit goldenem Aufdruck, faltete sie und platzierte sie neben den Tellern. Dann hörte er auch schon den Kaffee blubbern und beschloss, sich eine Tasse zu gönnen, bevor er die beiden wecken ging. Schließlich bestand keine Eile, jetzt, da alles gut war.

Er steckte sich eine von Linas Zigaretten an, hustete,

fragte sich, ob Glück oder Schmerz die Tränen in sein Auge schießen ließ, dieses eine Auge, das er zurzeit nur hatte. Niemals hätte er gedacht, dass aus diesem lächerlichen Unfall so viel Gutes entstehen würde. Er hatte ein Auge für zwei Frauen gegeben, und noch bestand die Möglichkeit, dass er das Auge zurückbekam und die Frauen behalten durfte. Was hatte er sich nur für Gedanken darüber gemacht, dass Frau Ella und Lina nicht beide bei ihm bleiben könnten? So entspannt Frau Ella das alles sah, die doch außerdem immer noch zu Gast bei ihm war. Was sollte sie da für Probleme haben? Lina hatte vollkommen recht. Er unterschätzte Frau Ella. Mit seinem ganzen falsch verstandenen Respekt von gestern degradierte er sie letztlich zum unmündigen Kind. Sie würde sich schon beschweren. Er musste nur selbstbewusster werden und das machen, was er für richtig hielt. Wer, wenn nicht er, sollte schließlich wissen, wo es langging? Eine Studentin? Eine alte Dame? Oder ein echter Kerl im Vollbesitz seiner Kräfte?

»Hey Saatschi«, hörte er Lina in seinem Rücken sagen und drehte sich zu ihr um. Sie trug eines seiner weißen Hemden, kaum zugeknöpft.

»Hey Baby!«

»Sag mal, wo ist denn eigentlich die Frau Ella?«

»Die schläft noch den Schlaf der Gerechten. Komm, es gibt schon Kaffee.«

»Die ist nicht im Schlafzimmer. Ich wollte ihr gerade guten Morgen sagen. Im Bad ist sie auch nicht.«

»Ja, aber wo soll sie denn sonst sein?«, rief er und erinnerte sich an den Türriegel.

»Darum frag ich ja, Mann!«

»Wahrscheinlich holt sie Brötchen beim Asiaten. Das hat sie schon mal gemacht.«

Er schenkte Lina einen Kaffee ein und ging ins Schlafzimmer, um sich selbst davon zu überzeugen, dass da keine Frau Ella war. Aber alles war noch viel schlimmer. Da lagen nicht nur seine Joggingklamotten, sondern auch die ganze Edelausstattung, die Klaus ihr gekauft hatte. Zwei ordentlich gefaltete kleine Stapel auf dem Bett, die seine Hoffnungen unter sich begruben. Sein ganzes Selbstbewusstsein zerquetschten. Frau Ella war mit Sicherheit nicht im Nachthemd Brötchen kaufen, zumal er sie dann bemerkt hätte. Nein, Frau Ella hatte sie in der Nacht gehört und war in Panik geflohen. Er hatte doch Recht gehabt, dass man so etwas keiner Neunzigjährigen antun durfte, ein paar Meter von ihrem Bett alle Hemmungen fallen zu lassen. Nein, das war nicht spießig, das war eben doch eine Frage des Respekts. Er hatte es gewusst. Er kannte Frau Ella. Doch Lina sah alles natürlich viel klarer. Bei ihr war alles immer gut, bis dann plötzlich nichts mehr ging. So wie jetzt. Alles, was eben noch in perfekter Ordnung gewesen war, war jetzt kaputt! Wie dumm er war, wie er seinen Kaffee genossen hatte, als sei alles gut, während Frau Ella irgendwo da draußen im Nachthemd durch die Stadt irrte. Verdammt, er war verantwortlich für sie, er hatte sie aus dem Krankenhaus entführt und dann nichts Besseres zu tun gehabt, als sie aus seiner Wohnung wegzubumsen. Er zog seine Jeans über die Pyjamahose, schlüpfte mit Gewalt in seine Sportschuhe, schlug mit der Faust immer wieder gegen die Wand. Dann stürmte er in die Küche.

»Sie ist weg!«

»Sag ich doch.«

»Scheiße, Lina, ich hätte mit neunzig auch keine Lust mehr auf vögelnde Menschen in meiner Wohnung!«

»Was soll denn das jetzt, Saatschi? Spinnst du? Das ist doch wohl immer noch unsere Wohnung. Außerdem kann Frau Ella doch wohl mal kurz vor die Tür, oder ist sie hier eingesperrt?«

»Scheiße, Lina, Scheiße. Du verstehst überhaupt nichts, weil du nichts sehen kannst außer dich selbst. Sie ist weg, verdammt! Und ich Trottel habe auf dich gehört!«

»Sag mal, geht's noch? Darf ich mal hören, was hier gerade abgeht?«

»Was hier abgeht, willst du wissen? Gar nichts geht mir mehr ab, Scheiße! Weil du mit deinen Titten hier einfach reinschneist und alles kaputthaust! Lina fährt mal kurz nach Spanien. Lina kommt zurück. Lina will ficken. Lina will heiraten. Lina will Kinder. Lina will, will, ja keine Ahnung, Scheiße! Aber du siehst gar nicht, was hier entstanden ist, dass es eine Welt gibt, die sich nicht nur um dich dreht, dass ich mit Frau Ella hier was ganz Besonderes hingekriegt habe, etwas Größeres als all diese Seifenoper-Kacke. Eine Vision von echter Menschlichkeit! Aber ich bin ja selbst schuld. Du kannst einfach nicht anders, das hätte ich wissen müssen.«

»Sag mal, bist du verknallt in die Alte, oder was?«

»Ja, genau, verknallt! So siehst du die ganze Welt, wie so ein Pausengespräch unter pickligen Mädchen. Er ist verknallt, die haben geknallt, sie ist verknallt, aber eigentlich auch nicht, weil er und sie nicht so richtig zusammenpassen, aber eigentlich doch und Scheiße. Jedes Gefühl, jedes Erlebnis muss in ein zwei blöde Worte passen, damit auch die dümmste Tussi noch jederzeit ins Gespräch einsteigen kann. Das ist doch kein verdammter Fernsehfilm hier, Lina, das ist ernst, das ist kompliziert, das ist das Leben!«

»Das Leben, das sagt der Richtige! Wer war denn bitte in Spanien und hat gelebt, während du hier vor dich hin vermodertest. Du hast dich ja kein bisschen verändert. Nichts selbst machen, aber alle anderen verurteilen. Und ich dachte echt, du hättest das endlich kapiert. Ich wollte gestern einfach gerne bei dir bleiben. Und dann fällst du über mich her wie ein Tier, und am Ende bin ich schuld. Und dann dreht sich die ganze Welt nur um mich! O Mann, Sascha, du kapierst echt gar nichts. Du bist derjenige, der hier nur sich selber sieht. Du mit deinen Komplexen, deinem Frust, deiner Unfähigkeit, mal selber was in die Hand zu nehmen. Mir ist das echt zu blöd!«

Sie stürmte aus der Küche. Er fischte mit zitternden

Fingern die letzte Zigarette aus der Packung. Dann roch er die verbrannten Brötchen, trat gegen das Tischbein, das zur Seite wegknickte. Das Geschirr rutschte die Tischplatte hinunter und knallte zu Boden. Auf dem Herd kochte das Wasser für die Eier. Dann hörte er, wie die Wohnungstür zuschlug. So schnell hatte sie sich also angezogen. Die Zeit, in der er sein ganzes Leben an die Wand gefahren hatte, hätte noch nicht einmal gereicht, um ein paar Frühstückseier zu kochen. Und andere Menschen verbrachten Jahrzehnte in ihrer Wohnung, ohne dass irgendetwas passierte. Vielleicht hatten sie recht. Er hätte heulen können, aber jetzt ging es nicht um ihn. Er musste Frau Ella finden. Klaus musste ihm helfen.

»Was hast du gesagt?«, fragte Klaus, sah ihn ungläubig an und vergaß sogar, die Straße im Blick zu behalten.
»Fahr uns nicht an den Baum«, sagte Sascha. »Ich meinte, dass sie mit Ihren Titten alles kaputtgeschlagen hat.«
»Mann, das ist nicht wirklich elegant.«
»Verdammt, aber es ist doch wahr! Alles lief bestens mit Frau Ella, bis Lina kommt und mich an den Eiern kriegt.«
»So ist das mit Männern. Sie stolpern über ihren Stolz oder über ihre Eier. Oder über beides.«
»Ja, aber darum geht es jetzt doch gar nicht. Wenn das die große Liebe ist, klappt das schon irgendwie mit

Lina, aber Frau Ella läuft seit heute Nacht im Nachthemd durch die Stadt. Das ist doch nicht normal!«

»Deswegen suchen wir sie ja.«

»Mann, wir müssen die Bullen einschalten, Klaus! Nachher ist Frau Ella erfroren oder was weiß ich! Das ist echt gefährlich.«

»Und dann erklärst du denen, dass du sie aus dem Krankenhaus entführt und dann aus deiner Wohnung vertrieben hast. Das ist erst recht gefährlich, und zwar für dich.«

»Was soll denn das jetzt heißen?«

»Guck mal, Frau Ella ist fast neunzig Jahre alt, sie hatte ein langes Leben, und wir haben ihr ein paar verdammt gute Tage gemacht, klar?«

»Ja und?«

»Na, und du bist dreißig, hattest bist jetzt ein eher bescheidenes Leben und hast 'ne ganze Menge getan für Frau Ella. Das heißt, es ist vollkommen unverhältnismäßig, wenn du jetzt Ärger mit den Bullen kriegst, 'ne Vorstrafe oder was weiß ich. So alte Leute sind ja zum Teil richtig heilig heute. So wie die Kühe in Indien, also zumindest dann, wenn man so richtig Unsinn mit ihnen anstellt. Dass man sie in Wirklichkeit hinter verschlossenen Türen vergammeln lässt, tut da gar nichts zur Sache. Da geht's um die Außenwirkung. Jedenfalls kannst du die nicht einfach so entführen und dann suchen lassen.«

»Ja, aber ich hab doch die Verantwortung!«

»Gar nichts hast du. Die Frau ist seit Jahrzehnten erwachsen.«

»Du siehst das ja ganz schön trocken«, sagte Sascha, der sich etwas beruhigte, so sicher schien sich Klaus seiner Sache zu sein, Klaus, der, kaum dass Sascha ihn angerufen hatte, auch schon vor der Tür stand, um ihm zu helfen. Vielleicht hatte er ja doch ein bisschen überreagiert mit seiner Panik.

»Das ist sozusagen meine Vernunft«, sagte Klaus kühl. »So denke ich. Andererseits, also quasi emotional, hasse ich dich von ganzem Herzen für diesen Scheiß, den du mit Frau Ella veranstaltet hast. Und denk nicht, dass wir uns noch kennen, wenn wir sie nicht komplett intakt wiederfinden! Du bist echt nicht immer der netteste aller Freunde, aber verdammt, Sascha, das war die geilste Frau, die mir je begegnet ist, und du hast nichts Besseres zu tun, als ihr eine private Pornovorstellung mit deiner Tussi zu geben. Ich meine, denkst du manchmal eigentlich auch nach? Oder faselst du immer nur diesen Stuss von wegen Verantwortung und drehst dich eigentlich doch nur um dich selbst?«

»Mann, Klaus, ich will sie doch auch wiederfinden! Sollten wir nicht anonym in den Krankenhäusern anrufen?«

»Später. Erst mal müssen wir hoffen, dass sie in den paar Stunden noch nicht allzu weit gekommen ist. Wie ich dich einschätze, habt ihr ja sicher bis zum Morgengrauen Spaß gehabt.«

»Mann, Klaus, es reicht. Es tut mir ja auch leid!«

»Davon kommt sie auch nicht wieder. Ich hätte dich einfach nie mit ihr allein lassen dürfen.«

Da musste er jetzt durch, denn er wusste, dass Klaus recht hatte, auch wenn er ihm nicht ganz folgen konnte, mit seiner Vernunft und seinen Emotionen.

Der Versuch, die Verantwortung für die ganze Katastrophe bei Lina abzuladen, war noch am Küchentisch gescheitert. Er konnte zwar nicht darüber nachdenken, ob er Lina Unrecht getan hatte oder nicht, sah aber doch ein, dass für Frau Ellas Flucht nur er selbst verantwortlich war. Einer Frau für ein oder zwei Tage Asyl zu gewähren war die eine Sache, bei der man sich sogar verbitten konnte, dass sie sich allzu blöd benahm. Aber eine ältere Dame dazu aufzufordern, länger zu Besuch zu bleiben, mit ihr in die Vergangenheit zu reisen, mit ihr auf die Liebe anzustoßen und so weiter und was sie nicht sonst noch alles getan hatten, das war etwas völlig anderes. Das konnte man nicht einfach wieder abstellen. Das war plötzlich überhaupt nicht mehr beliebig. Darüber hätte er sich eigentlich gerne gefreut, nur hatte er jetzt alles verbockt.

»Sag mal, kannst du dir vorstellen, dass sie im Stadtpark ist?«, fragte Klaus.

»Im Nachthemd?«

»Meinst du, das ist bescheuerter im Stadtpark als in der Fußgängerzone?«

»Nee, Quatsch, schon gut. Vielleicht.«

»Was denkst du denn, wo sie wohl hinwollte?«

»Keine Ahnung. Einfach raus wahrscheinlich. Vielleicht wollte sie ja nur kurz vor die Tür, bis das vorbei war.«

»Mitten in der Nacht.«

»Na ja, vielleicht war das so 'ne Art Überreaktion. Ich meine, letztlich ist sie ja auch eine Frau, oder?«

»Du meinst also, sie hatte nur so einen Emotionalen und einfach Lust auf eine Nachtwanderung.«

»Und dann hat sie sich verlaufen.«

»Sag mal, Alter, hat dir die Tussi das Gehirn weggeblasen, oder was? Da läuft gerade eine total hilfsbedürftige, wahrscheinlich sogar geistig vollkommen verwirrte Frau durch die Stadt, die zumindest ich verdammt gerne mag, und du erzählst mir, die macht 'ne Nachwanderung! Kapierst du mal endlich, dass das hier kein Spiel ist?«

»Ich hab gesagt, dass das sein könnte! Aber dann fahr halt zum Stadtpark. Vielleicht haben wir ja Glück.«

17

SIE HÖRTE DEN HAHN KRÄHEN wie einen alten Bekannten in einer neuen Welt. Einen uralten Bekannten. Bismarck, der stolze Hahn ihrer Eltern, an dem auf ihrem Hof kein Weg vorbeiführte. Ihr bester Freund für viele Jahre. Ihr Beschützer, der sie in seinem Revier nicht nur geduldet, sondern sie bevorzugt behandelt hatte. In seiner Obhut verbrachte sie als kleines Kind ganze Tage. So sicher hatte sie sich nie wieder gefühlt. Bismarck. Wie hatte sie den vergessen können? Und jetzt hörte sie ihn, roch den Duft des Bauernhofes. Nur fühlte sie nichts. Sie hörte, sie roch, sie meinte zu atmen, aber da war kein Schmerz mehr. Nichts. Frau Ella erinnerte sich daran, dass sie zuletzt gewusst hatte, alles würde gut, alles hatte seine Richtigkeit, sogar ihr nächtlicher Gang in den Wald. In Gedanken lächelte sie, als sie an Sascha dachte, und an seine Lina. Wie unsinnig, dass sie so plötzlich aufgebrochen war. Doch auch das hatte sicherlich seinen Sinn. Hauptsache, sie machten sich keine Sorgen. Gerne hätte sie ihnen gesagt, dass es ihr gutging, hier, in dieser neuen Welt, in der man roch und hörte, ohne dass der lästige Körper störte.

»Bist du ein Gespenst?«, hörte sie ganz in ihrer Nähe ein Kind fragen.

»Wie bitte?«, krächzte sie und erkannte kaum ihre eigene Stimme. Sie war also doch noch da. Dann würden auch die Schmerzen nicht lange auf sich warten lassen. Dann musste sie jetzt ihr Auge öffnen.

Frau Ella sah das Gesicht eines kleinen Mädchens direkt vor sich. Sie selbst musste also sitzen, und tatsächlich erkannte sie schnell die Bank, auf der sie sich kurz hatte ausruhen wollen. Von wegen neue Welt! Sie war wohl einfach eingeschlafen, und ihr Körper war noch immer nicht wieder aufgewacht. Vielleicht wegen der Kälte.

»Ich glaube, du bist ein Gespenst«, sagte das Mädchen. »Ein Oma-Gespenst.«

»Quatsch. Ich bin die Frau Ella. Aber wo bin ich denn hier gelandet?«

Sie sah sich um, dachte doch wieder, ganz woanders zu sein oder zu träumen, da sie gleich hinter dem Mädchen einen Misthaufen sah, auf dessen Spitze ein weiß gefiedert in der Morgensonne strahlender Hahn thronte.

»Kommst du etwa aus dem Himmel?«

»Unsinn. Ich glaube, ich habe mich verlaufen. Wohnst du auf dem Bauernhof hier?«

»Nee«, sagte das Mädchen. »Das ist doch der Kinderbauernhof.«

»Aha«, sagte Frau Ella. Auch die Wirklichkeit war

komplizierter, als sie gedacht hatte, doch ein erstes brennendes Stechen im Kreuz zeigte ihr, dass einiges beim Alten geblieben war.

»Und der Hahn da, ist das Bismarck?«

»Nee, das ist doch Napoleong!«

»Aha. Natürlich. Warum sollte das auch Bismarck sein.«

Das Mädchen sah sie noch immer skeptisch an, und langsam wurde Frau Ella klar, dass sie, einäugig, mit zerzaustem Haar und im Nachthemd, wirklich eine seltsame Gestalt abgeben musste, zumal für so ein kleines Mädchen. Nur, was sollte sie tun?

»Du?«, fragte das Mädchen.

»Ja.«

»Warum sagst du denn immer Aha?«

»Weil ich mich doch immer wieder wundern muss.«

»Aha«, versuchte das Mädchen, sie nachzumachen.

»Genau.«

»Das ist lustig. Soll ich dir die Frauen vom Napoleong zeigen?«

»Gerne. Aber vielleicht musst du mir ein bisschen beim Aufstehen helfen.«

»Klar«, sagte das Mädchen und streckte ihr die Hand entgegen. »Du bist ganz schön alt, oder?«

»Immerhin aber noch kein Gespenst«, lachte Frau Ella.

»Ich mag Gespenster«, sagte das Mädchen. »Aber du bist auch nett.«

»Das freut mich. Dann also auf zu den Hühnern!«

Das Mädchen nahm Frau Ella bei der Hand und führte sie in Richtung des Bauernhofes. Sie waren tatsächlich nicht auf dem Land. Durch die Bäume hindurch sah Frau Ella eine Straße, Häuser, parkende Autos. Es gab hier also wirklich einen Bauernhof mitten in der Stadt. Sie versuchte, sich zu erinnern, wie weit sie sich von Saschas Haus entfernt hatte, doch war das letztlich ohne Bedeutung. Sie würde sowieso nie mehr dorthin zurückkehren.

»Du, Frau Ella?«, fragte das Mädchen. »Musst du vielleicht bald sterben?«

»Vorhin dachte ich, ich hätte es schon geschafft.«

»Was?«

»Na, das mit dem Sterben.«

»Vielleicht hast du ja richtig gedacht. Dann bist du doch ein Gespenst. Auf jeden Fall siehst du so aus.«

»Allerbesten Dank!«, lachte Frau Ella. »Haben Gespenster denn Rückenschmerzen?«

Das Mädchen blieb stehen und sah nachdenklich zu ihr hoch.

»Immer haben alle Rückenschmerzen. Kostas hat auch immer Rückenschmerzen.«

»Kostas?«, fragte Frau Ella.

»Das ist der Bauer. Aha!«

Der Bauernhof hatte weitaus mehr zu bieten als diesen wunderschönen Hahn und seine Hennen. Schweine suhlten sich glücklich in ihrem Schlammloch, im Halbdunkel eines Stalls sah Frau Ella zwei Stück Vieh, verborgen von Sträuchern meckerte eine Ziege, und, sie traute ihrem Auge kaum, gleich neben dem Misthaufen stand sogar ein alter Esel.

»Wen bringst du denn da mit, Bobulina?«, hörte sie eine Männerstimme mit starkem ausländischem Akzent, sah sich um und erblickte einen fast genauso breiten wie hohen Mann mit einem gigantischen Schnauzbart und schwarzen Locken, die fettig in der Morgensonne glänzten.

»Das ist Frau Ella, oder vielleicht ein Gespenst.«

»Guten Tag«, sagte Frau Ella.

»Hallo, Madame«, lachte der Bauer. »Ich bin Kostas. Bobulina sieht gerade überall Gespenster. Das ist nicht persönlich gemeint. Kommen Sie herein. Ihnen muss doch schrecklich kalt sein, meine Dame. Morgens ist es noch sehr frisch.«

In der Hütte, in die er sie führte, brannte ein kleines Feuer. Er setzte sie auf einen alten Schaukelstuhl, legte ihr eine staubige Decke um die Schultern und lächelte sie an.

»Das ist aber ein Glück, dass Bobulina Sie gefunden hat! Mögen Sie vielleicht einen Kaffee, meine Dame?«

»Gerne«, stotterte sie und merkte erst jetzt, wie durchfroren sie war. Was hatte sie da nur angestellt? Eine ganze Nacht auf einer Parkbank zu verbringen. Und das in ihrem Alter! Es war ein Wunder, dass sie überhaupt noch lebte, und darüber freute sie sich jetzt doch. Denn eins hatte dieses Leben für sich. Selbst an den seltsamsten Orten bekam man eine Tasse Kaffee angeboten.

Der Bauer machte sich an der Feuerstelle zu schaffen, füllte Kaffeepulver in ein seltsames Gefäß, eine Art Kupferbecher mit viel zu langem Henkel. Das Mädchen saß ihr gegenüber und starrte sie mit großen Augen an. Sie schien zu überlegen, den Zeigefinger ihrer rechten Hand immer wieder im Mundwinkel, als hätte sie ein Rätsel zu lösen. Dann strahlte sie plötzlich.

»Wenn du frierst, dann bist du kein Gespenst«, sagte sie. »Weil in Schlössern gibt es nämlich keine Heizung.«

»Gespenster trinken auch keinen Kaffee«, sagte Frau Ella.

»Ich trinke auch keinen Kaffee.«

»Vielleicht bist du ja ein Gespenst.«

Das Mädchen sah sie an, als sei sie nicht sicher, wie ernst das gemeint war. So war es ihr selbst mit Sascha und seinen Freunden auch immer wieder gegangen, wenn sie nicht sicher war, ob sie über die gleichen Dinge redeten und was sie davon hielten.

»Das war nur ein Spaß, mein Kind.«

»Aha«, sagte das Mädchen und grinste glücklich.

Der Kaffee war wieder von einer ganz neuen Art, aber auch der schmeckte. Noch während der Bauer das Pulver aufbrühte, hatte sie entscheiden müssen, ob sie Zucker wollte oder nicht. Dann hatte er ihr eine winzig kleine Tasse serviert mit dem Hinweis, sie wegen des Kaffeesatzes nicht ganz auszutrinken. Das war schon allerhand. Den jungen Menschen war der Filterkaffee nicht mehr gut genug, und hier benahm man sich, als sei er nie erfunden worden! Auch wenn sie sonst nichts erlebt hätte in den letzten Tagen, allein die Kaffeegeschichten waren unglaublich genug. Und jetzt wusste sie immerhin, dass sie wach war. Diese einfache Holzhütte mit ihrer Feuerstelle und der Liege in der Ecke war wirklich. Sie saß hier in ihrem Nachthemd an einem alten Küchentisch mit diesem kleinen Mädchen und Kostas, dem griechischen Bauern, der eigentlich Türke war, wie er ihr erklärte. Nur wurde dieser Posten des Kinderbauern von einem Komitee vergeben, das keinen Türken als Nachfolger seines Vorgängers gewollt habe. Zu viele Mütter hätten sich beschwert über die Art seines Vorgängers, der vor den Augen der Kinder geschlachtet und kastriert und sich auch sonst etwas zu sehr wie ein richtiger Bauer aufgeführt habe.

»Wissen Sie, Madame, eigentlich wollen diese Mütter einen Zoo und keinen Bauernhof. Die wissen gar nicht mehr, was das ist, ein Bauernhof. Unseren Hahn wollten sie sogar loswerden, weil er ihnen zu aggressiv ist. Dabei beschützt er nur seine Hennen. Ganz normal, oder? Aber alles, was normal ist, ist heute schlecht.«

»Ja, natürlich«, sagte Frau Ella, die versuchte, all das richtig zu verstehen, was er ihr da erzählte. Sie dachte an die beiden Männer auf dem Hof ihrer Eltern. Was war da noch normal? Was gab es da zu verstehen? Die Welt war einfach verrückt geworden, und es war gar nicht nötig, dass sie alles und jeden verstand. Vielleicht sollte sie hier einfach am Feuer sitzen, der Stimme des Bauern lauschen und das Mädchen ansehen, während es draußen langsam wärmer wurde. Irgendwann würde sie sich dann auf den Weg machen. Ins Krankenhaus. Nach Hause. Aber erst wollte das Mädchen ihr noch die Hühner zeigen. Nur einen Moment musste sie noch ausruhen.

18

DER STADTPARK ROCH NACH frühsommerlichem Müßiggang. Nur dass sie jetzt keine Zeit hatten, den Tag mit Frisbee, Grill und Weißweinschorle zu genießen. Es war fast Mittag, und die Sonne wärmte, ohne zu stechen. Was für ein Tag das hätte sein können! Was für ein Leben, wäre es ein anderes gewesen. Verdammt, sie mussten endlich Frau Ella finden. Das konnte doch nicht wahr sein, dass eine alte Frau barfüßig und mit nichts als ihrem Nachthemd bekleidet durch die Stadt irrte, ohne von irgendjemandem bemerkt zu werden! Was war denn das für eine Welt, in der alle immer nur an sich dachten und weggckten, sobald ihre Hilfe gebraucht wurde? Die Menschen, die Sascha fragte, sahen ihn an, als stünde er selbst im Nachthemd vor ihnen, als sei das vollkommen absurd, dass man eine alte Frau suchte. Und letztlich war es ja auch einfach nicht vorgesehen, dass so etwas passierte.

»Entschuldigen Sie!«, versuchte er es trotzdem noch einmal, diesmal bei einem dieser mittelalten Männer, die in grauer Abenteurerweste und kurzen Hosen mit halbgetönten Brillen auf Baumarkt-Fahrrädern durch den Park rollten, ein Radio an den Lenker montiert, das die Umgebung mit Schlagertönen verwöhnte.

»Was gibt's denn, junger Mann?«

»Haben Sie vielleicht eine ältere Dame im Nachthemd gesehen?«

»So weit kommt's noch«, sagte der Radfahrer zackig. »Das ist eine städtische Grünanlage. Da läuft man nicht im Nachthemd herum.«

»Sie haben sie also nicht gesehen?«

»Noch nicht, junger Mann. Noch nicht. Aber wenn sie noch im Park ist, werde ich sie schon finden. Da machen Sie sich mal keine Sorgen. Ich bin schon mit ganz anderen Frauen zurechtgekommen. Dann beschreiben Sie mal die Gesuchte.«

Erleichtert spürte Sascha, wie Klaus ihn wegzog von dem Irren, der jetzt Feldstecher und Notizblock aus seiner Fahrradtasche kramte und einen Bleistift zückte.

»Lassen Sie gut sein«, sagte Klaus. »Wir wollten nur testen, ob man sich noch auf seine Mitmenschen verlassen kann.«

Sie ließen ihn mit seinem Fahrrad einfach stehen. Das hatte noch gefehlt, dass sie die Bürgerwehr auf Frau Ella hetzten. Als hätten sie nicht schon genug damit angestellt, die hilflose Frau diesen Monstern auszuliefern. Jeder Blick gab ihm vorwurfsvoll zu verstehen, dass er seine Alte doch bitte in irgendeinem Heim sicher unterbringen sollte, dass das doch nicht ging, so eine ganz alleine auf der Straße. Wie sollte man da denn in Ruhe einkaufen?

Je mehr alte Menschen Sascha gelangweilt an der Seite irgendeiner sicherlich bestens geschulten Begleitperson herumlaufen sah, desto sicherer war er, dass er Frau Ella eigentlich doch einen Gefallen getan hatte. Ihm war einfach ein kleiner Fehler unterlaufen, und jetzt hatten sie den Ärger, und zwar beide. Sie, die verwirrt durch die Stadt irrte, und er, der sie suchen musste. Und dazu diese lächerlich vorwurfsvollen Blicke von Klaus, als sei das so unfassbar, was er gemacht hatte. Klaus hatte gut reden. Er hatte schließlich die Edelboutique anstelle des Krankenhauses angesteuert und auch sonst alles getan, um Frau Ella davon abzuhalten, nach Hause zu gehen. Klaus ließ sich gerne amüsieren und sah gar nicht, wer die wirkliche Last bei der ganzen Geschichte trug. Und jetzt machte ausgerechnet der ihm Vorwürfe! Nachdem er Lina doch überhaupt erst wieder ins Spiel gebracht hatte.

»Scheiße, so finden wir die nie!«, stöhnte Klaus.

»Vielleicht will sie ja gar nicht gefunden werden.«

»Fängst du jetzt wieder mit deiner Nachtwanderung an, oder was?«

»Mann, Klaus, komm mal runter von deinem edlen Schimmel. Wie kommst du überhaupt auf die Idee, dass du so genau weißt, was hier richtig und was falsch ist?«

»Was ist denn jetzt los?«

»Nix ist los! Ich hab nur keine Lust mehr auf diese selbstgerechte Fresse, die du hier ziehst, als hätte ich gerade was weiß ich für ein Verbrechen begangen. Wenn ich ein schlechtes Gewissen brauche, kann ich auch in die Kirche gehen. Man wird ja wohl noch mal bumsen dürfen, ohne dass die Welt gleich untergeht!«

Jetzt sah auch Klaus ihn an, als sei er bescheuert. Begriff denn niemand außer ihm selbst, dass die Welt irgendwie auf der falschen Bahn unterwegs war? Ja, das war also das Gefühl, wenn man als Einziger die Wahrheit kannte. Er war ein Sehender unter Blinden.

Klaus zuckte mit den Schultern und wandte sich ab. Sie gingen schweigend weiter. Links und rechts des Weges wurden die ersten Grills angefacht, Großfamilien machten es sich auf Decken bequem, Kinder und Greise lachten gleichermaßen zahnlos. Für die Alten hatten sie Campingstühle mitgebracht. So konnte das auch funktionieren.

»Komm, lass uns einen Drink nehmen und nachdenken«, hörte er Klaus neben sich sagen. »So finden wir sie nie.«

Sascha sagte nichts, folgte Klaus aber am Kinderbauernhof vorbei in Richtung des Biergartens am See. Ein Esel quietschte hinter den Bäumen und erinnerte ihn an ihren Ausflug aufs Land. Da war alles einfacher. Da lebte man zusammen, half einander, lernte voneinander. Da war es schlicht unmöglich, dass eine alte Frau einfach verlorenging, da war die Welt noch in Ordnung, so, wie sie sich über Jahrhunderte entwickelt hatte. Die Stadt war das Problem. Dieser Hort egoistischer Blindheit. Man musste sich engagieren, etwas unternehmen, um die Gesellschaft zu verbessern, die Welt ein kleines bisschen besser zu machen. Ja, das würde er tun, sobald sie Frau Ella gefunden hätten. Das musste doch irgendwie klappen, auch wenn Klaus vollkommen recht hatte. Wie sollten sie einen einzelnen Menschen finden, irgendwo zwischen all den Häusern? Sie brauchten definitiv einen neuen Plan.

Am Wasser in der Sonne sitzend, war es gar nicht so schwer, für einen Moment zu entspannen. Sascha war sich sicher, dass sie schon bald viel klarer sehen würden. Ob in der Stadt oder auf dem Land, es musste schließlich eine Lösung geben. Man durfte das Leben nicht so verbissen sehen. Sonst verkrampfte man bloß und verletzte sich, wenn man stürzte. Überhaupt gab es ja viele Wahrheiten, die gar keine Wahrheiten waren, die sich nur so eingebürgert hatten, wie irgendwelche Gräser aus Südamerika. Zum Beispiel wurde der erste Schluck Bier doch vollkommen überschätzt. Was sollte dieses Getue? Das zweite Weizen schmeckte doch eindeutig so viel besser als das erste. Man musste sich einfach entspannen. Das war gar nicht zu überschätzen, wie wichtig das war. Das musste er unbedingt aufschreiben.

»Echt nicht nötig, sich andauernd aufzuregen«, murmelte Klaus und rauchte in Richtung Sonne.

»Irgendwo wird sie schon sein«, sagte Sascha. »Das ist ja von der Logik her gar nicht anders möglich.«

»Vollkommen richtig. Gar nicht so leicht einzuschätzen, so eine Verantwortung, oder? Ich meine, stell dir mal vor, Frau Ella wär jetzt dein Kind oder so. Bleibt man entspannt oder muss man da dauernd auf die Barrikaden? Ich glaub, ich hab eben ein bisschen überreagiert. Da muss man echt auf sich aufpassen, sonst macht so Verantwortung ganz schräge Sachen mit einem.«

»Ich hatte auch richtig Panik. Faszinierend.«

»Zigarette?«, fragte Klaus träge.

»Ausnahmsweise«, murmelte Sascha und griff zu.

»Da gibt es bestimmt einen Plan, auf dem genau steht, wann wir sie wiederfinden, oder eben auch nicht. Bringt gar nichts, sich da aufzuregen. Ich glaube, Buddhisten sind echt glücklichere Eltern.«

»Was ist denn das eigentlich für 'ne neue Platte von wegen Eltern? Wirst du Vater, oder was?«

»Quatsch. Das sind nur so Meditationen. Ich meine, Frau Ella ist doch so eine Art Probekind, also erwachsen, aber doch hilfsbedürftig. Irgendwie inspirierend. Vielleicht werd ich erst mal Buddhist und dann Vater.«

»Dürfen die überhaupt Alkohol trinken?«

»Haben die gar nicht nötig.«

»Vielleicht mach ich da mit.«

»Wir beide im Himalaja. Das ist ja wohl die beste Idee seit langem. Spürst du schon die Vibrationen? Diese Sicherheit, die es einem gibt, dass unter dir ein paar zusätzliche Kilometer Gestein liegen?«

»Trinken wir noch eins? Solange wir dürfen?«

»Und Frau Ella?«

»Die besuchen wir nachher im Krankenhaus. Wo soll die denn sonst hin, ohne Klamotten, ohne Geld und ohne Wohnungsschlüssel? Die liegt da längst wieder in ihrem Bett und lässt ihr Auge pflegen.«

»Wollten die Typen da sie nicht umbringen?«

»War bestimmt ein Missverständnis. Wer stirbt schon an einer Augenoperation?«

Genau das Gleiche hatte dieser Pfleger ihm gesagt, vor nicht einmal einer Woche. Und er war heimlich mit Frau Ella getürmt, weil er dachte, dass man sie umbringen würde. Warum hatte der Pfleger ihm überhaupt geholfen? Ganz kurz hatte Sascha das Gefühl, als warteten in diesem Krankenhaus doch noch eine Menge unangenehme Dinge darauf, dass er sich zeigte. Er musste sich einfach noch weiter entspannen.

»Meinst du echt, ich kann da Probleme kriegen? So richtig?«, fragte Sascha, nachdem sie eine Weile schweigend auf dem Parkplatz des Krankenhauses gestanden und dem Knacken des Motors gelauscht hatten.

»Keine Ahnung. Wenn du sie gegen ihren Willen einfach mitgenommen hast, bestimmt. Woher soll ich wissen, was da genau passiert ist? Soll ich vorgehen?«

»Lass mal. Ich glaube, ich muss da jetzt durch, verdammt. Schließlich habe ich keine Millionen für irgendein Kind verlangt und auch niemandem beim Sterben geholfen.«

»Hoffentlich«, hörte er Klaus sagen, doch da hatte er die Beifahrertür schon aufgestoßen und war ausgestiegen.

»Wenn ich in einer halben Stunde nicht wieder da bin, ist was schiefgegangen«, sagte Sascha und machte sich auf den Weg. Sollte Klaus sich überlegen, was dann zu tun war. Es würde schon nichts schiefgehen.

Gerade einmal fünf Tage war das her, eine lächerliche Woche, eine Arbeitswoche, seit er hier in ein neues Leben aufgebrochen war, ohne sich dessen bewusst zu sein. Aber welcher Entdecker hatte schon gewusst, was wirklich am Ende seiner Reise stehen würde? Er hoffte nur, dass er hier nicht im ewigen Eis endete oder als Opfergabe bei irgendeinem kannibalischen Südseestamm. Er wollte nur wissen, dass es Frau Ella gutging. Natürlich durfte sie auch wieder mit zu ihm in die Wohnung, wenn sie das wollte. Jetzt, da Lina wieder weg war. So schnell, wie sie aufgetaucht war. Erst einmal aber musste er Frau Ella überhaupt finden, damit man sich weitere Gedanken machen konnte.

Der Pförtner ignorierte ihn, als er vorsichtig lächelnd an seiner Loge vorbei in Richtung Fahrstuhl ging. Wenn er nicht doch genau jetzt unter seinem Tisch diesen roten Knopf drückte, der den Sicherheitsdienst alarmierte. Zumindest in den Fahrstuhl schaffte er es aber ohne Probleme und hoffte, in einem Rutsch bis in den vierten Stock zu kommen. Doch schon vor dem zweiten verlor der Fahrstuhl an Elan und kam schließlich zum Stehen. Die Türen glitten auseinander. Er versuchte, unauffällig in Richtung der Kabinenwand zu gucken, doch sie erkannte ihn sofort.

»Herr Hanke, sehen wir Sie auch mal wieder mal bei uns! Wie geht es denn Ihrem Auge?«, fragte die kleine, dicke, rothaarige Schwester fröhlich.

»Alles bestens.«

»Na, sehen Sie. Manche Dinge brauchen einfach ihre Zeit.«

»Natürlich. Sie hatten vollkommen recht.«

Zum Glück ging es dann ohne weiteren Zwischenstopp direkt in den vierten Stock, wo er sich schnell verabschiedete und in Richtung der Station ging, auf der er den Pfleger vermutete.

»Zur Nachuntersuchung geht es aber hier entlang«, hörte er die Schwester in seinem Rücken rufen.

»Ach so, natürlich«, stammelte er. »Die Macht der Gewohnheit, Sie wissen ja.«

»Dann mal weiter gute Besserung, Herr Hanke«, rief sie und verschwand durch eine der unzähligen Schwingtüren. Er wartete, bis die Tür ausgeschwungen hatte, und ging wieder in Richtung Station. Unglaublich, dass sie ihn nicht nur erkannt, sondern sich sogar an seinen Namen erinnert hatte. Und dass sie ihn wie irgendeinen normalen Expatienten behandelte, nicht wie einen Entführer hilfloser alter Damen. Frau Ella war wohl zu kurz auf Station gewesen, als dass man sich an sie erinnert hätte. Sie waren wahrscheinlich sogar froh gewesen, dass die störrische Alte einfach verschwunden war. Also hatte er doch genau richtig gehandelt, dachte er, während er sich dem Stationszimmer näherte und langsam an Selbstsicherheit verlor, sosehr er sich auch einredete, dass alles gutgehen würde.

Der Flur war jetzt wie ausgestorben. Ein einsames Bett stand verlassen an der Wand. Nur eine flackernde Neonröhre sorgte für ein kleines bisschen Leben. Der Geruch des Putzmittels brachte ihm die hier verlebten Tage mit einer leichten Übelkeit in Erinnerung. Er wollte fliehen, aber so ging das nicht. Man konnte nicht immer weglaufen. Er musste das jetzt mal durchstehen. Durch das Bullauge der Schwingtür zum Stationszimmer sah er den Pfleger. Er lag auf der Liege. Einen Prospekt auf dem Gesicht. Vorsichtig drückte Sascha die Schwingtür auf, trat in den Raum, schloss die Tür leise, ohne sie schwingen zu lassen. Ein Prospekt für Gartengeräte. Sollte er seine Hand auf den Prospekt drücken, auf den Rasenmäher, der in etwa auf Höhe des Mundes lag, und leise murmeln, dass er nichts zu befürchten habe, wenn er ihm sagen würde, wo Frau Ella war, und zwar schnell, dann würde ihm nichts passieren? Ihn anschließend mit Mullbinden an die Heizung fesseln? Konnte er noch zurück, jetzt da er einmal auf dem Weg des Verbrechens war? Da raschelte der Prospekt.

»Träume ich, oder sind Sie das wirklich, Herr Hanke?«, nuschelte der Pfleger verschlafen und setzte sich auf. »Das ist aber eine echte Freude. Wie geht es denn Ihnen und Ihrer Freundin?«

»Meiner was?«

»Der Dame, die Ihnen so ans Herz gewachsen ist. Ihre Bettnachbarin.«

»Ist die denn nicht hier?«

»Warum sollte sie denn hier sein? Sie haben sie doch nach Hause gebracht. Sie sind ja ganz durcheinander! Ist Ihnen nicht gut?«

»Doch, doch. Ich, ich wollte nur ihre Sachen holen, die Sachen von Frau Ella, also meiner Nachbarin, Ella Freitag, die haben wir vergessen. Sie wollten uns die Sachen doch vorbeibringen. Wir warten seit Tagen in meiner Wohnung.«

»Sie warten auf mich in Ihrer Wohnung?«

»Klar. Sicher. Ich meine, das war doch so abgesprochen, dass ich Frau Ella mit zu mir nehme und Sie nach Feierabend ihre Sachen bei mir vorbeibringen. Daran müssen Sie sich doch erinnern!«

Der Pfleger sah ihn an, leicht verunsichert oder auch mitleidig, kratzte sich an seinem kahlgeschorenen Kopf, drehte ihm den Rücken zu und machte sich an einem der grauen Metallschränke zu schaffen. Schließlich wandte er sich ihm wieder zu, in der Hand den kleinen blauen Stoffkoffer mit seinen gelben Streifen.

»Ist das der Koffer?«

»Natürlich ist das der Koffer! Jetzt sagen Sie nicht, dass hier täglich drei Omas fliehen und ihre Koffer vergessen!«

»War das wirklich abgesprochen, dass ich bei Ihnen zu Hause vorbeischaue?«

»Das ist doch nicht Ihr Ernst!«

»Ach, Herr Hanke, wenn Sie wüssten, was hier los ist. Da ist man froh, wenn man niemanden aus Versehen verhungern lässt. Und Sie sagen, dass die Dame nicht bei Ihnen ist? Aber Sie wollten sich doch um sie kümmern, oder nicht? Also hier ist sie jedenfalls auch nicht.«

»Verdammt, das gibt's doch nicht!«

»Jetzt beruhigen Sie sich doch. Sie war doch noch ganz selbständig und gut auf den Beinen. Die findet schon ihren Weg.«

»Ich fass es nicht. Ich fass das einfach nicht.«

Dann riss er dem Pfleger den Koffer aus der Hand und stürmte aus dem Zimmer, den Flur entlang am Aufzug vorbei und ins Treppenhaus. Es war wirklich nicht zu fassen! Das Leben war eine sinnlose Komödie, über die man nicht einmal lachen konnte. Dieser Penner hatte sie einfach vergessen und tat jetzt so, als sei das eine Lappalie, ein Missgeschick, als hätte er ein Glas Wasser umgekippt. Als wäre das hier irgendeine Bergpension, aus der sie wie zwei Urlauber auf der Durchreise einfach ausgezogen waren, um weiter Richtung Süden zu fahren. Als ginge es hier nicht um Leben und Tod eines Menschen! Klaus hatte vollkommen recht. Das war doch kein Spiel! Dieser Pfleger war doch schuld an der ganzen Geschichte. Er hatte sie einfach im Stich gelassen. Und sie machten sich Vorwürfe! Das änderte an ihrer Situation natürlich gar nichts. Sie mussten Frau Ella finden.

19

SIE HATTE SCHON WIEDER geschlafen. Wie ein kleines Kind. Sie sollte sich schämen, doch war da niemand, vor dem sie sich hätte schämen können. Von draußen hörte sie die Stimme des Mädchens. Durch das verstaubte Fenster sah sie einen wolkenlosen Himmel. Vor ihr das Feuer, das schon weit heruntergebrannt war. So lange hatte sie geschlafen. Man würde an einem solch schönen Tag nicht weiter heizen müssen. Schon jetzt war ihr unter der Decke fast ein wenig zu warm, nein, noch war es genau richtig, gemütlich, in dieser Holzhütte, mitten in der Stadt. Das Feuer, das knisterte, das Mädchen, das sie für ein Gespenst hielt, der griechische Bauer, der ein Türke war, und sie selbst in diesem Schaukelstuhl schon wieder kurz davor einzuschlafen. Was sollte man davon halten? Sie verlagerte ihr Gewicht ein wenig nach vorne, so dass der Schaukelstuhl endlich auch schaukelte. Sie hatte Lust auf einen Kaffee, aber noch wollte sie ein bisschen dösen, dann würde sie auch diese Aufkochmethode lernen. Sie sah die Großmutter in ihrem Schaukelstuhl, auf den sie nie gedurft hatte. Und doch hatte sie selbst sich später nie so ein Ding gekauft. Da hatte man Wünsche und erfüllte sie sich nicht. Das würde sich ändern. Sobald sie wieder zu Hause wäre, würde sie sich so einen besorgen. Natürlich würde sie die paar Jahre, die ihr noch blieben, auch ohne einen Schaukelstuhl auskommen, aber dazu gab es keinen Grund. So teuer konnte das doch nicht sein. Vielleicht würde sie sich auch diese ganzen unterschiedlichen Kaffeegeräte kaufen und von nun an jeden Tag einen anderen Kaffee trinken. Nur, wann wäre sie denn endlich zu Hause? Sie musste unbedingt ins Krankenhaus, ihre Sachen holen, ohne Geld, mit nichts als einem Nachthemd, es war zum Verzweifeln. Und wenn sie doch noch einmal die jungen Männer um Hilfe bat? Aber die hatten schon so viel für sie getan. Sie sollten jetzt wieder ihr eigenes Leben haben. Nur hatte sie doch sonst niemanden. Außer diesem Bauern. Und dem Mädchen. Und selbst Saschas Adresse kannte sie nicht. Sie hatte alles vergessen, als hätten diese ganzen Erinnerungen an früher die wichtigen Dinge von heute verdrängt. Ihre eigene Adresse, der Name des Krankenhauses, der Nachname des jungen Mannes, alles war weg. Sie fühlte sich ganz normal, und doch schien sie durcheinander zu sein. Sie wusste schon wieder nicht, was mit ihr los war. Da konnte ihr auch dieser Bauer nicht helfen, der sie gefragt hatte, wo sie denn herkäme, ob er nichts weiter für sie tun könne.

Sie solle sich einfach ausruhen, hatte er ihr gesagt, die Erinnerungen würden schon wiederkommen, sie könne bleiben, so lange sie wolle. Dann war sie wohl eingeschlafen. Aber auch das hatte nicht geholfen. Dabei erinnerte sie sich an jedes Detail der Wohnung, in der sie die letzten Tage verbracht hatte, sah auch die schmutzig graue Fassade des Hauses, das asiatische Restaurant und den Laden von Herrn Li. Aber wo sollte das gewesen sein? Es kam ihr eher so vor, als hätte sie schon wieder geträumt. Sie konnte kaum glauben, das alles wirklich erlebt zu haben.

Von draußen drang jetzt das Stottern eines alten Motors in die Hütte. War sie schon wieder eingenickt? Anscheinend fuhr ein Auto vor. Dann hörte sie die Stimme des Bauern, der dem Mädchen etwas zurief, sich lachend mit ihr unterhielt. Die Stimme kam näher, die Tür öffnete sich leise quietschend, und schließlich war da der Kopf des Bauern, dahinter die strahlende Abendsonne.

»Hallo, Madame. Haben Sie genug geruht?«

»Wie spät ist es denn?«

»Wir haben schon zugemacht und die Tiere versorgt. Sie haben den ganzen Tag geschlafen. Wenn Sie wollen, bringe ich Sie jetzt nach Hause. Wenn Sie wissen, wo das ist?«

Sie schüttelte den Kopf, sah ihn schweigend an, als könnte er ihr vielleicht doch helfen, auch wenn sie nicht wusste, wie.

»Machen Sie sich keine Sorgen«, sagte er, der all das nicht so ernst zu nehmen schien. »Wir finden ihr Zuhause schon noch. Vielleicht wollen Sie erst noch einen Kaffee trinken?«

»Gerne. Sehr gerne. Und wissen Sie, in dem Haus, in dem der junge Mann wohnt, der mich gerettet hat, da sind zwei asiatische Geschäfte, ein Restaurant und ein Laden mit allem möglichen Kram, sogar Brötchen. Der Besitzer heißt Herr Li.«

»Der Name ist bestimmt nicht selten«, murmelte er, während er sich wieder an seinem kleinen Kupfertopf zu schaffen machte. »Aber zwei Chinesen in einem Haus, das finden wir bestimmt.«

»Einer war so ein Vietnamese.«

»Auch gut. Sehr international diese Stadt, nicht wahr? Alles ein bisschen durcheinander. Wo ich herkomme, gibt es gar keine Ausländer. Da kennt jeder jeden sein ganzes Leben lang.«

»Bei mir zu Hause war das genauso. Früher einmal.«

»Ja, ja, die gute alte Zeit, nicht wahr, Madame?«

Sie hatte Hunger, und sie brauchte eine Toilette. Es war ein Fehler gewesen, noch einen Kaffee zu trinken, doch daran war jetzt nichts mehr zu ändern. Der Bauer hatte ihr eine Militärjacke um die Schultern gelegt, ein muffiges altes Ding, das sie aber immerhin warm hielt. Sie hatte das erst nicht für nötig gehalten, aber es war doch wieder kühl geworden, seit die Sonne hinter den Bäumen verschwunden war, und eine Heizung schien das Auto nicht zu haben.

»Fahren wir jetzt zu deiner Familie?«, fragte das Mädchen von hinten.

»Das wäre schön. Aber eine richtige Familie ist das nicht, wenn wir sie überhaupt finden.«

»Hast du auch Ärger zu Hause?«

»Das könnte man so sagen«, musste sie lächeln. Dieses Kind sah die Dinge einfach so, wie sie waren.

»Sei nicht so neugierig, Bobulina«, hörte Frau Ella den Bauern neben sich sagen.

Sie fuhren im Schritttempo durch den Park, vorbei an vollbepackten Familien, die den Tag draußen verbracht hatten. Ganz schwarz wie Scherenschnitte bewegten sie sich vor diesem blau und rosa strahlenden Abendhimmel entlang. Manche schimpften, wenn der Bauer hupte, damit sie Platz machten. Dann bogen sie endlich auf eine richtige Straße. Die Häuser sahen alle genauso aus wie das, in dem Sascha wohnte. Eins nach dem anderen, ohne dass ein Ende in Sicht war. Wie sollte man da das richtige finden? Es war aussichtslos, doch sie durfte nicht verzweifeln und auf keinen Fall die Kontrolle über ihren Darm verlieren. Alles andere war nicht so wichtig.

Nach wenigen Minuten bogen sie von der Hauptstraße ab in eine nicht viel kleinere Nebenstraße, und das konnte doch nicht wahr sein! Da war doch diese Leuchtschrift, das Geschäft, und nebenan das Restaurant. Sie waren doch gerade erst losgefahren.

»Die Oma hat gepupst«, hörte sie das Mädchen sagen.

»Sei still, Bobulina«, sagte der Bauer. »Sind das vielleicht Ihre beiden Asiaten?«, fragte er Frau Ella grinsend, und sie spürte, wie sie rot anlief, wie sie sich schämte, dass sie schon wieder die Kontrolle verloren hatte, und zugleich dieses Glück, einen Ort zu sehen, den sie kannte, endlich sicher zu sein, dass sie wirklich noch in der Welt war, was auch immer sie da erwartete.

»Wie haben Sie denn das geschafft?«

»Dass Sie in dieser Kleidung nicht von allzu weit gekommen sind, konnte ich mir schon denken. Kommen Sie, ich bringe Sie zu ihren Freunden.«

Während er ausstieg und um den Wagen herum auf ihre Seite kam, suchte sie das Fenster von Saschas Küche, das doch zur Straße hin ging. Ob sie da gleich wieder sitzen würde, plaudernd, als wäre nichts geschehen? Unmöglich. Aber es brachte ja alles nichts. Irgendwie musste es ja mit ihr weitergehen. Jetzt sollte sie sich auch von dem Mädchen verabschieden, das sie auf der Parkbank gefunden hatte wie eine Landstreicherin.

»Spätestens wenn ich wirklich ein Gespenst bin, komme ich dich wieder besuchen«, sagte sie.

»Okee«, sagte das Mädchen.

Dann ließ Frau Ella sich aus dem Auto helfen und ging, noch etwas langsamer als nötig, am Arm des Bauern zur Haustür, bat ihn, die richtige Klingel zu suchen, da sie im Halbdunkel schon nichts mehr lesen konnte.

Er klingelte. Sie warteten. Er klingelte noch einmal. Er lächelte. Sie brauchte so dringend eine Toilette.

»Die jungen Männer sind am Morgen schon weggefahren«, hörte sie jemanden sagen, und erst als sie sich umwandte, begriff sie, dass das Herr Li war, der Vater des Ladenbesitzers, mit dem sie sich so nett unterhalten hatte.

»Weggefahren?«, fragte sie.

»Ja, ganz schnell, mit dem Auto ohne Dach. Wenn Sie wollen, warten Sie bei mir, bis die Männer zurückkommen.«

Sie sah den Bauern an, als könnte der ihr jetzt helfen, als hätte er nicht schon genug für sie getan.

»Die Jacke können Sie behalten. Und kommen Sie uns besuchen, auf einen Kaffee vielleicht.«

Dann gab er ihr einen schmatzenden Kuss auf die Wange und ließ sie stehen, stieg in den Wagen und fuhr kurz hupend davon.

»Haben Sie eine Toilette?«, fragte sie Herrn Li.

»Natürlich«, lächelte der. »Natürlich. Kommen Sie, bitte.«

So sah alles schon wieder ganz anders aus, das heißt, es fühlte sich zumindest anders an. Leichter. Weniger bedrohlich. Sie würde das schon hinbekommen, auch wenn Herr Li in seinem tadellos sitzenden Anzug sie daran erinnerte, dass sie im Nachthemd an dem kleinen Tisch im Hinterzimmer des Ladens saß. Er lächelte, und sie musste daran denken, was Lina gesagt hatte. Dass er ihr den Hof gemacht habe. So ein Unsinn. Er war einfach ein Mann der alten Schule. Wann immer die Ladentür klingelte, stand er auf, um den Kunden zu bedienen, und lächelte ihr entschuldigend zu. Als sei er verpflichtet, sich die ganze Zeit um sie zu kümmern. Der Raum war bis unter die Decke zugestellt mit Holzkisten und Kartons. Nur für das Sofa, den Stuhl und den Tisch war gerade noch genug Platz. Auf dem Tisch dampfte ein Topf aus weißem Plastik vor sich hin. Ein Reiskocher, hatte er ihr erklärt. Sein Sohn war mit der ganzen Familie über das Wochenende auf irgendeinem Familienfest, so dass er gar nicht wegkonnte aus dem Laden, um zu Hause zu essen. Es würde auch für zwei reichen, hatte er ihr zugelächelt. Wieder ein Mensch, der sich um sie kümmerte, der gut zu ihr war. So unwirklich ihr die Ereignisse der letzten Stunden und Tage vorkamen, sie wunderte sich doch über das Glück, das sie immer wieder hatte. Nur mit Sascha hatte es kein gutes Ende genommen. Ausgerechnet mit ihm. Herr Li hatte traurig lächelnd den Kopf geschüttelt, als sie ihm die ganze Geschichte erzählt hatte.

»Trinken wir einen kleinen Schluck auf die Zukunft von heute«, sagte er jetzt, der mit einer Flasche und zwei Gläsern auf einem kleinen Tablett zurück aus dem Laden kam. Er setzte sich ihr gegenüber auf seinen Stuhl und widmete sich dem Verschluss, ohne sie aus den Augen zu lassen. Nicht, dass die Beschriftung des Etiketts ihr irgendetwas gesagt hätte, doch die Farbe der Flüssigkeit und ein rätselhafter länglicher Gegenstand, der darin schwamm, reichten aus, um sie skeptisch zu stimmen.

»Das ist der Saft der Weisheit«, sagte er. »Nicht vietnamesisch, sondern aus den Bergen von Laos.«

»Was ist denn das für ein Wurm?«

»Das ist die Quelle der Weisheit. Sehr alte Schlangen, die auf Bäumen leben und alles sehen, von außen und oben. Wenn sie sterben, fallen sie von ihrem Baum. Dann kommen sie in die Flasche mit ihrer ganzen Weisheit. So geht keine Erfahrung verloren, alles wird weitergegeben, die Weisheit bleibt erhalten, so dreht sich das Rad des Lebens. Hier nehmen Sie, bitte.«

»Glauben Sie wirklich, ich brauche das in meinem Alter noch?«

»Die Weisheit, sagen die Schlangen, kennt keine Dämmerung«, lächelte er und reichte ihr eines der beiden Gläser, randvoll gefüllt mit dieser goldenen Weisheit.

»Ich habe gerade eher das Gefühl, immer weniger zu verstehen.«

»Sehen Sie! So ist das.«

»Entschuldigung?«

»Die Weisheit, sie ist wie die Sonne. Ohne sie gibt es keinen Schatten. Sie sehen viel Schatten, weil Sie weise sind. Junge Menschen verstehen alles, weil sie nichts verstehen, verstehen Sie?«

»Aha«, sagte sie und musste beim Gedanken an das Mädchen lächeln.

»Wo dieses Getränk herkommt, sind auch die alten Menschen heilig, wie die Schlangen. Denn sie sind das Ziel des Lebens, aus dem neues Leben wird. Hier haben die Menschen das vergessen. Sie denken nur an sich und das Vergnügen im Moment und sehen nicht, dass das Ende immer dazugehört, auch wenn es ihnen noch nicht geschehen ist, denn es ist schon viele Tausende Mal geschehen. Wenn der Läufer zu schnell beginnt, ist sein frühes Scheitern schon Teil seines schönen Laufes. Nur weil die Menschen hier nicht mehr die Einheit des Laufes sehen, leben sie so. Sie denken, das ist eine andere Person, die hat mit mir nichts zu tun, sie ist jemand anderes, aber sie haben unrecht, weil alles zusammengehört. Wenn dein Nachbar leidet, ist das dein Leiden, sagt man. In jedem anderen Menschen kannst du deine Vergangenheit und deine Zukunft sehen, deswegen musst du alle sehen wie dich selbst. Das ist die Lehre des Getränks der Weisheit.«

Es schmeckte immerhin nicht so schlimm, wie sie erwartet hatte, und auch wenn sie ihm nicht ganz hatte folgen können, beruhigte sie seine Stimme, sanft und mit ihrem immer ein bisschen amüsiert klingenden Akzent. Er sprach viel besser Deutsch als sein Sohn, vielleicht ja dank seines Schlangengetränks. Sie spürte die Wirkung sofort. Nicht, dass sie sich jetzt plötzlich besonders weise fühlte, aber eine wohlige Wärme breitete sich in ihr aus. Wie konnte sie schon wieder müde werden, nachdem sie den ganzen Tag verschlafen hatte? Sie war zu träge, etwas zu sagen, als sie sah, wie er ihr nachschenkte, fühlte, wie er kurz ihre Hand griff und drückte. Dann hörte sie die Klingel im Laden. Er stand auf, drehte sich an der Tür angekommen noch einmal zu ihr um und sah sie wieder mit diesem entschuldigenden Blick an. Und mit diesen glänzenden Augen, wie ein kleiner Junge, der sich freute. Sie lächelte zurück, sah dann weg und beugte sich vor, um einen Blick in den Reiskocher zu werfen. Wenn sie sich nicht täuschte, konnten sie bald essen. Sie wollte den Tisch decken, doch konnte sie sich hier unmöglich zurechtfinden. Also hob sie ihr Glas und prostete der Schlange in ihrer Flasche zu.

»Auf die Weisheit. Wo auch immer das mit mir einmal enden wird.«

Die Schlange lächelte und schwieg.

20

DAS WAR GANZ EINFACH ein Einbruch, auch wenn sie den Schlüssel benutzt hatten. Anstatt wiedergutzumachen, was er angerichtet hatte, machte er alles noch schlimmer. Auch wenn eigentlich nicht er schuld war, sondern dieser Pfleger. Was brachte ihm so eine billige Entschuldigung? Nichts. Natürlich war es keine ganz abwegige Idee gewesen, zu ihrer Wohnung zu fahren, um nachzusehen, ob sie nicht doch vor der eigenen Tür saß, vielleicht mit Hilfe irgendeines Hausmeisters oder Nachbarn sogar hineingefunden hatte. Doch warum war er dann in die Wohnung gegangen? Er hatte einfach sehen wollen, wie sie wirklich lebte. Er wollte wissen, wer Frau Ella war.

Über einen grüßenden Fußabtreter ging es ins Halbdunkel eines kleinen Flures. Ein Bad, eine Küche, ein kleines Schlafzimmer und schließlich das Wohnzimmer. Auch hier war kaum etwas zu erkennen, da die Vorhänge zugezogen waren. Sascha suchte und fand den Lichtschalter, sah sich plötzlich einer gigantischen

Schrankwand gegenüber, die mit ihrer ganzen bedrohlichen Ruhe die Wohnung zu verteidigen schien. Er wäre nie auf die Idee gekommen, dass Schrankwände Sicherheit spendeten.

Diese Wohnung war wie eine schlechte Version der Frau, die er in den letzten Tagen kennengelernt hatte. Die muffige Spießigkeit war kaum zu ertragen. Das Foto des Mannes, mit dem sie wohl ihr Leben verbracht hatte, brachte alles auf den Punkt. Es war so traurig nichtssagend, dass es nicht zu fassen war. Ein ganzes Leben, um so zu enden, im Schatten der Schrankwand. Und genau so würden sie eines Tages auch über ihn urteilen. Nein, er war nicht so vermessen, sich ihr überlegen zu fühlen. Da zog Klaus die Vorhänge auf, und nachdem Sascha sich an das schon fast vergessene Sonnenlicht gewöhnt hatte, entdeckte er den Balkon, der überhaupt nicht zu der Wohnung passte. Ja, in den Pflanzen erkannte er Frau Ella wieder. Liebevoll gepflegt standen da die braunen Blumenkästen, in der Mitte ein Klappstuhl mit vergilbtem Kissen. Das war Frau Ellas Platz. Er öffnete die Tür nach draußen, entdeckte sofort die grüne Gießkanne mit ihrem Duschaufsatz und hastete in die Küche, um sie zu füllen. Er musste einfach etwas tun, warum auch immer. Dann, während er endlich Gemüse und Blumen goss, die zwar gelitten hatten, sich aber noch hielten, ließ die Beklemmung ein wenig nach. Zumindest konnte er wieder atmen. Das musste doch ein gutes Vorzeichen sein. So hatte ihr Einbruch wenigstens einen Sinn.

»Schon hart, oder?«, fragte er Klaus, der zu ihm auf den Balkon gekommen war.

»So leben sie halt, die Alten«, sagte der. »Kann ja nicht jeder Champagner schlürfend in einer Villa vergammeln, oder? Vielleicht ist Frau Ella gerade deshalb einzigartig.«

»Trotzdem, ich wäre ihr lieber in einem Holzhaus in Tennessee begegnet. In einem Schaukelstuhl auf der Veranda.«

»Tja, dagegen hat's die Wirklichkeit natürlich nicht leicht. Aber komm jetzt, so oder so müssen wir sie langsam mal finden.«

Zurück im Hof der Wohnsiedlung, entdeckte Sascha den Blumenhändler. Der Laden war nicht zu übersehen. Das einzige Geschäft, das sich überhaupt noch zu halten schien in dieser verlassenen Gegend, im Erdgeschoss eines dieser Monstren, in die man zog, um zu sterben oder um nie mit dem Leben anzufangen. Nur Blumen schienen die Menschen trotz allem noch zu kaufen. Und was für Blumen! Inmitten des eintönigen Graus lag da diese knallbunte Oase, unwirklich, eine Halluzination. Und auch der Händler wirkte wie aus einer anderen Welt, mit seinem breiten Grinsen, seiner sanften Höflichkeit.

»Frau Ella?«, fragte der junge Araber skeptisch.

»Die Alte mit dem Auge«, sagte Klaus.

»Ach die! Natürlich! Sie ist im Krankenhaus. Ich hoffe, nicht zu lange, wegen der Blumen.«

»Die hab ich eben gegossen.«

»Dann ist ja alles gut. Sind Sie ihr Enkel?«

»Na ja«, murmelte Sascha. »So ungefähr. Das ist eine lange Geschichte.«

»Ich dachte schon, sie wäre ganz alleine. Aber warum suchen Sie sie denn?«

»Das ist noch so 'ne Geschichte«, sagte Klaus schnell und drückte dem Händler seine Karte in die Hand. »Die erzählen wir ein andermal. Rufen Sie mich an, wenn Sie Frau Ella sehen?«

»Natürlich. Und passen Sie auf, dass ihr nichts passiert!«

»Drücken Sie ihr die Daumen«, rief Klaus, schon wieder unterwegs in Richtung Auto.

»Mann, Klaus, das hat doch alles so was von überhaupt keinen Sinn«, sagte Sascha, nachdem sie schon wieder eine halbe Ewigkeit durch die Straßen gekurvt waren, bei jedem grauen Kopf kurz aufgeschaut hatten, obwohl sie längst wussten, dass sie Frau Ella nicht mehr finden würden.

»Ich hätte Lina nie an unseren Tisch holen sollen«, sagte Klaus. »Mann, wenn ich das geahnt hätte.«

»Ach Scheiße, hier geht's gar nicht darum, wer was falsch gemacht hat. Das ist einfach ein Scheißleben in einer Scheißwelt. Nicht nur sinnlos, sondern auch noch grausam.«

»Das kann einfach nicht sein«, sagte Klaus und haute

aufs Lenkrad. »Das kann nicht sein. Ich meine, unsere Großeltern haben mal eben ein ganzes Land aufgebaut, und wir schaffen es noch nicht einmal, uns eine Woche um eine alte Frau zu kümmern. Weißt du was? Das glaub ich einfach nicht! So schlecht können wir nicht sein. Das ist verdammt noch mal nicht normal! Das kann ich nicht mal denken.«

»Das waren andere Zeiten.«

»Trotzdem.«

»Und? Was machen wir jetzt? Doch zu den Bullen?«

»Hör bloß auf. Wir müssen einfach noch mal nachdenken. Wir brauchen einen Plan. Das kann doch nicht so schwierig sein!«

Wäre das Ganze nicht so beschissen gewesen, hätte er sich darüber amüsieren können, dass jetzt sogar Klaus seine gute Laune verlor.

»Pass auf«, sagte Klaus da schon wieder fröhlicher und schaute nach hinten, um den Wagen rückwärts einzuparken. »Wenn sie die letzte Nacht überlebt hat, dann überlebt sie auch noch eine, oder? Ich meine, sie muss doch irgendwo untergeschlüpft sein. Und wenn nicht, dann ist doch eh alles egal, oder? Also die Nacht, die jetzt kommt, die zählt doch sozusagen gar nicht, oder?«

»Du glaubst dir doch selbst nicht.«

Klaus sah ihn an. Er rang noch mit sich. Er wollte glauben.

»Ist doch alles Scheiße.«

»Sag ich ja.«

»Mann, und daran ist echt nur dieser Pfleger schuld. Ich fass es nicht.«

»Man hat's halt nicht in der Hand.«

»Lass uns mal ein paar Bier holen und einen neuen Plan machen«, sagte Klaus und stieß die Fahrertür auf. »Bringt ja nichts, dein Haus zu observieren, oder?«

»Morgen geh ich zu den Bullen«, sagte Sascha zu sich selbst. Das ging doch nicht, dass so ein Mensch einfach verschwand. Das konnte doch nicht sein. Klaus steuerte zielstrebig den Asialaden an. Er folgte ihm, wartete dann aber draußen. Das hätte gerade noch gefehlt, jetzt diesen Alten zu treffen, der sich garantiert nach Frau Ella erkundigen würde. Er schloss schon mal die Haustür auf und wartete, bis Klaus endlich mit zwei prall gefüllten Tüten aus dem Laden kam.

»Irgendwie war der komisch, der Alte.«

»Ist ja auch nicht mehr ganz früh.«

»Als hätte ich dem was getan.«

»Unsinn. Komm, lass uns saufen. Das ist doch alles Scheiße.«

In seinem Schreibtisch fand Sascha sogar eine Kerze. Die stellte er ins Fenster, damit Frau Ella den Weg zurück leichter fand. Irgendwo machte man das so, hatte er mal gelesen, also würde es sicher auch hier nicht schaden. Die Kassette mit den alten Tangos lag noch draußen. Da musste er jetzt einfach durch. Wenn er sich schon betrank, dann wollte er auch leiden. Klaus saß schon rauchend auf dem Sofa. Vor ihm der Couchtisch voller Bierflaschen. Das alles war so sinnlos pathetisch, dass es fast schon wieder schön war, eine verzweifelte Schönheit, die er sehen, aber nicht genießen konnte. Er setzte sich neben Klaus, der ihm ein Bier mit den Zähnen aufmachte. Dann tranken sie schweigend. Die Scheibe hinter der Kerze zeigte flackernd ihr Spiegelbild. Der Dicke und der Dürre hinter Bierflaschen, dazu der argentinische Tango, knisternd aus einer anderen Zeit.

»Das Schlimmste«, flüsterte Klaus, »das Schlimmste ist die Unsicherheit.«

Der Satz stand im Raum, viel brutaler, als sich der Moment anfühlte. Niemand würde bei Kerzenschein Tango hören, wenn er auf den Anruf irgendeines Entführers oder der Polizei wartete. Ja, er war verzweifelt, aber da war auch ein kleines bisschen Glück. Eine Erinnerung an Glück vielleicht.

»Sag mal, fändest du das irgendwie anrüchig oder pervers, wenn ich mich in Frau Ella verliebt hätte?«

»Schwachsinn. Das denkst du nur, weil sie jetzt weg ist. Das sind eigentlich Schuldgefühle.«

»Vielleicht, ja. Aber trotzdem. Ich meine, sie ist doch auch ein Mensch, ein bisschen älter halt. Meinst du nicht, dass man sich in die verlieben kann?«

»Liebe gibt es, damit man sich für jemand entscheidet, mit dem man sich fortpflanzen kann, also jedenfalls von wegen der Evolution.«

»Und was ist mit Schwulen, oder Unfruchtbaren,

oder Alten untereinander, oder Nonnen und Mönchen mit ihrem Jesus?«

»Das sind halt Ausnahmen. Alle sehen immer nur die Ausnahmen, deswegen sind alle so durcheinander.«

»Das könnte von Frau Ella sein. Trotzdem, eine ganze Menge Ausnahmen. Ich glaub jedenfalls, dass ich mich verliebt hab. Ich denke die ganze Zeit nur an sie, ich vermisse sie, ich überlege, was sie hierzu und dazu sagen würde, ich möchte ihr Kaffee kochen, also morgen früh jedenfalls. Ich habe noch nie für jemanden Frühstück gemacht, in den ich nicht verliebt war. Das ist sicherer als ein Schwangerschaftstest.«

»Und untenrum? Tut sich da was?«

»Quatsch. Das hat nichts mit Liebe zu tun. Das ist ja das Missverständnis. Das ist eine ganz andere Baustelle, das ist mir erst jetzt richtig klargeworden. Also Lina zum Beispiel liebe ich sozusagen ausgehend von ihrem Körper. Der war sozusagen der Impuls, der das in Gang gesetzt hat, was nicht heißt, dass ich sie nur auf ihren Körper reduzieren würde. Er ist einfach das Fundament, auf dem dann der Rest stehen muss. Und Frau Ella, na ja, da ist der Impuls halt eher obenrum, also von der Seele her oder was auch immer. Überleg doch mal, eine Frau, die so anders ist, ich meine, allein ihre Wohnung, das geht doch eigentlich gar nicht, und trotzdem vermisse ich sie. Eigentlich war das perfekt mit beiden zusammen. Das war das absolute Glück. Das war vielleicht die Chance meines Lebens.«

»Du meinst das ernst, oder?«, hörte er Klaus leise fragen und spürte, wie er ihm den Arm um die Schulten legte.

»Keine Ahnung, ja, ich glaub schon. Und jetzt ist sie weg und alles am Arsch, alles, was wir gerade erst aufgebaut hatten. Ich hätte das nie gedacht. Ich wollte einfach weg hier, und dann begegne ich dieser Frau, handle plötzlich wie von selbst. Klar gab es am Anfang Probleme, aber dann wurde es immer besser, wie gesagt, vielleicht sogar perfekt. Mein Gott, ist das eine Scheiße.«

Er war vollkommen durcheinander, verstand selbst nicht, woher plötzlich diese ganzen Gefühle kamen. Und was wollte Klaus jetzt von ihm? Was reichte er ihm da? Er sah genauer hin und erkannte im Kerzenschein ein altes Stofftaschentuch, weiß mit breiten Streifen an den Rändern. Er kannte Klaus seit zehn Jahren und erfuhr erst heute, dass er ein Stofftaschentuch besaß. Oder sogar mehrere. Das war ja alles so kitschig, dass man eigentlich laut lachen müsste. Eigentlich.

»Danke«, sagte er und nahm das Taschentuch.

21

BEI ALLEM, WAS SIE IN den letzten Tagen erlebt hatte, damit hätte sie niemals gerechnet. Dass sie einmal Tee zum Frühstück trinken würde! Und sie war sich sicher, dass das nie wieder vorkommen würde, so sympathisch er auch war, der Herr Li, wie er sie vorhin freundlich geweckt hatte, als sei das vollkommen selbstverständlich, dass sie schon wieder einfach eingeschlafen war, im Hinterzimmer von diesem Laden, auf dem Sofa. Ob er die ganze Nacht auf seinem Stuhl verbracht hatte? Dafür wirkte er jedenfalls ganz munter. Kaum hatte sie aus Höflichkeit die erste Tasse der bitteren Brühe getrunken, schenkte er ihr lächelnd nach. Sie hatte wirklich kein recht, sich zu beschweren, und doch wurde sie den Gedanken an diese eine kleine Tasse frisch aufgebrühten Kaffee nicht los, die doch irgendwo auf sie warten musste. Regelrecht besessen war sie. Und Herr Li? Er sah sie einfach freundlich an.

»Sie haben sich gestern schon ausgeruht, da kam der dicke junge Mann. Er hat Bier gekauft. Sehr viel Bier.

Dann ist er mit dem jungen Mann, der hier wohnt, in das Haus gegangen.«

»Und er hat nicht nach mir gefragt?«, fragte sie wie von selbst. Ungläubig. Entsetzt. Sie hatten also gefeiert, dass sie von sich aus verschwunden war. Und sie hatte gehofft, noch einmal bei ihnen Hilfe zu finden. Was für eine Schmach das gewesen wäre, hätte sie gestern Abend noch geklingelt und um Hilfe gebeten, während die beiden soffen. Allein bei dem Gedanken wurde ihr schlecht, so schlecht, das konnte nicht an diesem Tee liegen.

»Aber er sah nicht glücklich aus«, sagte Herr Li, der anscheinend gemerkt hatte, wie schwer sie getroffen war.

»Ach was.«

»Auch der dünne junge Mann sah traurig aus. Er stand auf der Straße, ganz verloren.«

»Das haben Sie sich eingebildet. Und das Mädchen? War sie nicht dabei?«

Da schmunzelte er plötzlich.

»Was ist mit dem Mädchen?«, fragte sie.

»Entschuldigen Sie bitte. Gestern Morgen ist sie fast unbekleidet aus dem Haus herausgestürzt wie eine Verrückte. Es war ein bisschen komisch.«

»Das habe ich mitten in der Nacht auch gemacht. Hätten Sie mich auch ausgelacht?«

»Nein, nein, so komisch sahen Sie bestimmt nicht aus.«

»Sie ist also wirklich aus dem Haus gerannt? Und er ist ihr gefolgt?«

»Nein, nur das Mädchen. Er ist später weggefahren, mit dem Dicken in seinem Auto. Sie haben auch meinen Sohn gefragt, ob er Sie gesehen hat. Mein Sohn sagte, die beiden sahen nicht glücklich aus. Ich glaube, sie warten auf Sie.«

»So ein Unsinn. Die schlafen ihren Rausch aus.«

»Er kauft gerne Croissants«, sagte Herr Li grinsend, ohne auf ihre Bemerkung einzugehen, und fing an, eine Papiertüte mit Brötchen und Croissants zu füllen.

»Lassen Sie das! Das wäre ja noch schöner!«

»Seien Sie weise. Die jungen Männer trinken, weil sie traurig sind.«

»Unsinn. Ich bin dort nicht mehr erwünscht«, versuchte sie, das Gespräch zu beenden.

»Ich bin mir sicher, Sie irren sich. Kommen Sie, ich begleite Sie. Wenn ich mich irre, werden wir eine andere Lösung finden.«

»Sie glauben an das Gute im Menschen«, seufzte sie, ungläubig, dass er sie wirklich zurück zu diesen Kerlen bringen wollte. Nach allem, was sie ihm erzählt hatte. Nach allem, was er gesagt hatte über die Jungen und die Alten. Wie Vieh sollte sie freiwillig zu ihrem Schlachter. Nur konnte sie ja auch nicht einfach hierbleiben. Die beiden mussten ihr einfach helfen.

»Daran glauben Sie auch«, lachte Herr Li, schon auf dem Weg zur Ladentür. Was blieb ihr anderes übrig, als die Tüte zu nehmen und ihm zu folgen?

»Ja«, krächzte eine fremde Stimme im Lautsprecher der Gegensprechanlage, und es klang nicht glücklich. Kein Wunder, wenn sie so gesoffen hatten. Herr Li sah sie aufmunternd an. Doch selbst wenn sie gewollt hätte, wenn da ein Funken Hoffnung gewesen wäre, sie konnte keinen Ton über die Lippen bringen.

»Hey, jetzt bitte nicht einfach wecken und nichts sagen, verdammte Scheiße!«, fluchte die Stimme. »Das darf nicht wahr sein.«

Herr Li räusperte sich laut.

»Hallo da unten? Ist das so ein Werbearsch, oder was?«

»Hier spricht Herr Li, aus dem Geschäft. Ich bringe Ihnen Ihre Freundin zurück.«

Jetzt war nur noch das Rauschen des Lautsprechers zu hören.

»Lina?«

»Die andere. Die ältere.«

Der Lautsprecher verstummte. Kein Rauschen mehr. Vorbei. Er hielt die Taste nicht mehr gedrückt, stolperte zurück ins Bett, froh, dass sie vor der Tür stand und nicht bereits in der Wohnung. Seiner Wohnung. Genau so, wie sie es vorausgesagt hatte. Er hatte mehr als genug von ihr. Sie hatte alles zerstört mit ihrer lächerlichen Flucht. Herr Li lächelte ihr traurig mit den Schultern zuckend und doch noch immer lächelnd zu, als wäre all das nicht so wichtig. Er hatte gut lächeln mit seinem Anzug, seinem Laden, seiner Familie, seiner komischen Philosophie. Und sie? Was machte sie hier überhaupt im

Nachthemd auf der Straße, die zum Glück noch ganz ruhig war? Wenige Männer und Frauen zogen mit Taschen und Körben vorbei, um die Wochenendeinkäufe zu erledigen. Es war Samstag. Die Sonne schien. Ein schöner Tag für Menschen, die ein normales Leben hatten.

Da hörte Frau Ella hinter sich ein dumpfes Poltern, das immer lauter wurde. Sie sah Herrn Li fragend an, der lächelnd auf die Haustür blickte, als habe die ihm gerade etwas besonders Nettes gesagt. Da flog sie plötzlich nach hinten weg, die Haustür, und vor ihnen stand, sie erkannte ihn erst nach kurzem Zögern, dieser Junge, Sascha, vollkommen zerzaust, das Pflaster am Auge halb abgerissen, die dicke Brille schräg auf der Nase, in Unterwäsche, und starrte sie an. Ungläubig. Schockiert. Er keuchte und zitterte vor Angst. Wie ein gejagtes Tier. Sie verlor kurz das Gleichgewicht, wandte sich ängstlich ab, und sah Herrn Li nur noch von hinten, wie er zurück in seinen Laden ging. Er ließ sie alleine mit diesem versoffenen Landstreicher, dem sie eine solche Angst einjagte. Vor dem sie sich ekelte, so unerträglich stank er, ungewaschen, nach Zigaretten und Alkohol. Sie hatte hier nichts verloren. Und dennoch starrte sie ihn wieder an. Starrten sie einander an. Sein gesundes Auge war ganz rot, hatte nichts mehr von dieser goldbraunen Wärme, die sie so gemocht hatte. Es war verloschen. Alle Herzlichkeit dahin. Tagelang hatte sie bei diesem Menschen gewohnt. Das war nicht der Sascha, den sie kennengelernt hatte. Es war nicht zu fassen.

»Wollen«, flüsterte er plötzlich so leise, dass sie ihn nur verstand, weil sie auf seine trockenen, aufgeplatzten Lippen starrte. Er sprach nicht weiter, als habe er die Stimme verloren, und starrte sie dabei wie wahnsinnig an. Sein Mundgeruch war unerträglich. Sie sollte gehen. Irgendwohin. Nur nicht hierbleiben. »Wollen Sie vielleicht einen Kaffee?«

Sie musste sich geirrt haben. Sie hörte schlecht. Sie hatte von seinen Lippen gelesen, was sie hatte hören wollen. Es war höchste Zeit zu gehen. Es wurde immer peinlicher. Nachher fing sie noch an zu weinen. Mitten auf der Straße.

»Einen Kaffee?«, schrie er plötzlich, und sie fuhr zusammen, wusste nicht, was sie jetzt tun sollte, fühlte sich dem nicht gewachsen. Und doch nickte sie und versuchte zu lächeln, anstatt wegzurennen. Einfach so. Sie wusste nicht, wie sie dazu kam. Da drehte er sich um und hielt ihr den Arm so hin, dass sie sich unterhaken konnte. Sie zögerte, sah sich dann einen Schritt nach vorne machen, ihren linken Arm ausstrecken. Sie hakte sich wirklich bei ihm unter, versuchte, den großen Schweißfleck unter seiner Achsel nicht zu berühren. Dann machten sie sich gemeinsam an den Aufstieg zu seiner Wohnung, und auch wenn sie wusste, dass das Unsinn war, sie hatte Angst und zugleich das Gefühl, nach Hause zu kommen. Mit jeder Stufe war ihr weniger klar, was sie fühlte, bis sie schließlich vor der offenen Tür standen. Er ließ ihr den Vortritt.

»Wollen Sie erst einmal ins Bad oder sich umziehen?«, fragte er, als sie zögernd in der Diele standen.

»Gerne«, flüsterte sie.

»Ich bin dann in der Küche. Und erschrecken Sie sich nicht, Klaus liegt auf dem Sofa.«

Er ließ sie einfach stehen. Sie sah ihm hinterher. Die Unterhose bedeckte seinen Hintern nur notdürftig. Dann wandte er sich, auf der Schwelle zur Küche angekommen, doch noch einmal zu ihr um. Sah sie schweigend an. Schüttelte den Kopf mit seinen verfilzten blonden Haaren. Seine Mundwinkel zitterten.

»Schön, dass Sie da sind, Frau Ella.«

»Ja, mein Junge.«

Dann gingen sie jeder in seine Richtung. Mehr gab es dazu vielleicht auch nicht zu sagen.

Tatsächlich lag Klaus hinter einem Berg aus leeren Bierflaschen auf dem Sofa und schnarchte. Das Zimmer stank nach Schweiß und Zigaretten, und trotzdem war sie mit jedem Schritt glücklicher. Vorsichtig ging sie an ihm vorbei zum Fenster, um zu lüften, dann zurück und ins Schlafzimmer. Da lagen ihre Sachen, so wie sie sie zurückgelassen hatte. Und auch das Bett war noch genau so wie in der Nacht, als sie geflohen war. Nur lag da jetzt ihr Koffer, mit ihren Kleidern, ihren Sachen, ihrem Leben. Der Pfleger war also gekommen, oder sie waren ins Krankenhaus gefahren, um ihre Sachen zu holen. Die beiden hatten sie nicht vergessen! Kurz zögerte sie, dann ließ sie den Koffer erst einmal verschlossen und nahm die Sportsachen des Jungen, um sich umzuziehen. Alles sollte noch einmal sein wie vor ihrer Flucht. Sie war nicht bereit, jetzt plötzlich in ihr altes Leben zurückzukehren, nur weil da ein Koffer auf dem Bett lag. Nicht jetzt, da sie gerade wieder hier war. Nur auf Kölnischwasser und frische Unterwäsche wollte sie nicht verzichten, als sie endlich aus dieser muffigen Jacke und ihrem Nachthemd heraus war. Waschen würde sie sich später. Kurz starrte sie in den Koffer, als könnte der ihr erklären, was jetzt schon wieder mit ihr passierte. Aber vielleicht brauchte sie gar keine Antwort. Sie sah sich noch genau ihre Sachen packen, vor etwas mehr als einer Woche. Aufgeregt war sie gewesen und wütend auf sich selbst, dass sie da mitmachte bei dieser Krankenhausgeschichte, vor allem aber einfach lustlos. Es war so sinnlos, ihre Wohnung zu verlassen, ihren Balkon, an diesem schönen Frühsommertag. Das war lange her. Jetzt setzte sie sich auf das Bett, zog sich die Hose über die Beine, den Pullover mit seiner komischen Kapuze über den Kopf und nahm dann auch die Hausschuhe aus dem Koffer. Ihre Haare waren auf die Schnelle sicher nicht zu retten, aber was zählte das jetzt schon, da langsam der Duft des Kaffees die Wohnung füllte? Sie hätte heulen können, doch dafür war jetzt zum Glück keine Zeit.

Sie hatte schon ihre dritte Tasse getrunken, konnte gar nicht genug bekommen, obwohl sie längst schwitzte und ihre Hände leicht zitterten. Es war zu schön, um wahr zu sein. Wie lange saßen sie schon da, ohne zu reden? Sie wollte gar nicht wissen, was passiert war, und auch er machte keine Anstalten, sie zu fragen, wo sie diesen Tag verbracht hatte. Was hätte sie ihm auch sagen sollen? Nur dass er tatsächlich mit Klaus im Krankenhaus gewesen war, um ihre Sachen zu holen, hatte er erzählt. Der Pfleger hatte sie vergessen! Sascha hatte sich noch nicht einmal etwas anderes angezogen, saß da in seiner Unterwäsche und schaute sie immer glücklicher an. Zumindest schien es ihr so. Sie hatte den zweiten Kaffee gemacht, er den dritten, so würden sie immer weitermachen. Immer weiter.

»Frau Ella?«, hörte sie hinter sich eine heisere Stimme flüstern. Sie drehte sich um, und da stand auch Klaus, wie verwandelt ohne seine schicken Kleider, kratzte sich am Hinterkopf, als zweifelte er daran, sie wirklich zu sehen, als hielte auch er sie für ein Gespenst.

»Setz dich, mein Junge. Ich habe Brötchen mitgebracht.«

»Kaffee ist auf dem Herd«, sagte Sascha.

Klaus sah sie ungläubig an, rieb sich die Augen, klopfte sich mit den Fingerknöcheln an die Schläfe, rieb sich dann fast mit Gewalt die Nase, als jucke die ihn schrecklich.

»Na dann. Wenn ich nicht störe.«

Und selbst er schwieg plötzlich, er, der sonst um kein Wort verlegen war. Da saßen sie, mal kopfschüttelnd, mal grinsend. Und sie hatte sich Sorgen gemacht, daran gezweifelt, dass sie willkommen war, dass sie überhaupt noch etwas auf der Welt verloren hatte. Durch das Küchenfenster sah sie den blauen Himmel, der doch allein schon Grund genug war, noch ein bisschen weiterzumachen. Und sie hatte diese beiden Kerle. Geschundene Krieger, neben denen auch sie jetzt keine so schlechte Figur mehr abgab. Als hätte das irgendeine Bedeutung. Entscheidend war, dass man lebte, so gut es gerade ging. Da konnte Herr Li noch so klug daherreden mit seiner asiatischen Philosophie. Das war wie mit dem Essen. Es war ja nicht nötig, jede Wahrheit immer in der Fremde zu suchen. Dann blubberte das Wasser.

»Ich fass es nicht«, murmelte Klaus.

»Keine Fragen«, hörte sie Sascha hinter sich. »Alles ist gut.«

»Na los, jetzt greifen Sie schon zu. Nach dem, was Sie getrunken haben.«

»Um Helena wurde nicht härter gekämpft«, sagte Klaus jetzt schon ein wenig lauter. Dann grinste er. »Ella macht mich alle.«

»Das wird schon wieder«, lachte sie. »Trinken Sie, und nehmen Sie ein Croissant. Sie müssen sich stärken.«

»Allerdings. Denn das wird heute Abend gefeiert, aber richtig!«

22

DA LÄCHELTE SIE WIEDER still vor sich hin. Ihre Verwandlung von einer bemitleidenswerten Alten in eine Dame von mondäner Grandezza war beeindruckend wie beim ersten Mal, letztlich aber ohne Bedeutung. Aus dem Augenwinkel beobachtete er ihr Gesicht. So hatte sie auch am Morgen immer wieder gelächelt, als sie Stunde um Stunde, Kaffee um Kaffee am Küchentisch gesessen hatten. Die meiste Zeit schweigend. Sogar Klaus. Schön. So war das.

Eigentlich hatte diese ganze Geschichte mit der Rückkehr von Lina schon ihr Happy End gehabt, zumindest für ein paar Stunden. Warum sollte das Glück diesmal länger dauern? Er hätte weniger Anlass zum Grübeln gehabt, wenn Klaus nicht verschwunden wäre, wieder mit diesem Gesichtsausdruck voller Ankündigungen. Aber das konnte nicht sein, nach allem, was sie erlebt hatten, was er erzählt hatte. Es konnte nicht sein, dass Klaus sich in den Kopf gesetzt hatte, Lina wieder ins Spiel zu bringen. Man durfte nicht übertreiben mit dem großen

Glück. Manche Dinge funktionierten einfach nicht, und das aus gutem Grund. Ein Leben, in dem alles klappte, wäre ja gar nicht zu schaffen, schon von der Zeit her. Und es war schon Ereignis genug, dass Klaus sie in diesen Nostalgieschuppen verfrachtet hatte. Der Küchentisch hätte ihnen vollkommen gereicht, ihm und Frau Ella. Trotzdem, er war glücklich, konnte die Zweifel nur denken, nicht fühlen.

Sie sollten nicht warten, hatte Klaus gesagt, als er sie vor diesem seltsamen Club abgesetzt hatte, und offengelassen, warum sie dann überhaupt hierher mussten. Der Rahmen passte überhaupt nicht zum Bild, zu diesem plötzlich so stillen Glück, das Frau Ellas Wiederkehr mit sich gebracht hatte. Und viel zu früh waren sie außerdem, noch immer die einzigen Gäste in dieser besseren Schützenhalle. Doch Frau Ella lächelte. Also lächelte er auch. Immerhin bestand die Möglichkeit, dass es später noch ganz nett würde, mit einem Orchester anscheinend. Der Tanzboden, um den die Tische angeordnet waren, glänzte, die weißen Tischdecken strahlten im Scheinwerferlicht. Klaus hatte sich sicher etwas dabei gedacht. Vielleicht ein spiritistischer Abend, bei dem man mit diesem grauen Tischtelefon Richtung Jenseits kommunizierte. Sie würden versuchen, Frau Ellas Verstorbenen zu erreichen, diesen Stanislaw fragen, was er sich dabei gedacht hatte, mit jemandem wie Frau Ella ein so langweiliges Leben zu führen. Oder man erreichte mit dem Tischtelefon die Kellner, die bislang keinerlei

Anstalten machten, sie zu beachten, geschweige denn zu bedienen. Langsam fragte er sich, ob sie den Abend hungrig verbringen würden. Denn so weiß die Tischdecken auch waren, so wenig war zu erkennen, ob hier überhaupt gegessen wurde.

»Herr Ober«, hörte er Frau Ella rufen, und tatsächlich überwand sich einer der Herren nach kurzem Zögern und bemühte sich zu ihnen an den Tisch.

»Und?«

»Hätten Sie denn nicht etwas Einfaches zum Abendessen. Der junge Mann fällt uns sonst noch vom Stuhl.«

»Ka Ka Ka Ka, seit sechsundsiebzig Jahren«, murmelte der Kellner.

»Aha«, sagte Frau Ella.

»Kohlroulade, Kasseler, Königsberger Klopse. Aber nur bis neun, dann ist die Küche zu. Kohlroulade und Kasseler sind heute aus. Also die Klopse? Dreimal? Dazu Bier?«

»Gerne«, sagte Frau Ella, nicht im Geringsten aus dem Konzept gebracht durch den seltsamen Auftritt des Kellners.

»Für mich ein Wasser, bitte«, rief Ute ihm hinterher, aber so schnell, wie er davoneilte, konnte man unmöglich sagen, ob er sie gehört hatte.

»Sag mal, kanntest du diesen Laden schon? Weißt du, was Klaus vorhat?«, fragte Sascha Ute.

»Keine Ahnung«, zuckte sie mit den Schultern. »Ich kapier sowieso nicht mehr, was mit euch los ist.«

»Wir werden erwachsen. Da ruht man dann eher in sich. Die Umwelt verliert an Bedeutung.«

»Na dann.«

»Wie bitte?«, meldete sich Frau Ella.

»Er wird erwachsen«, rief Ute.

»Wirklich?«, fragte Frau Ella und musterte ihn mit ihrem fröhlich glänzenden Auge. Sie schien noch ihre Zweifel zu haben. »Umso wichtiger, dass er ordentlich isst.«

»Hast du denn eine Ahnung, wo Klaus jetzt hin ist?«, fragte er Ute.

»Mann, Sascha, Klaus war seit gestern früh nicht mehr zu Hause, sondern, wenn ich das richtig verstehe, mit dir zusammen auf der Suche nach Frau Ella. Was fragst du da mich, wo er sich jetzt herumtreibt?«

»Sicherlich hat er auch jetzt wieder Wichtiges zu tun«, sagte Frau Ella.

Es war wohl zu befürchten, dass Klaus etwas ausheckte, und plötzlich sah er sich im Kerzenschein auf dem Sofa sitzen und Klaus seine Liebe zu Frau Ella gestehen. War das denn möglich, dass der ihn ernst genommen hatte, wie er da mit feuchten Augen seiner Sehnsucht freien Lauf gelassen hatte? Und jetzt wollte Klaus sein Leben in die Hand nehmen, ihm auf die Sprünge helfen! Es ging gar nicht mehr um Lina, es ging um Frau Ella. Klaus würde hier gleich auftauchen, einen Pfarrer im Schlepptau, um ihre Verlobung oder Hochzeit zu feiern. Deswegen dieser nostalgische Kitsch. Das

Orchester, das nach und nach auf der Bühne zusammenfand, würde zum Hochzeitswalzer aufspielen. Das war natürlich Unsinn, aber irgendetwas, das spürte er, irgendetwas würde passieren.

»Geht es Ihnen nicht gut?«, hörte er Frau Ella fragen.

Er sah in ihre Richtung und versuchte zu lächeln.

»Doch doch. Ein bisschen Hunger habe ich.«

»Das Essen kommt gleich, dann geht es Ihnen besser.«

Der Saal füllte sich langsam mit einer seltsamen Mischung aus Gästen aller Altersklassen und Epochen. Halbnackte Mädchen in glänzenden Lederimitaten, schnurrbärtige Männer mit schurwollenen Sakkos, Herren in Smoking, Frack und sogar mit Zylinder, Damen in Abendgarderobe, Diademe glitzernd über der Stirn, Studenten in Uniform, Armee und Verbindung, Punker mit Hunden, Stenze in weißem Anzug und passenden Slippern an der Seite von Frauen in verwaschenen Strickjäckchen, Nadelgestreifte mit gigantischen Uhren an den Handgelenken, Glatzköpfe mit metallenen Verzierungen, Frauen mittleren Alters in Minirock mit bis zu den Knien reichenden Sportsocken an der Seite von durchtrainierten Männern mit grauen Schläfen und silbern glänzenden Turnschuhen. Nur die Kellner und das Orchester verliehen dem Ganzen mit ihrem strengen Schwarz und Weiß ein Mindestmaß an Kontur, an Wirklichkeit.

Das rauschende Ploppen eines getesteten Mikrofons

unterbrach seine Beobachtungen. Vor ihm stand mittlerweile ein Teller. Kartoffeln, Klopse, Kapernsoße, Salatgarnitur. Den Kellner hatte er gar nicht bemerkt. Er sah auf. Ute und Frau Ella lächelten ihm aufmunternd zu.

»Meine Damen und Herren«, hörte er da verstärkt durch die Lautsprecher, sah einen Mann mit streng briskiertem Haar vor dem Orchester stehen. »Caruso Kasuppke und die frivolen Zeitlosen heißen Sie herzlich willkommen in Baker's Ballhof. Verbringen Sie mit uns diese Nacht extremer Diesseitigkeit! Entfliehen Sie mit uns der Diktatur der Zeit! Erleben Sie das wahre Leben! Vor allem aber, verschonen Sie uns mit Musikwünschen! Vertrauen Sie uns! Sie riskieren nur, den Bezug zum Jetzt zu verlieren. Mehr Worte gibt es dazu nicht zu sagen. Deswegen jetzt sofort, traditionell die Ouvertüre mit Gruß an die Küche und an alle anderen, die noch im Speisen begriffen sind.«

Hätte Sascha den leisesten Zweifel daran gehabt, dass er wirklich in diesem Saal saß und dieser Begrüßung lauschte, hätte er das alles mühelos für einen Traum gehalten. Königsberger Klopse. Caruso Kasuppke. Frau Ella. Aber die Klöße dufteten wirklich, und auch die anderen Gäste wirkten zu überrascht amüsiert für einen Traum.

»Essen Sie, mein Junge«, sagte Frau Ella, und Sascha machte sich endlich daran, zum Rhythmus des einsetzenden Liedes seine Klopse zu kauen.

Und wennse dir gefällt, dann stoppse,
Nimmse mit nach Haus und poppse,
Wennse dann nicht will, dann kloppse,
Salzkartoffeln, Kapern und Salat!

Denn hier in Königsberg, da isst man Klopse ...

Frau Ella schunkelte wie eine Oma im Fernsehen. Ute trank ihr Wasser und sah ihn an, als könnte er ihr das alles erklären. Er konzentrierte sich auf den Geschmack der Kapern, die er nicht ganz hinunterschluckte, sondern eine nach der anderen zerbiss und dann mit der Zunge am Gaumen zerdrückte. So musste man leben! Nicht immer nur aufs Fleisch achten, sondern aus jeder Kaper so viel herausholen, wie man konnte. Und dazu Bier, viel Bier, und diese wohlige Trägheit inmitten des aufgeregten Trubels. Schweigen und genießen von einem Lied zum nächsten. Immer weiter. Ein trunkenes Schiff durch den Abend, der ein Meer war.

Noch immer warteten sie auf Klaus. Das Orchester spielte ein Lied nach dem anderen, die Menge amüsierte sich, Frau Ella schunkelte und schunkelte, Ute guckte nicht mehr fragend, und er fühlte sich einfach wohl, versuchte noch immer, den Geschmack der Kapern zu bewahren, der eine Offenbarung war. Da trat ein Mann in glitzerndem Cowboykostüm an ihren Tisch. Sascha fragte ihn, was er wirklich vom Leben wolle. Solche Fragen könne er nicht beantworten, sagte der Cowboy und verabschiedete sich höflich. Sascha fragte sich selbst, ob er alles richtig verstanden hatte. Vielleicht wirkten ja auch die Kapern. Zumal jetzt links der Bühne ein riesiger Schwarzer in goldener Uniform tanzte. Er winkte ihnen zu. Frau Ella winkte zurück, Tränen im Auge. Das Orchester spielte »Are you lonesome tonight«. Sascha wollte Frau Ella fragen, was hier vor sich ging, ob das wirklich Jason, ihr Liebhaber aus Tennessee, war, doch er wusste, dass sie nicht mehr reden mussten, dass alles gut war, und die Musik spielte ohnehin zu laut. Sollten die Dinge sein, wie sie waren.

Dann verstummte das Orchester, um gleich darauf einen kaum wahrnehmbaren Klangteppich auszulegen, auf dem sich die Stimme des Sängers aufbaute, der jetzt Verwirrendes erzählte. Dass sie, die Gäste, das Joch der Zeit von ihren Schultern geworfen hätten, dass ein ganz besonderer Moment nahe, die Offenbarung des Zeitlosen, die Wirklichwerdung des Wunsches. Es sei an der Zeit, die zeigerlose Uhr zu verleihen, den Orden der frivolen Zeitlosigkeit, und er freue sich ganz besonders darüber, dass der Orden nicht an eine Einzelperson, sondern an ein Paar gehe, ein einzigartiges Paar, das allen Widrigkeiten zum Trotz zueinanderstehe und der Zeit so ein Schnippchen schlage. Das Orchester glitt langsam, doch mit der Zielstrebigkeit einer startenden Dampflokomotive in einen Marsch. Ein Scheinwerfer suchte und fand die Eingangstür durch die jetzt, jetzt, das konnte nicht wahr sein, durch die jetzt Klaus mit diesem Blumenhändler, dem Schwulen vom Lande und Herrn Li senior, dem alten Asiaten, auftauchte, in flottem Schritt, winkend und in die rhythmisch klatschende Menge lächelnd, alle drei in Tropenanzügen aus weißem Leinen. Sie sprangen die Treppe zur Bühne hoch und lächelten stolz, als seien sie selbst die Geehrten. Der Sänger holte das Orchester zurück auf den Klangteppich, griff wieder nach dem Mikrofon, meinte, dass diese drei Männer ihm eine Geschichte erzählt hätten von einem in den Augen der Welt jungen Mann und einer vermeintlich alten Frau, die zueinanderfanden, die die Grenzen des Alters, die heute nicht weniger streng gezogen seien als früher die Grenzen der Rassen und der Klassen, die diese Grenzen überwunden hätten allein durch die Kraft der Menschlichkeit, des Gefühls, des Trotzes, des Humors, der Liebe! Und jetzt, in wenigen Minuten, würden sie, Sascha und Ella, vor den Augen der Gäste das bislang Unglaubliche wagen und sich das Jawort über die Grenzen der Generationen hinweg geben. Die Menge schrie begeistert, tobte, zahllose Augenpaare starrten in seine Richtung, lächelten ihm wohlwollend zu, gleich würden sie ihn holen kommen. Sascha suchte Frau Ella, Ute, doch er saß alleine am Tisch. Er musste hier weg. Schnell. Das konnte nicht wahr sein, doch alles war so klar, so eindeutig. Gleich wäre alles verloren. Das durfte nicht sein. Er wollte keinen Orden. Er wollte keine Greisin heiraten. Er hatte nur ein Leben. Er wollte Kapern essen. Allein sein. Still genießen. Es gab so viele Kleinigkeiten zu entdecken. Länder. Kontinente. Und er würde Frau Ella waschen müssen, ihr die Fußnägel schneiden, den Hintern abputzen, nur weil er einmal von seinem Fahrrad gefallen war. Das war doch nicht gerecht, dachte er. Und dann war plötzlich Ute neben ihm.

»Hey, Sascha, reiß dich zusammen!«, flüsterte sie. »Frau Ella hat gleich Geburtstag.«

»Was?«, schreckte er auf, wunderte sich über all die Gläser, die gleich vor seinem Auge standen, den Druck auf seinem Ohr, versuchte die seltsame weiße Fläche einzuordnen, die sich von seinem Gesicht aus in die Ferne zog. Dann aber begriff er, zunächst ungläubig, schließlich aber mit einem ungeahnten Glücksgefühl, dass er geträumt hatte und mit dem Kopf auf der Tischdecke lag.

»Klaus hat das organisiert«, redete Ute weiter, leise an seinem Ohr, ruhig, als sei das alles ganz normal. »Der Spinner hat die Leute alle mit dem Wagen abgeholt, während wir hier gewartet haben. Er meint, Frau Ella hat morgen Geburtstag. Achtundachtzig. Das wird gleich gefeiert.«

»Und ich?«

»Was du?«

»Ich bin raus?«

»Wo raus?«

»Egal«, sagte er schnell, da er trotz all der Biere langsam zu sich kam und sie alle zusammen am Tisch sitzen sah. Buvardo mit seinem Typen, der Blumenhändler, Herr Li senior, der tatsächlich eine Art Tropenanzug aus grobem Leinen trug, ein Riese mit entsprechendem Schnurrbart, den Sascha noch nie gesehen hatte, Ute und Frau Ella. Und alle grinsten sie ihn an, als habe er etwas angestellt, was gerade noch einmal gutgegangen war. Als wüssten sie genau, was er geträumt hatte.

Dann verstummte das Orchester. Die Scheinwerfer wurden gedimmt. Die Menge kam langsam zur Ruhe. Der Sänger trat ins Scheinwerferlicht, fast wie in seinem Traum.

»Liebes Publikum«, setzte er diesmal wirklich an. »Es gibt Dinge, die gehören nicht zusammen, die sollen nicht zusammenwachsen. Und wenn wir, die frivolen Zeitlosen, Geburtstage feiern, dann ist das so ein Ding, dann ist das inkonsequent. Nur, was ist die Zeit, wenn nicht die stärkste Waffe der Konsequenz, die immer eins auf das andere folgen lässt, als gebe es irgendeinen Grund dafür? Es ist doch gerade diese Konsequenz, die es uns so schwermacht, einfach zu sein, und die wir deshalb bekämpfen, deren Macht wir brechen müssen. In uns allen. Deshalb feiern wir die Zeit, lachen ihr ins Gesicht, setzen ihr immer wieder ein fröhliches Trotzdem entgegen, gegen das sie, diese humorlose, frigide Despotin, machtlos ist. Das heißt, gerade weil wir Geburtstage feiern, obwohl sie uns nichts bedeuten, sind wir die Zeitlosen.«

Das Publikum lauschte gespannt. Nur hier und da

wurde gemurmelt, da nicht jeder zu begreifen schien, was er von dieser Rede halten sollte. Auch Sascha war sich da alles andere als sicher. Ernst und Unterhaltung waren hier wohl nicht ganz klar voneinander zu trennen.

»Deswegen, liebe Freundinnen und Freunde«, fuhr der Sänger jetzt lockerer, in Manier eines Boxpromoters fort. »Deswegen gratulieren wir auch heute: Susi zum Zweiunddreißigsten, Wolf zum Neunundvierzigsten und, als unangefochtener Siegerin, als Königin der Zeitlosen, Ella zum Achtundachtzigsten.«

Ute hatte also recht gehabt. Klaus hatte eine Geburtstagsparty organisiert. Und plötzlich aufbrausend tuschte das Orchester wie entfesselt, die Menge johlte mit einem Mal, ja, wie befreit. Der Sänger dirigierte einen Tusch nach dem anderen. Und noch einen. Und noch einen. Frau Ella zeigt Klaus lachend einen Vogel. Hatte sie denn wirklich Geburtstag? Machte das einen Unterschied?

Dann wurde es nach und nach still, vollkommen still, als bliebe die Zeit tatsächlich stehen, für einen Moment, als sei das wirklich möglich, als sei das unerheblich. Der Sänger räusperte sich. Nach einem weiteren langen Moment bewegungsloser Ruhe ließ er sich den Ton geben, holte ein letztes Mal Luft und begann schließlich zu singen.

Jeder, der heut' achtundachtzig Jahr'
Vor achtundfünfzig Jahr' dreißig war ...

Das Orchester setzte ein zum langsamen Walzer, und Sascha wollte aufstehen und mit Frau Ella tanzen und diesen Traum hinter sich lassen und diesen Moment auskosten, ohne zu denken. Da sah er, wie Herr Li sich Frau Ella näherte, ihr den Arm reichte und sie auf die Tanzfläche führte. Die beiden verschwanden im Getümmel, und Sascha wusste, dass Frau Ella lächelte.

Wolfgang Koydl

Bitte ein Brit!

Neue Abenteuer auf der Insel
Originalausgabe

ISBN 978-3-548-28176-6
www.ullstein-buchverlage.de

Seit über einem halben Jahrzehnt lebt Wolfgang Koydl unter Briten, doch »reif für die Insel« fühlt er sich keineswegs. Wie soll er das auch – in einem Land, das Exzentriker am Fließband produziert und in dem ein bizarres Abenteuer das nächste jagt? Ganz zu schweigen vom Autofahren auf der falschen Seite, den phantasievollen Preisen und dem phantasielosen Wetter. Wer in England überleben will, stellt Koydl fest, muss britischen Humor entwickeln. Besonders dann, wenn man eine russische Frau, eine pubertierende Tochter und einen singenden Hund an der Seite hat.

Fisch and Fritz relaoded – die Fortsetzung des Bestsellers!

»Wer immer vor Koydl England eroberte: keiner tat es mit so viel Laune wie er.«
Süddeutsche Zeitung

Bettina Haskamp
Alles wegen Werner
Roman

ISBN 978-3-548-28184-1
www.ullstein-buchverlage.de

Nach dreißig Jahren endet Claras Ehe mit einem Knall: Ehemann Werner wirft sie aus der Luxusvilla am Meer und verschwindet mit einer schönen Brasilianerin. Was Clara noch bleibt, sind Rotwein, Verzweiflung und ein übergewichtiger Hund. Kann es überhaupt ein Leben jenseits von Werner geben?
Ein herzerwärmender komischer Roman über eine Frau, die durch den größten anzunehmenden Unfall in ihrem Leben zu sich selbst findet.

»Ein bezaubernd witziger Roman!« *Lisa*

Markus Götting

Nachts im Sägewerk

Die chaotische Liebesgeschichte eines Schnarchers
Originalausgabe

ISBN 978-3-548-37352-2
www.ullstein-buchverlage.de

Markus ist ein Schnarcher. Ein Terrorist der Dunkelheit: Er schnarcht nicht nur manchmal und ein bisschen, sondern IMMER und LAUT. Was ihm das Single-Dasein erleichterte (keine Frau lag nach einem One-Night-Stand morgens noch neben ihm), wird zum echten Problem: Denn Markus hat sich in Lena verliebt und möchte nichts lieber, als mit ihr die ganze Nacht zu verbringen. Doch sein Schnarchen ist ein Beziehungskiller, und so beginnt für Markus eine absurde Odyssee durch Apotheken, Arztpraxen und Schlaflabors …

»Markus Götting ist wahrscheinlich die unterhaltsamste Schnarchnase Deutschlands.« *Jan Weiler*